大雅叢刊

電視新聞神話的解讀

梁欣如 著／三民書局印行

國立中央圖書館出版品預行編目資料

電視新聞神話的解讀/梁欣如著.--初
版.--臺北市：三民：民82
　　面；　　　公分.--(大雅叢刊)
參考書目：面
ISBN 957-14-1969-9 (平裝)
ISBN 957-14-1994-X (精裝)

1.新聞學—研究方法

890.31　　　　　　　　　　82001691

電視新聞神話的解讀

ⓒ

著作人　梁欣如
發行人　劉振強
著作財　三民書局股份有限公司
產權人
發行所　三民書局股份有限公司
　　　　地址／臺北市復興北路三八六號
　　　　郵撥／〇〇〇九九九八—五號
印刷所　三民書局股份有限公司
門市部　復北店／臺北市復興北路三八六號
　　　　重南店／臺北市重慶南路一段六十一號
初版　中華民國八十二年四月
編號　S 89015①
基本定價　柒元貳角
行政院新聞局登記證局版臺業字第〇二〇〇號

有著作權·不准侵害

ISBN 957-14-1994-X (精裝)

翁　序

　　丹麥的大眾傳播學者簡生及瑞典的羅森袞曾在「歐洲傳播季刊」
上爲文討論有關大眾傳播媒介與閱聽人關係網絡的主要研究傳統，這
五個傳統分別是：(1)效果研究；(2)使用與滿足研究；(3)文學批評；(4)
文化研究，以及(5)收訊分析。其中效果研究和使用與滿足研究屬社會
科學典範，文學批評和文化研究屬人文典範，而收訊分析則兼具二者
的特色。

　　促成收訊分析研究的兩位關鍵性學者，一位是英國的摩利(David
Morley)，另一位是美國的拉爾(James Lull)。摩利強調，要了解人解
讀媒介的行爲，僅憑閱聽人的社會階層或他們使用文字的習慣是不夠
的。而拉爾也認爲，看電視是一種社會建構的經驗，必須透過研究者
有系統地參與研究，才能一窺閱聽人行爲究竟。兩人的研究爲傳統的
閱聽人研究帶來了不小的刺激。到了一九八○年代，「收訊分析」和「閱
聽人的俗民學研究」及一些同類型的研究取向被匯集在一起，成就了
一項驚人的研究領域──閱聽人質的研究取向。

　　收訊分析與其他閱聽人研究傳統最大的不同在於它研究文本與閱
聽人互動的過程，在過程中，研究者比對閱聽人詮釋的意義與文本間
意義的異同，更可看出閱聽人是如何建構意義的。

　　國外有關收訊分析的研究已累積了不少，其中最有名的研究包括
摩利的「『全國』觀眾」研究，它針對荷蘭女性對 Dallas 的收視反應的
研究，雷得威對於羅曼史讀者的研究。其中極重要而經常被引述的一
個研究則是屬伯茲和凱茲對於 Dallas 一劇的跨文化研究。

　　國內有關收訊分析的研究，梁欣如小姐的碩士論文「影響閱聽人解讀型態之因素研究——電視新聞之神話敍事體為例」是第一篇，三民書局的「大雅叢書」將之收編出版易名為「電視新聞的神話解讀」。

　　本書不同於以往國內閱聽人研究之處，在於它採擇了收訊分析所提示的文本與閱聽人並重的研究取向。在文本的分析方面，作者以普洛普神話敍事體分析自治的電視新聞中，先挑選出具神話敍事體結構的新聞文本，再以之給閱聽人觀賞，並以霍爾發展出來的「優勢」、「協商」和「對立」三種解讀型態來建構國內閱聽人的解讀型態。

　　本書的出版，對於國內讀者了解閱聽人研究的最新趨勢——收訊分析，極有助益，尤其難能可貴處，在於它是此一最新研究取向之本土研究。

　　梁欣如小姐以一年半的時間完成這本論文，從文獻的整理，電視文本的錄影、挑選，到閱聽人的施測、訪問，一步步踏實地走過，雖然論文中仍難免還有瑕疵，但對於國外最新研究取向的本土化做出了貢獻，應具有拋磚引玉的功能。做為她論文的指導老師，我樂於見到這麼一本書的出版。

翁秀琪
一九九三年三月
於政大新聞研究所

自 序

吉爾滋(Geertz, Clifford)曾言：「人類在符號之海中漂浮」。在這資訊爆炸的時代，社會大眾去了解這個世界最方便的管道，便是：從「電視新聞」。本書與當代最具說服力的神話之一——電視新聞——有關。基本上，這是一本由古代神話分析的角度來解構電視新聞的書，是一本想了解電視新聞的神話性對觀眾的認知有什麼影響的書，也是一本想了解具有什麼特質的觀眾，比較容易受電視新聞神話性影響的書。

這本著作是筆者想為國內大眾傳播研究做突破所盡的棉薄心力。當三民書局通知我要出版這本書時，除了相當的驚喜外，也夾雜了一份安慰。在輔大大眾傳播研究所讀書時，我時常想，究竟在這段學術研究的日子中，我應該做些什麼？既然進了學術研究的殿堂，就不該白走這一遭。抱著這種心情，我以近一年半的時間，完成了碩士論文「影響閱聽人解讀型態之因素研究——電視新聞之神話敘事體為例」。這本碩士論文，就是本書的前身。

這個題目進行的一路上，從研究架構的建立、資料的蒐集到研究結果的呈現，每個步驟都碰到障礙。本著一顆接受挑戰的心，我幾乎天天都苦思如何解決困難。現在回想起來，這段路走來相當辛苦。

這本著作雖然無法與一些堂堂巨著相比，但它卻是國內大眾傳播界首度嘗試將質化與量化研究作整合的研究報告。它是理論與實證研究兼備的。想將本書當作學術參考的讀者，可透過本書接觸到國外最新的閱聽人研究趨勢——收訊分析，及接觸到如何著手進行這類研究

的資料。想透過本書瞭解目前臺灣電視新聞的讀者，不妨把本書的分析觀點和一些報章雜誌上的論述，作一些比較。關心電視新聞對社會大眾有何影響的讀者，也可由本書中省思電視新聞對認知具有強大宰制力的問題。

　　本書中的研究設計雖是大膽的，但也經過小心求證。相信有許多的閱聽人研究比本書進行得更嚴謹。或許本書尚有若干考慮不周之處，不過我期望這本著作能提供一些基本的參考材料。以整合的觀點來看，本書在國內大眾傳播領域初探質、量研究的結合，這對其他的社會科學，亦具有參考的意義。

　　這本著作能出版，要特別感謝三民書局的厚愛，本人由衷感謝。對於三民書局的編輯部同仁在編務上的煩勞，我也致上十二萬分的謝意。

　　此外，也謝謝所有曾經給過這本著作意見及關心的老師、同學和朋友，由於他們的關心及寶貴的意見，這本書才能更好。最要感謝的是指導教授翁秀琪老師，她的嚴謹治學，使這本著作受惠良多。對於翁教授給我的不斷鼓勵，我亦無任感荷。

　　最後，願將本書獻給我的父母及文榮。而本書如果能對社會大眾有任何貢獻的話，我願將此榮耀歸於主。

梁欣如

一九九三年三月

電視新聞神話的解讀

目　錄

第四章 資料分析與解釋

第五章 結論與討論

參考書目

附錄

圖表目錄

第一章 緒 論

第一節　研究動機與研究特色

　　電視節目的形式，主要包括新聞、紀錄片、戲劇和娛樂(Silver-stone, 1981:83)。其中，對社會大衆的生活有深遠影響的，首推電視新聞，這是因爲許多人把電視新聞當作知道外在世界的主要管道。根據調查，電視新聞亦是可信度(credibility)最高的新聞來源，獲得廣大閱聽人的信賴(Dahlgren, 1988:286；薊光武，民七八)。

　　然而已有許多學者發現，電視新聞其實提供的是一種經過選擇、建構的世界觀(Tuchman, 1978; Glasgow University Media Group, 1976)。也就是說，在我們和我們的電視機之外，其實有一個眞實的世界被電視新聞所包裝、潤飾和過濾。這個眞實世界被電視新聞包裝成什麼樣子？閱聽人又是如何去理解這個被包裝過的眞實？電視新聞會不會影響閱聽人對眞實世界的認知？這些問題一直是傳播學者們急於尋求答案的問題，同時也產生筆者進行研究的動機。

　　本書在研究設計上至少有下列幾項特色：

一、理論部份：結合定質、定量研究所發現的理論

　　定質研究的理論，把電視新聞當作一種神話(myth)、一種故事。從這種角度觀察電視新聞，可以讓我們了解電視新聞如何包裝眞實世

界(Dahlgren, 1988:289)。此外，近來定質研究也逐漸朝符號學(Semiology)理論的角度探究閱聽人接收／解讀(reception/inter-pretation)媒介文本(text)。如果能將這些理論和定量研究之理論結合，相信對於電視新聞與閱聽人認知之間的關係，應能獲得進一步深入的了解。

二、研究方法部份：結合定質、定量的研究方法

在定質的研究方法上，本書將使用形式主義(formalism)學家弗拉基米爾·普洛普(Vladimir Propp)建立的敘事結構分析法分析電視新聞的故事功能(function)，並大膽運用故事功能作為測量閱聽人認知的基礎。在定量的研究方法上，則採用實地實驗法請受測者觀看電視新聞並填寫問卷，再將搜集之資料以統計的方法加以分析。

整體來說，本書的研究設計可歸在「接收分析」(reception analysis)之研究取向中。詹森和羅森袞(Jensen & Rosengren, 1990)在最新發表的研究報告中，曾將閱聽人研究區分為五個研究傳統(traditions)，分別是：效果研究(effects research)、使用與滿足研究(uses and gratifications research)、文學批評主義(literary criticism)、文化研究(cultural studies)和收訊分析(reception analysis)。

過去六十多年來，大眾傳播研究的主流，主要是針對媒介效果的探討，以大眾媒介對閱聽人的影響力為研究前提。推究其發展歷史，可發現效果研究的過程是循環性的。一九三〇年代晚期，媒介被認為在塑造意見、信念，以及改變生活習慣方面具有很大的效果。至一九五〇、一九六〇年代，大眾媒介的影響力陡降，被認知為只具有間接的效果；存在於媒介和閱聽人之間的一些中介因素，例如：社會、文化、心理，才是效果的主因。然而一九五〇、一九六〇年代電視興起後，這種媒介「最小效果說」，又被重新反省。包含「知溝」(knowledge gap)、「議題設定」(agenda setting)、「電視的暴力效果」(the effects of television violence)都指出大眾傳播的效果其實很強；至諾爾紐曼(Noelle-Neumann)提倡「重返媒介有力的概念」，更肯定媒介效果研究又回到強有力的論說(McQuail, 1987:252～256; Jensen & Rosengren, 1990:209; Severin & Tankard: 1988)。

使用與滿足研究的基本理念爲「閱聽人如何使用媒介」(What does the individual do with the media)。此研究領域起始於一九四○年代初期拉查斯斐(Lazarsfeld, Paul F.)等人研究閱聽人由廣播劇、廣播猜謎節目中得到的滿足。之後，使用與滿足研究的發展有四個階段：由表面的描述，到建立變項的系統化操作類型，再到詮釋工作的努力，最後是系統化的理論建立。近年來，使用與滿足研究也在社會心理學中加以取材，比較爲人所知的有「期望—價值」取向(expectancy-value approach)。事實上，最近使用與滿足和效果研究這兩個領域已有整合的跡象，此即爲「使用和效果研究」(uses and effects research)(Jensen & Rosengren, 1990:210)。

接下來再略述詹森和羅森袞指的第三個研究領域：文學批評。

二千五百年來，西方藝術和科學的發展，一直和文學的傳播形式有關。傳統上，文本的詮釋與認知經驗和(或)美學經驗的傳遞有關。而文本的詮釋規則，能塑造社會生活力和不同的文化運作。以《聖經》爲例，不同的詮釋規則，便區隔一些不同的文化社羣。隨著現代社會秩序的發展，文學批評的角色被凸顯，它將讀者界定爲一具有隱私權的個體，試圖解釋文學形式被某一特定時空的作者所掌控。因此文學批評暗示讀者必須被教育，才能以適當的反應面對文學的傳播形式。大部份文學批評的研究，都著重於文學作品的結構、語言學和語文規則的分析。讀者的角色、讀者與文本的互動(讀者—反應理論(reader-response theory))在文學批評中亦佔有相當的份量(Jensen &

Rosengren, 1990:211~212, 217)。

文化研究的根源很多，包含一些文化批評學者，如：赫加(Hoggart, Richard)、威廉斯(Williams, Raymond)、湯普森(Thompson, E. P.)，其研究主要是優勢意識形態如何在日常生活中被反應和被習得。文化研究的根源亦包含葛蘭西(Gramsci)的霸權論，用於解釋資本主義社會如何認可和抗拒優勢的觀念；符號學家，如：巴特(Barthes, Roland)解析大眾文化的語言符碼，亦爲文化研究的根源之一。之後，英國伯明罕(Birmingham)中心在赫爾(Hall, S.)的領導下，使文化研究有了轉捩點。其將文化界定成意義製造的過程，視大眾文化爲一有價值的論述(discourse)，這和文學批評只關注精緻文化是不同的。除一些少數的研究外（例如：Morley, 1980; Radway, 1984)，文化研究並不進行實證的閱聽人研究，而著重於傳播論述方面──文本的語言及意識形態的研究上，並由媒介論述的結果推衍，而認爲不同的社會系統，如：性別、階級、種族、次文化對傳播的解讀不同。至1980年代，文化研究已漸漸離開它原本在政治經濟學方面的根基，而吸收了許多後結構主義(poststructuralist)的觀點(Jensen & Rosengren, 1990:212~213, 217; Lindlof, 1991:27~28)。

至於收訊分析的崛起，與近年來對讀者「定位」(position)的研究，有直接的關係。其來源，可包括接收美學(reception asethetic)和讀者反應理論(reader-response theories)。此外，由使用與滿足研究延伸出來的收訊研究與文化研究學者赫爾(Hall, S.)對批判理論(critical theory)的闡釋(意識形態內容有宰制力)，亦可算是收訊分析的啓蒙源頭。收訊分析認爲媒介訊息是一文化性符碼的論述，把閱聽人定義爲一製造意義的單位，能主動消費媒介、將媒介訊息加以解碼。其研究前提爲文本──閱聽人的結合，這是與其他研究傳統最大的不同處。故收訊分析包含媒介論述及閱聽人對媒介論述之反應的實證資料

蒐集。其過程是由閱聽人之處得知閱聽人對文本的解讀，再將其與文本作比較，以了解閱聽人如何建構意義。在收訊分析中，最具影響力的概念是「解讀社羣」(interpretive community)。此觀念在本書後面的章節將再詳細介紹(Jensen & Rosengren, 1990:213～214、217～218; Lindlof, 1991:28～29; McQuail, 1987:242～243)。

以上筆者針對五個閱聽人研究傳統作了介紹。詹森和羅森袞他們指出，收訊分析是閱聽人研究最新的發展趨勢，約在一九八〇年代中期才逐漸出現。在理論部份，企圖整合社會科學和人文學的理論觀點，在方法學上，則同時針對閱聽人與媒介內容作資料的收集（通常以質化的研究法收集），而研究興趣則在閱聽人解碼(decoding)的探討(Jensen & Rosengren, 1990:213～214)。

在國外，美式主流研究仍以效果研究及使用滿足研究爲盛，並不由接收／解讀的角度分析閱聽人解碼的問題；歐式傳播研究則多以理論探討媒介內容，極少進行閱聽人之實證研究。因此國外以收訊分析爲取向的研究仍是鳳毛麟角；國內，則付之闕如。本書基本上即屬於一種收訊分析取向，並且在理論建構及研究方法上都以初探性的組合進行嘗試，希望藉此激發拋磚引玉的效果。具體來說，本書研究之架構模式是以收訊分析爲導向，符號學理論爲骨架，因此以「符號學的收訊分析」來稱呼本書的研究設計。這個名稱乃筆者根據本書的研究性質所給予的，目前在國外的文獻上可能看不到。大膽賦予此名稱，是有原因的。由於收訊分析目前也才在國外起步，其中有很多概念仍有待闡釋、釐清與整理。而且「收訊分析」一詞，就像效果研究、使用與滿足研究一樣，係代表某一研究取向、領域或傳統，本身不是一個理論。爲了使讀者能清楚本書在理論及取向的設計，因此在「收訊分析」前冠上「符號學」三字，即「符號學的收訊分析」，以方便讀者了解。

第二節　研究取向的價值與探討

一、符號學的收訊分析

　　電視新聞和閱聽人的關係密切，因此以其作爲研究對象，便一直是許多大衆傳播研究者的興趣。在這數不淸的理論架構和研究模式中，可發現大部份研究都以「資訊」(information)的概念審閱電視新聞，並強調它傳輸的是「明顯」與「不連續」(manifest & discrete)的單元化(bits)事實內容(Dahlgren, 1988:288～289; Fry & Fry. 1986: 457～458; Livingstone, 1990:72)。進一步探究，我們可發現大多數以新聞內容爲對象的研究，受此前提影響，都把問題放在新聞內容爲何、新聞內容正不正確、偏頗與否的探討上；而大多數以閱聽人爲對象的研究，則將研究問題置於閱聽人對新聞內容的回憶、理解、評估、認知──感情的滿足、新聞的使用與行爲及態度的效果上(Dahlgren, 1988:286; Lindlof. 1988:84～85)。

　　一九七〇年代，一個不同於資訊觀點的研究取向出現，即符號學取向(semiotic approach)。荷羅斯‧紐康(Horace Newcomb)稱它爲「人文主義」(humanistic)取向，格利佛‧吉爾滋(Clifford Geertz)稱爲「解讀人類學」(interpretative anthropology)取向，而詹姆士‧凱利(James Carey)則將之歸類爲「文化研究」(cultural studies)(Robinson, 1984:200)。

　　符號學取向首先出現在一九七〇年代中期，透過歐洲及北美洲這兩個管道而發展。歐陸派主要有三個來源：⑴法國結構主義學者（李維史陀(Lévi-Strauss)、傅柯(Foucault)、得利達(Darrida)，⑵英國電影學會(British Film Institute)，⑶伯明罕文化研究學派(Birmingham school of cultural studies)。北美洲管道則以文學批評 (literary criticism)和人文研究(humanistic studies)作基礎，由荷羅斯・紐康(Horace Newcomb)發揚光大(Robinson, 1984:201)。

符號學取向在早期以探討意義如何由文本中產生，符號、符號的規則和功能爲何爲重心(Berger, 1982:14～16)。在電視文本方面，符號學取向一直十分強調電視的意識形態面向，指陳電視的視聽結構是一種霸權(hegemony)，對閱聽人的影響力是潛在的、不明顯的(Dahlgren, 1988:287)。然而迄今學者們逐漸關切另一個比意識形態更基本的問題，即電視如何製造及傳輸意義？意義的主體又是什麼？(Dahlgren, 1988:287)。這種趨勢奠定一個以符號學爲基礎的新的閱聽人研究開展。此種閱聽人研究在取向上可被視爲一種「收訊分析」(reception analysis)的研究型態，理論重點在於視閱聽人有能力從電視文本中解讀意義，並強調文本對閱聽人的意義，來自文本與閱聽人交互作用的結果(Jensen, 1990:57; Dahlgren, 1988:289)。換言之，它強調由傳播鍊的兩端——文本的建構力與閱聽人的解讀能力同時進行研究。如此的研究取向，主在避免只選擇傳播鍊的一端來研究而已。它認爲媒介文本的意義，不應完全由媒介文本的力量來決定（例如某些符號學文本分析），亦或全憑閱聽人的解讀能力而取捨(例如某些使用與滿足研究)（Fry & Fry, 1986:444,457）。

史崔特(Streeter, 1984:93)對此曾作深入說明。他認爲只選擇傳播鍊的一端來探究，就意謂傳播鍊另一端的被犧牲或簡化。他批評過去許多研究，只注重媒介文本的，便往往犧牲閱聽人這一端的探究，只將大量閱聽人的不同經驗，以社會學類目（例如：中產階級）或市場調查類目（例如：白天的觀衆群）加以歸納。研究重心若只在閱聽人，那麼媒介文本的分析通常不是遭到省略，就是被過份簡化，只以「娛樂」或「資訊」等類目將之納入。

根據以上論述，可進一步了解爲何符號學的收訊分析地位日趨重要。它避免把閱聽人當作「文化祭品」（cultural victim），代之以強調閱聽人在解讀上的主動形象；但同時，它亦不願完全忽略媒介文本的力量（意識形態／霸權）（ideology/hegemony），而避免陷於唯心主義（idealism）的泥淖中（唯心主義在此指的是：媒介文本意義的取決全由閱聽人的解讀所決定）（Dahlgren, 1988:291）。這樣的理論觀點，不啻爲在省思過去的研究缺失後的重新出發，亦至少紓解了部份媒介與閱聽人關係研究的瓶頸。無怪乎當一九八八年十一期的傳播年報（Communication Yearbook）邀請巴瑞・甘特（Barrie Gunter）、法蘭克・比爾寇（Frank A. Biocca）、湯瑪斯・林達夫（Thomas R. Lindlof）三位學者針對電視文本與閱聽人關係作論述與討論時，三人一致公推「符號學分析」（semiological analysis），即符號學的收訊分析研究，爲未來研究的重要趨勢之一。

二、符號學的收訊分析與一些研究理論／取向的比較

符號學的收訊分析研究，與過去許多定量及定質研究比較，有實質的調整及演變，茲探討如下。

1.馬克斯主義典範

張錦華（民七九，頁一九〇～一九一）曾指出，以馬克斯架構爲主的文化批評，試圖解釋社會結構與文化現象（包含各類大眾傳播層面）之間的關聯性。然長久以來馬克斯主義典範爲架構的研究，其實預設了閱聽人會「全盤被動接收」媒介內容，研究者所分析的「媒介意含」似乎等同於閱聽人所接收的「媒介意含」，絲毫不曾質疑閱聽人「解碼」的過程。

此預設當然過於大膽，因爲馬克斯主義之研究缺乏以閱聽人爲主體的研究；雖然閱聽人意識建構過程已預設爲媒體內容所「決定」，但

卻無法提出解釋個人意識形成的理論（Corcoran. 1984，轉引自張錦華，頁一九一）。

　　張錦華並進一步指出，葛蘭西(Gramsci, A.)文化爭霸觀念中特別強調霸權形成過程中主體的意識與詮釋，是針對傳統馬克斯主義機械決定論所作的重要突破；但文化爭霸理論卻並未因此而開發出有系統的理論，使許多學者在運用時常懷疑是否陷於另一種閱聽人決定論中（張錦華，民七九，頁一七七，一九一）。

　　符號學的收訊分析研究，至少是一種針對馬克斯典範意識形態效果分析的省思與突破。它的立論基礎提供學者由批判觀點切入閱聽人研究，並針對馬克斯典範之預設提出具體修正，以可行的研究方法彌補馬克斯典範對閱聽人主體研究之不足。

2.以內容分析爲主的定量研究

　　就電視新聞而言，符號學取向的收訊研究反對過去將新聞內容當作「非模糊」(unambiguous)、片斷的資訊事實集合體(Fry & Fry, 1986:457～458; Dahlgren, 1988:288～289)。因爲此處存在紐康和赫許(Newcomb & Hirsch, 1984)所言的，電視訊息事實上是「密集、豐富及複雜的」(dense,rich & complex)，以及符號學家指出的，電視節目文本是含糊的，其意義也是無窮的(polysemic)觀點(Dahlgren, 1988:288～289)。

　　符號學的收訊分析研究，也認爲內容分析的假設——電視新聞不連續的單元化資訊具有意義，並代表所有閱聽人解讀的觀點其實很有問題。其質疑點至少包括下面三項：(1)把資訊分解成單位，可能使文本中的某些意義因爲不被研究者認爲重要而刪除；(2)以爲文本的意義一定存在於單元化的資訊中；(3)無法代表一般閱聽人的解讀(Fry & Fry, 1986:458)。

　　內容分析是檢驗訊息產物的社會或文化呈現、媒體組織壓力和議

題等的有利工具，卻不是了解閱聽人如何解讀媒介文本的好方法。以
「涵化研究」(cultivation studies)爲例，研究者針對電視作暴力內容
分析時，就不考慮觀衆是否也有同樣的理解。基本上電視節目所謂的
「暴力」成份，是研究者與登錄人員(coder)的理解。這種過程雖能說
明訊息產物中可信、穩定與客觀的意義爲何，卻無法顯示閱聽人對訊
息解讀的眞實情況(Gunter, 1988; Biocca, 1988)。

3.與「知識分配」有關的理論

大衆傳播理論中，在「知識分配」(distribution of knowledge)
層次上研究閱聽人與電視新聞的關係者，主要有「新聞的學習與傳佈」
(news learning and diffusion)、「議題設定」(agenda-setting)以
及「知溝」(knowledge gaps)三種理論觀點(McQuail, 1987:273～
278)。

這三種理論觀點，都是由資訊獲取和理解的角度出發探究閱聽人
對媒介訊息的學習情況（認知效果）(Robinson & Levy, 1986:37)。
「新聞的學習與傳佈」之重要發現，是知道觀衆經常在理解及回憶電
視新聞上發生困難(Robinson & Levy. 1986)；「議題設定」主要則發
現新聞對該議題所賦予的份量與地位，會影響觀衆對該議題之顯著程
度（重要性）的理解；而「知溝」研究發現，觀衆的社經地位、動機、
興趣等等的差異，會導致公共資訊流通的不平等，形成觀衆間的知識
鴻溝(McQuail, 1987:276；李金銓，民七三，頁二二五～二二七)。
簡言之，這三種研究都與觀衆對媒介訊息的學習(回憶量、理解程度)
有關。

自然，上述研究對於了解文本與觀衆的關係很有幫助，但符號學
的收訊分析研究卻激發一個更值得重視的問題，亦即，上述研究並不
能讓我們了解閱聽人如何去定義文本的意義。兩名觀衆記憶了相同的
資訊量，並不代表其對資訊的解讀就完全相同；只關注觀衆能否正確

理解、不誤解（misunderstanding）新聞內容，亦無法顯示觀衆對文本的各種不同解讀。

因此，符號學的收訊分析研究強調，除非上述這類有關「知識分配」的研究能先說明觀衆的解讀過程，否則其重要性依然很難論定（Fry & Fry, 1986:458～459; Streeter, 1984）。

4.使用與滿足取向

符號學的收訊分析研究強調閱聽人觀看電視新聞的主動（active）行爲，這點和「使用與滿足」（uses and gratifications）取向的基本精神相似。「使用與滿足」的研究重心在了解閱聽人對媒介的期待與滿足；它所賦予閱聽人在傳播過程中主動的地位，被公認是大衆傳播研究的重要發展（McQuail, 1987:242; Fry & Fry, 1986）。但誠如赫爾所言：「要談訊息是否能滿足需求或被使用之前，應該先了解訊息如何成爲有意義的論述（discourse），或閱聽人如何解碼的問題」（Hall, 1980）。「使用與滿足」雖以「主動的觀衆」這樣的概念尋找電視對觀衆的影響，卻忽略觀衆如何解碼的問題。亦即，它雖然最常被拿來當作「觀衆如何使用媒介」（what people do with the media）的研究代表，卻無法眞正解釋閱聽人如何處理媒介訊息（即：解碼問題）。或許基於此需求，目前密切注意觀衆對媒介內容的解讀或參與（antici-pate）方式，也已成爲「使用與滿足」的最新發展（McQuail, 1987:242）。

5.選擇性理解

符號學的收訊分析研究與「選擇性理解」（selective perception）研究也有類似之處，即兩者都注重閱聽人對媒介訊息的解讀活動（McQuail, 1987:242）。但這兩者間卻不能劃上等號。因爲符號學的收訊分析研究強調所謂「意義群聚」（signification clusterings）的概念，試圖分析閱聽人的解讀型態，以及解讀型態與觀衆社會地位等因素的

關聯，指陳媒介訊息的意義為文本與閱聽人解讀力量間交互作用的結果(Moores, 1990:16～17; Dahlgren, 1988)。這些理論觀點都與「選擇性理解」不同，因此不能將此二者混為一談。

第三節　研究範圍與目的

目前朝符號學的收訊分析探討電視新聞與閱聽人關係的實證研究並不多見。代表性的研究有摩利(Morley, 1980;1983)，李威斯(Lewis, 1985)，李查德森與孔納(Richardson and Corner, 1986)，詹森(Jensen, 1986)的研究。其中為此類研究建立典範的，則當屬摩利的「全國」(Nationwide)研究計劃。

早在摩利之前，赫爾(Hall, S.)於一九七三年就提出一個製碼／解碼模式(encoding/decoding model)(Hall, 1980)，此模式可說是符號學收訊分析的前身，然而赫爾對該模式卻未付諸實證，一直到摩利「全國」研究計劃才算實踐。在當時以符號學理論分析媒介文本的研究相當普遍，卻從來沒有一篇研究如「全國」研究計劃一般採用符號學理論進行閱聽人實證研究，因此該研究一出現，立刻造成轟動，並受到學者們的推崇。

「全國」研究計劃主要分兩個階段進行。第一階段為文本分析，研究標題為「每日電視：『全國』」(Everyday Television: 'Nationwide')，一九七八年發表。在此一階段中摩利與布倫斯頓(Brunsdon, C.)合作，針對英國 BBC 的電視新聞節目「全國」，分析其視聽論述(discourse)中建構的意識形態或「常識」(common sense)。依他們的觀點，電視訊息中包含意識形態或所謂的「常識」。也就是說，電視訊息中具有一種記錄社會真實的思想系統，但此系統事實上只是所謂的「虛假意識」(false consciousness)，它不是真正的社會真實，卻

帶給人們很多對外在世界的「誤知」（misrecognition），且進而成爲人們認爲理所當然的「常識」。因此他們在此階段的研究重心，就是希望由電視新聞中找出其建構的意識形態，或者是赫爾（Hall, S.）所稱的「偏好意義」（preferred　meaning）（Streeter,　1984:84～85; Moores, 1990:17）。

「『全國』閱聽人」（The‘ Nationwide’ Audience），是摩利製碼／解碼研究的第二階段。他應用田野研究（field research）的深度訪問法（focused interviews），以探討先前分析的媒介文本，如何被來自不同結構地位的觀衆所接收及解讀。該實證研究訪問了二十九組由五至十人組成的小組。這些人在接受訪問之前，都先請他們觀看該節目，然後才由研究者進行訪問。摩利試著根據赫爾（Hall, S.）對解讀型態分析的觀點，將受試者區分成不同的解讀群體，並探索社會人口學因素、文化因素與解讀的關係，以及受試者談論的主題和其生活的關聯性。他主要的研究發現便是，電視新聞節目中的意識形態或赫爾所說的偏好意義，並不一定被每組觀衆所接受。依赫爾提出的解讀型態，接受電視新聞意識形態者，就稱他們屬於「優勢」（dominate）型的解讀者；接受與反對各有者，就稱作「協商」（negotiated）型；完全反對者，則被稱爲「對立」（oppositional）型。此外，他也發現閱聽人的解讀與其社經地位無關（Streeter, 1984:88～89; Moores, 1990: 17～18）。

根據上述，可知摩利研究的重點有二：一是試圖把文本分析的結果與閱聽人研究結合，探究電視的意識形態與閱聽人解讀的關聯性；另一個重點則是探究社經結構與閱聽人解讀的關係。

摩利的研究對以符號學爲理論根據的收訊分析研究極具啓發性。本書在研究架構上，基本上即仿效摩利的研究精神。不過筆者在電視文本的分析與閱聽人解讀的測量，以及影響解讀型態變項的選取上，

都與摩利切入的角度不同。確切來說，筆者：

㈠對電視新聞論述的分析，擬由神話敍事體的理論觀點出發，這與摩利透過霸權的意識形態角度分析不同。

㈡閱聽人解讀型態的理論基礎來自符號學理論，此點與摩利的研究相同。

㈢在影響解讀的變項上，筆者由定量研究的文獻中選取若干變項，探討他們對閱聽人解讀型態的影響，這是摩利研究中沒有的特色。

㈣在閱聽人解讀的測量上，筆者採取量化的實證方法(實地實驗)，取代摩利質化的深度訪問法。

基本上，摩利的研究是本書的啓蒙，但本書並不完全承襲他的研究模式，而試圖在理論建構及研究方法上以初探性的組合擴充其研究層面。而從另一角度來看，此舉對符號學收訊分析的發展，應該也具有某種程度的意義。

總結來說，本書的主要目的是：以神話的電視新聞敍事體爲解讀材料，探討影響閱聽人解讀神話電視新聞敍事型態之因素。細探之下，此目的主要涉及的兩項研究議題是：

㈠提出閱聽人解讀電視新聞神話敍事體的型態，以了解神話電視新聞敍事體對觀衆認知的影響。

㈡探討閱聽人解讀神話電視新聞敍事體的型態受什麼因素影響，以了解形成觀衆認知型態的原因。

本書的研究架構，即試圖完成上述兩項研究議題。亦即，本書對上述兩項議題的研究，是以「符號學的收訊分析爲指導原則」。由於符號學的收訊分析強調文本意義是文本影響力與閱聽人解讀能力間互動的結果，因此了解文本的影響力與閱聽人的解讀能力，也必須在本書中作系統的理論解釋。爲了解文本，筆者以神話敍事體的觀點分析電視新聞；爲了解觀衆的解讀能力，筆者由符號學模式出發。而針對本

書的主要研究重點，即，文本與閱聽人互動的結果——解讀型態，與影響解讀型態之因素，筆者也會有詳細的介紹。

第四節　本書的結構

本書共分五章。第一章的內容，包含本書在研究動機、研究特色、研究價值、研究範圍與目的的介紹，以使讀者清楚本書的創新性與研究問題的重要性。

本書的第二章，開始進入理論的引述及推衍。為了達到研究目的，本書探討了許多理論，主要有：神話敘事理論、符號學理論、權威性人格理論、電視新聞的使用活動理論、電視新聞形象的理論等等。本書在引述理論時所根據的文獻，大多是一九八〇年代中期後發表的，因此有不少理論概念在國內首見於本書，而讀者也可由本書看到筆者對其他理論的拓深及新意。

在收訊分析的指導下，筆者運用所引述的理論，建立了一個研究模式圖，並且發展研究假設，落實研究的問題。這些內容讀者可在第三章中看到。本章也詳細說明筆者如何運用研究方法作實證資料的蒐集，從研究材料的設計，變項的測量指標，到抽樣及施測的程序，均詳細介紹。本書以敘事結構分析法分析文本內容，以實地實驗法蒐集閱聽人資料，將這兩種研究方法結合，是一種大膽的新嘗試。

本書的第四章，是對蒐集回來的實證資料作分析與解釋。本書運用的統計方法，除基本的百分比、平均數外，還運用了卡方檢定、t 檢定、積差相關、因素分析、變異數分析、迴歸分析。而筆者亦儘可能地由資料的呈現，去詮釋它背後的意義。

最後一章第五章，筆者將實證研究的主要發現作一討論，並回頭

與理論根據作對照與檢驗，也檢討本書研究的缺失。這些對於未來相關研究的進行，應該具有啓發的意義與參考的價值。

第二章　理論建構與文獻探討

　　本章分四節論述，論述的方式擬由電視新聞的分析開始，筆者要採取神話敘事體的觀點分析電視新聞文本的力量；其次，筆者擬以符號學解讀的觀點，探討閱聽人解讀的力量；接著，筆者要將這兩者相對的力量整合，探究電視新聞與閱聽人解讀的互動性，提出解讀型態的概念；最後，進一步討論影響解讀型態的因素。

第一節　電視新聞的分析──神話敘事體的角度

一、敘事體的意義

　　人類的論述媒介及論述類型(genre)中，處處遍及敘事體──從小說、電視戲劇、政治競選演說、廣告、記者的新聞報導、日常會話等等中到處可見敘事體(Lucaites & Condit, 1985:90)。因為故事是人類表情達意最通常的用法(Bennett & Edelman, 1985:156)，所以麥可因泰爾(MacIntyre, A.)曾言：人類本是說故事的動物(story telling animal)(MacIntyre, 1981，轉引自 Rowland, 1989:39)。

　　近年來敘事體的研究已獲得廣泛注意，史學、生物學、人類學、社會學、哲學、心理學、語言學、文學、神學在內的領域，都已經開始研究敘事體，並把它拿來當作了解人類生活的基本說明模式(Rowland, 1989:39)。

人類傳播領域近年來受敍事研究的影響也很大(Rowland, 1989:
39)。柏拉圖(Plato)「誰說故事，誰就控制社會」這句名言，似乎成
爲傳播研究的重要啓蒙。在內容分析和批判理論中，故事變成一個重
要的分析單位；許多人已經開始認爲，社會眞實的建構，大部份經由
說故事的模式而產生，而符號世界的整合及維繫，亦藉助故事(Jour-
nal of Communication, 1985:73)。

然而，敍事體究竟是什麼呢？敍事體幾乎一直等於故事的同義詞。
史考爾斯及凱洛格(Scholes & Kellogg)曾指出，界定敍事體，一定
少不了故事(Scholes & Kellogg, 1966, 轉引自 Rowland, 1989:
39)。馬丁(Martin, W.)研究現代的敍事理論亦明白假定，敍事體的
定義，就是故事(Martin, 1986:173～177)。所以敍事體簡單來說就是
「故事」。

不過值得注意的是，並非所有的故事都一定是敍事體。就如佛萊
(Frye)所言：「敍事體是一種寫作模式。……以小說故事來講，它不需
要從頭到尾都是敍事體，它可以利用描述、解釋與戲劇的手法而引出
對話。」(Martin, 1986:35)。在此例中，我們便只能說小說故事含有
敍事體，卻不能在該小說故事與敍事體間畫上等號。

進一步探究敍事體，可知敍事體本身是一種情節的敍述──一種
對事件或過程的順時性說明(chronological account)(Rowland,
1987:266; White, 1980:6)。所以敍事體基本上是一種文本組織
(Chatman, 1981:117; Scholes, 1981:205)，一種有規則可循的文本
(Silverstone, 1981:70)，它有開頭、中間與結尾三個段落，事件的安
排總是由平衡至不平衡，再回到平衡(Todorov, 1977:11; Aristotle,
1971:52)。一般而言，敍事體是新奇(novel)和熟悉，冒險和安定的混
合物(Silverstone, 1981:70)，是一種人們主要的認知工具(Mink,

1978:31)。

二、敘事體的神話面向

敘事理論目前仍在建構當中。筆者綜合史勒維史東(Silverstone, 1981;1984)，魯卡奇及康迪(Lucaites & Condit, 1985)的觀點，將敘事體呈現的方法分爲四種：㈠詩的方法，㈡辯證(dialectic)的方法，㈢修辭(rhetorical)的方法，㈣神話(myth)的方法。一般而言，似乎每個敘事體都是這四種方式組合與協調的結果(Silverstone, 1984; Lucaites & Condit, 1985)。基於研究興趣，本書只擬由神話的角度出發，專門探討。

姑且不論敘事體是否由神話的角度進行研究，一項值得注意的事實，便是神話研究近年來在傳播研究領域漸受重視。這一點可從布林及柯克朗大聲疾呼神話分析是一個重要而值得開發的領域而略知一二(Breen & Corcoran, 1982:127)。儘管目前大部份以神話理論爲取向的傳播研究太過破碎(Breen & Corcoran, 1982:127)，但神話理論背後有大量研究古代神話現象之文獻在支持，因此以神話的觀點探討敘事體，應極有發揮的空間。

三、神話敘事體的性質及功能

神話理論的闡述，歷來學者們可說各有所見，也各有所長(例如：巴特(Barthes, R., 1972)由語言學及結構主義的角度分析神話理論)。史勒維史東(Silverstone, 1981)曾嘗試把當代重要的神話理論加以整理綜合❶。以下筆者便依照史氏對神話理論的整理，並加入另外

---

❶史氏將神話理論粗略分爲兩類。一類視神話爲情感表達，代表人物有 Ernest Cassier, Lucien Levy-Bruhl, Mircea Eliade。另一類理論則視神話爲思維的表達，代表人物有 Lévi-Strauss。

一些學者的觀點，探討神話敍事體的性質及功能。

史勒維史東曾指出，以神話的方法呈現敍事體，就和古代未有文字前的口述文化(oral culture)類似，在敍事體中保存著公式化的敍事方式。在口述文化時代，由於敍事體的傳播受限於人的記憶，因此其呈現的方式通常有公式可循：依賴同一個型態邏輯的敍事體，傳播著鬆散但具有順時性(chronological)的英雄故事。這種傳播經常和儀式結合，直接或間接表達人類的問題(Silverstone, 1984:387:388)。

我們可由傳統、結構、轉達及功能層面，大略介紹神話敍事體的性質，茲分述如下：

1.傳統：神話的傳統表達形式是「說故事」。然而其過程卻是動態和複雜的。神話要維持其傳統的說故事形式，就必須去調和文化中新產生的思維。而文化中的新思維如果因而受限，那麼限制它的不是傳統的內容，而是神話中傳統的表達形式和取向(Silverstone, 1981:70~71)。

2.結構：神話至少由三個面向組成——時間、空間、內容。神話的時間永遠是現在式，世俗的時間必須撥回神話發生的時間裡；神話的空間則是超自然的，永遠停在「這裡」(Silverstone, 1981:75~77)。至於神話的內容則是一種將不同思維、感情結合在正文中的傳播。直言之，神話的內容是傳統的敍事體(Silverstone, 1981:70)❷。

3.轉達(mediation)：神話是人們日常經驗（常識）和未知世界（非知識）、日常經驗（常識）和已知世界（某一種知識）間的橋樑。

4.功能：神話敍事體至少具有下列功能：

---

❷這與巴特(Barthes, R.,1972)：「神話是一種語言型式……神話不可能是一個物體、一個概念，它是一個意義的型式……因為神話是一種語言型式，只要經由論述傳輸，它就可能是神話。神話不由資訊本身而界定，而是由訊息呈現的方式來界定」的切入觀點不同。

⑴理解系統：神話制定社會互動的基本信念、價值觀和行爲的關係，以幫助人們組織不熟悉的情況，減低人對世界的不肯定、不確定感(Rowland, 1987; Silverstone, 1981:74~77; Breen & Corcoran, 1982:128)。

⑵典範模式：神話可以爲整個社會創造典範模式，提供人們模仿的對象，建立行動的方針(Breen & Corcoran, 1982:129~130)。

⑶衝突的呈現和傳輸：神話有處理文化內部、文化與文化之間衝突的能力(Breen & Corcoran, 1982:130)。李維史陀(Lévi-Strauss)就認爲，神話中的人物最初總是彼此對立的，經由中介人物的協調才化解衝突(Lévi-Strauss, 1963, 轉引自 Breen & Corcoran, 1982:130)。

⑷強化旣存結構：作爲單純的神話消費者，人們把神話當成事實來看。人們很少去挑戰神話建構的優勢意義系統，只是共同分享神話製造的社會幻覺，沒有抵抗的能力。所以神話具有強化旣存秩序，並試圖化解對社會旣存結構有任何威脅的力量(Breen ＆ Corcoran, 1982:131~132; Silverstone, 1981:74~75)。

⑸推動社會變遷：雖然神話有強化旣存結構的能力，但它也可能推動變遷。例如皮卡克(Peacock. J. L.)研究印度尼西亞(Indonesia)的古典戲劇"Ludruk"，發現神話將新價值觀和內容安置於舊的戲劇形式中，其中一個目的便是希望演員和觀衆藉著生動和有意義的符號了解現代事物(Peacock, 1968, 轉引自 Silverstone, 1981:74)。

四、電視新聞中的神話敍事體

從上面的介紹，我們可對神話的傳統、結構及功能有所了解。當上述的神話理論被用來觀察現代的電視新聞故事時，又是怎樣的情況？

在討論之前，我們必須先注意一項問題，即由神話層面觀察電視新聞敘事體，並非暗示我們的文化有迴歸的趨勢，或暗示他們好像從未受到印刷文化的影響。正如昂格(Ong, W. J.)所言，這些電視新聞敘事體代表「二手的口述」(secondary orality)，是電視的視聽科技（重現口述文化）和印刷文化折衝與協調後的結果(Ong, 1982，轉引自 Silverstone, 1984:387)。

丹特(Darnton, R.)便指出電視新聞報導的理念是由古老的「說故事」演變而來。它傾向敘事結構，有主角、配角搭配；有啟幕、中場、結尾戲劇化的轉折，熟悉的情節，相關順序及英雄事蹟(Darnton, 1975，轉引自 McQuail, 1987:206)。換言之，電視新聞事實上有「事實」(提供資訊)與「故事」(表達方式)兩個層面(McQuail, 1987:211)。

以下研究者就根據前面對神話基本概念及功能的剖析，討論電視新聞中神話敘事體的性質及功能。

1. 電視新聞中神話敘事體的呈現

電視新聞以講故事的方式來處理新聞，基本上是為了吸引觀眾和增加收視率。難怪丹特曾言：說故事的標準化技術，是新聞記者必備的儀式(Darnton, 1975，轉引自 Robinson, 1984:216～217)。

電視新聞的主播和記者，等於說故事的人。在主播的調度指揮下，每一則新聞由記者一一講述，而主播站在權威的地位，將每一則新聞組織起來，說明大要(Sperry, 1981)。整個節目就好像是在主播的理性指引下，有次序的進行。觀眾則是聽故事的人，在聽故事的過程中，受到這種「說故事」的限制或影響；觀眾必須放棄懷疑的權利，而同意說故事的人的報導只要接近事實即可(Sperry, 1981)。此時，觀眾亦藉著收看電視的行為，而觀賞到不同時、空下發生的事件，等於由世俗的時、空（例如：家中），進入電視的神聖世界中(Silverstone, 1981:82～83)。這種行為就好像參與古代的儀式活動一樣，個人首先離

開世俗的日常生活，進入一個神聖世界；之後，重回社會（張秀麗，民七六，頁四七）。

　　一般而言，電視新聞最常出現的神話敍事便是有關政府面對艱鉅工作的英勇故事，例如對付貧窮、犯罪，打擊敵人等等。這種老套的英雄情節，不斷沿用於新的複雜問題中(Bennett & Edelman, 1985: 156)。

2.電視新聞中神話敍事體的功能

　　神話的電視新聞敍事體，是很能吸引並留住觀衆的，因爲人們喜愛故事，對故事中的情節、角色發展與美學觀點都很有興趣，並在邪不勝正的結局中獲得滿足感與安全感(Sperry, 1981; Rowland, 1987)。電視新聞敍事體依神話學的傳統塑造英雄及女英雄，亦能滿足觀衆崇拜英雄的心理，讓觀衆有一模仿的對象與行爲典範(Breen & Corcoran, 1982:129～130)。

　　電視製造神話的新聞敍事體，把訊息組合成文化的優勢理解模式。透過它，觀衆認知的歷史經驗將是一簡單的英雄故事。觀衆可以看到故事中清楚而公式化的角色及規則——惡魔與好人清楚可辨，每一個故事都以英雄的冒險爲發展之主線，而最後的結局總是英雄戰勝邪惡(Sperry, 1981)。觀衆也可以在英雄的情節裡觀賞到簡單的衝突劇情：1.衝突的複雜性被簡化：衝突的原因和過程都很簡單，衝突的單位則一律依照公式二分爲「正派」或「反派」。2.它只呈現衝突最激烈、最緊張的時候。3.它提供一個簡單的方法化解衝突，所有的衝突都好像很容易解決(Adoni et al., 1984:35～37; Sperry, 1981; Breen & Corcoran, 1982:130～131)。

　　以上論點主要在強調神話的電視新聞敍事體，基本上是一種經過選擇與特殊安排的眞實。它把歷史經驗簡化爲英雄式的傳奇故事，成爲一種易理解的形式，幫助世人詮釋混沌而複雜的現世，減低人們的

不安全感。於是歷史的細節不再看得到，神話的電視新聞敍事體僅保留歷史的概要，建構的只是部份的文化眞實而已(Breen & Corcoran, 1982:131～132)。他們並不鼓勵觀衆對其他觀點產生認知(Bennett & Edelman, 1985:163)。

儘管電視新聞故事只代表部份眞實，但大部份觀衆卻以故事代表全部眞實，並合理化排斥故事中所捨棄的觀點。因爲人們把神話的電視新聞敍事體當作一種認知的工具，當作他們理解外在世界的一個重要觀點——儘管神話的電視新聞敍事體並不能告知眞象。觀衆們收看它的目的不是要解開這個神話，而是要去了解神話如何影響、改變、決定觀衆們所看的眞實(Sperry, 1981; Bennett & Edelman, 1985: 163)。所以馬倫達(Maranda, P.)便指出，神話只是人類對眞實歷史的一種幻覺(Breen & Corcoran, 1982:131)。

神話也有被人點破的時候；不過當人必須生存於一文化中時，他就很少會去挑戰優勢的神話系統。一旦這種人爲眞實被觀衆視爲熟悉及眞實的時候，電視新聞神話敍事體就會變成優勢意識形態的傳播工具——因優勢意識形態有最強大的力量去接近電視新聞，並促使電視新聞神話敍事體從事破壞弱勢神話的工作。觀衆在這種包袱下，無法去解構這種熟悉與眞實，便會失去批判的力量和有創造性的行動，電視新聞也就成爲某種意識形態維繫其社經系統優勢的無聲武器了(Bennett & Edelman, 1985; Breen & Corcoran, 1982:131～132)。

神話的電視新聞敍事體導致公式化的形成問題，又公式化的解決問題。記者們帶領閱聽人進入這種老套的符號模式，使人們的日常知覺變成一神話的結構性故事，並在人們不知覺的情形下，灌輸人們某種優勢的意識形態(Bennett & Edelman, 1985:169～170; Breen & Corcoran, 1982:131～132)。

五、普洛普的神話敘事結構分析

就如一般的神話敘事體，電視新聞中的神話敘事體本身包含兩個分析的面向(Silverstone, 1984:390～391)：

⑴順時性(Chronology)的英雄主義和冒險層面。

⑵具體類目的邏輯結構層面。

第一種層面屬於民間故事的形式，它充滿了英雄、衝突、解決的劇情。角色的衝突是故事的開端，而衝突的解決則是故事的結尾。這意謂故事並非一連串事件的任意累積；故事必須符合一定的「敘述次序」(narrative sequence)（黃新生，民七六，頁一六二；張秀麗，民七六）。

第二種層面屬於李維史陀(Lévi-Strauss)對神話的邏輯。李維史陀認爲在神話的基本主題或故事情節背後，必然有一種隱含的意義。這種隱含的意義存在於人類思維的較深層次，在整個人類思維的「潛意識」結構中。這便是李維史陀所稱的二元對立結構（例如：天／地、善／惡），亦是索須爾(Saussure, F. de)與李維史陀所言的，此種層次的分析能深入表面，探究敘事體的深層結構與意義；而民間故事層次的分析，僅能得到表層的意義與結構(Silverstone, 1984:390～391；張秀麗，民七六，頁五〇～七〇)。

所以神話的電視新聞敘事體，在表面上觀察，是一英雄的故事；深入表面，進入深層結構，又可發現它以二元對比（＋／－）的形態來表達（例如：敘事體的衝突單位被二分爲正派／反派）。

本書基於研究興趣與方法學的考量，只擬由順時性的英雄主義和冒險層面作表面意義的剖析。在此層面上，我們可藉由普洛普(Propp, V.)的研究來定義敘事體的架構。

蘇聯作家普洛普研究俄國民間故事(folk tale)聞名於世。基本上

來說，他採用形式主義(formalism)作爲分析的取向。該領域研究的重點在文本的形式及方法，而非內容；強調文本的自主性，而不在乎作者的人格和作者所處的社會環境。形式主義的分析強調科學及客觀，試圖建立可供「概判」的文本結構規則。故普洛普的研究在本質上，應是一個先探性的實證科學研究(Silverstone, 1981:85～86)。

普洛普描述他分析一百個俄國民間故事的方法如下(Propp, 1968, 轉引自 Berger, 1982:24)：

「我首先比較這些故事的題目，然後區分故事中的要素，再將這些要素一一相互比較，找出他們的關係。此種過程是形態結構(morphology)的基本分析。」

普洛普認爲「功能」(function)是敍事結構分析的最基本單位。所謂「功能」，就是故事中主角進行的重要活動。他發現神話故事中的「功能」是有限的，總共不超過三十一個。他並認爲這三十一個功能可用來測量不同的故事，並定義這些故事間的關係(Propp, 1968, 轉引自 Silverstone, 1981:86～87)。

普洛普發現敍事結構的概念主要如下 (Silverstone, 1981, 轉引自黃新生，頁一六六)：

1.故事的背景是：家中重要人員失蹤或死亡，或歹徒出現，或發生欺詐、愚蠢、叛節的情事。

2.英雄角色或探求者(seeker)離鄉背井，踏上探索的旅程，接受連串的試煉；有時候術士或精怪(magical agent)指點，圓滿達成任務，得到所尋覓之物體。

3.英雄角色踏上歸程，榮歸家鄉。

4.有假英雄出現，向英雄挑戰，反被英雄擊敗，假英雄露出虛僞的眞貌；最後，英雄或與美女結婚，或得到物質的饋贈。

由此架構可見到故事的結構性原則應該是：⑴功能的次序是不可

改變的，⑵故事中的功能均相互關聯，並與整個故事的發展有關（Wright, 1975:122～129）。

此外，普洛普神話敍事結構中的人物也是有限的，主要包括(Berger, 1982)：

⑴壞人：和英雄戰鬥者。

⑵善人：提供英雄魔法的人。

⑶協助者：幫助英雄解決困難的人。

⑷公主：被尋找的人。

⑸公主的父親：分派困難的工作。

⑹調度者：送英雄到他的任務上。

⑺英雄：尋找某物或與壞人戰鬥者。

⑻假英雄：冒充是英雄的人。

普洛普的分析架構已證實能適用於大衆媒介文本的分析，國外較爲人所知的有萊特(Wright, W., 1975)、史勒維史東(Silverstone, 1981, 1984)、費司克(Fiske, J., 1983)的研究，國內則有黃新生（民七六，頁一六一～一七二）、張秀麗（民七六）。

然而任何研究都不可能十全十美，普洛普在敍事結構上的分析，亦遭受批評。有些人認爲普洛普的研究違背民間故事的動態性及複雜性，有些人則批評普洛普的敍事分析未將文本和產生文本的文化情境整合，另外有些人則認爲普洛普的形式主義太過抽象，不足以了解敍事體的具體邏輯(Silverstone, 1981:87～97)。

儘管如此，普洛普的分析依然是目前比較好的分析指標，故本書在方法學上即打算根據普洛普之分析架構進行電視新聞的分析，並大膽運用故事功能作爲測量閱聽人認知的基礎。這是本書不探討李維史陀所說的深層意義的主要原因。因爲神話敍事體的深層意義屬於潛意識層次，只能在媒介文本上分析，而不易應用於實證的閱聽人研究中

（肇因在方法學之困難，閱聽人潛意識的資料不易搜集）（Lindlof, 1988）。相較之下，普洛普的民間故事分析層次由於在人類的意識層次上，故應用其方法作爲蒐集閱聽人認知資料的基礎，較爲可行。

第二節　閱聽人的解讀活動

上面筆者採用神話學理論，在各個不同層面剖析電視新聞敘事體的性質，並且經由神話理論的觀點，發現電視新聞敘事體具有控制人們對外在世界看法的能力。

不過符號學的收訊分析研究卻提醒我們，上述分析只是片面見到文本一端的力量而已。它認爲，上述分析只能指出文本對觀衆「可能的」意義範圍(Dahlgren, 1988:286)。究竟文本對觀衆的意義爲何，則須一併由傳播鍊的另一端——閱聽人的解讀能力考慮之。

一、 閱聽人的解讀角色

符號學的收訊分析指出觀衆能在其日常生活中，主動由媒介文本中尋找意義(Dahlgren, 1988:289〜290)。詹森(Jensen, 1990:57)即指出，這種重視解碼過程的探討，是過去十年來，媒介研究重新評估流行文化和其消費者之間關係的最重要發展。

根據符號學觀點，大衆媒介訊息本身爲一符號(sign)結構。艾柯(Eco,1976,轉引自 Fry & Fry, 1986:445)對符號曾界定如下：符號是表達面向(expression plane)與內容面向(content plane)聯繫的結果 ❸。表達面向，意指傳播的語文或非語文形式；內容面向，則意指閱聽人對文本解讀的意義。艾柯指出，當表達面向指涉某事物時，

❸因爲表達與內容面向的接連產生符號，是故符號學家有時稱表達面向爲符徵(signifier)，稱內容面向爲符念(signified)(Fry & Fry,1986:446)。

並不意謂任何意義的存在；只有當人把它與某種內容面向連接時，意義才會發生。以九〇年風靡一時的「忍者龜」電影爲例，劇中主角忍者龜是小孩子心目中的英雄，媒介研究者卻擔心忍者龜傳輸過多暴力形象，電影公司則視其爲搖錢樹。此例中有兩點值得注意：(1)針對同樣的表達面向(忍者龜)，與之連接的內容面向便有上述三種；(2)表達面向（忍者龜）本身不具有意義，惟有內容面向與之聯繫方有意義浮現。

　　根據上面的論述，可知爲何符號學強調文本的意義要透過閱聽人的解讀才會發生。推至本書，則其論述可如下所言：即使本書先前以神話敘事體理論針對電視新聞作探討，卻只能推測該文本對閱聽人可能之意義。根據符號學，電視新聞本身是一「表達面向」，惟有觀衆之內容面向（解讀）才能使它發生意義。換個講法，就是與其說電視新聞（神話敘事體）傳輸某種特別意義，還不如說電視新聞是供觀衆解讀之母體。有關這一點，則可引出符號學對媒介文本'polysemic'的假定。'polysemic'意謂媒介訊息能潛藏多種層次且爲數不淸的意義，這與美國主流研究以「明顯」(manifest)、片斷的資訊事實集合體審視媒介文本大不相同(Dahlgren, 1988; Fry & Fry, 1986:457~458)。

二、解讀的意義層次

　　皮爾斯指出解讀的意義可分三種層次來談，情緒性(emotional)、機能性(energetic)、邏輯性(logical)。情緒性意義，乃閱聽人解讀符號系統的最初與最直接的認知。機能性意義，則意指解讀產生的心理或生理反應。至於邏輯性意義，則意謂閱聽人一種分析性與合理化意義(rationalization)的解讀思維，與人的智能(intellect)有關(Peirce, 1931~1934, 轉引自 Fry & Fry, 1986:450~451)。

　　以前面小朋友對忍者龜的解讀爲例，小朋友可能知道忍者龜如何

和壞人對抗(情緒性解讀)，並對忍者龜的表現感到滿意(機能性解讀)，視其爲英雄（邏輯性解讀）。

基本上，皮爾斯的情緒性解讀類似艾柯的外延(denotative)意義，機能性解讀是外延意義的行爲表現，邏輯性解讀則是內涵(connotative)意義的過程或效果(Fry & Fry, 1986:452)。

在實際情況中，解讀過程可能很複雜。因爲每一種解讀層次出現後，本身都可成爲一個新符號而連續引發其他的解讀意義(Fry & Fry, 1986:452)。

本書基本上不去研究觀衆解讀的先後反應，亦不想往一無法釐清的方向，探究觀衆可能的解讀複雜過程。本書只擬將研究架構置於解讀的基本意義層次——邏輯性反應，以剖析觀衆對神話的電視新聞敍事體的解讀。

三、終極性解讀型態

「解讀」的概念是多面向的。皮爾斯曾界定個別閱聽人的解讀爲「動態性」(the dynamic)解讀，以強調個體使用符號系統反應輪廓的不定與獨特性。皮爾斯並以「終極性」(the final)解讀解釋閱聽人間如何及爲何激發一致(consistent)的動態性解讀(Peirce, 1931～1934，轉引自 Fry & Fry, 1986:449)。

艾柯則將皮爾斯略帶「唯心論」(mentalistic)的觀點擴展至解讀的文化或社會性上。艾柯對符號表達與內容面向的關切，促使他探討解碼型態(patterns)或規則(regularities)——製造閱聽人間彼此共享意義——的興趣。他暗示，終極性解讀乃一社會、語言或文化團體中成員的一致性解讀。此概念能說明閱聽人間的意義規則，亦是了解某種表達面向與內容面向間之「傳統聯繫」(conventional correlations)的基礎(Eco, 1976，轉引自 Fry & Fry, 1986:449)。足見，解

讀過程不只因人而異，它的呈現也是一種社會化型態(Dahlgren 1988:290)。

　　集體互動(collective interaction)、交互主觀(intersub-jectivity)、文化型式(cultural patterns)促使閱聽人的解讀意義與其他許多閱聽人共享(Dahlgren, 1988:287)。費雪(Fish, S.)、林達夫(Lindlof, T. R.)特別以「解讀社群」(interpretive communities)這個名詞稱呼在解讀運作有共同規則與共同意義的閱聽人群體(Lindlof, 1988)。一般而言，社群的解讀規則先於文本而存在。解讀規則是社群的特性，也是社群成員的共同活動(Lindlof, 1988:91)。

　　終極性解讀發生的原委，社會現象學(social phenomenology)家泰勒(Tayler, C., 1977, 轉引自 Lindlof, 1988:88～89)曾作解釋。他指出，解讀的目的，本來就在於創造整體人類行為的共識。共識能提供一群體的成員，以共同的語言去談論社會真實和某些他們共同了解的規範，以支撐他們同處一共享、秩序的世界中。是故閱聽人在解讀過程中產生共同意義，是其在社會角色運作上的重要條件，亦是認同某一社群的基礎。

　　終極性解讀是（解讀）社群成員重要的共同活動與感情參照。其特徵，讀者——反應批判主義(reader-response criticism)家費雪對此曾有說明(Fish, S., 1980, 轉引自 Fry & Fry, 1986:91)。他指出，終極性解讀並非客觀，因為基於解讀社群中成員的興趣、目的使然，故其意義非中立。然而終極性解讀亦非主觀，因社群的每位成員皆須依恃社群群體和傳統的觀點，而不能有自己的意見。在這點上，終極性解讀的運作顯然是限制個體意識的。由終極性解讀可審視量化內容分析背後的迷思，即：大部份的內容分析結果，實際上是研究者與登錄員對研究內容激發的一解讀共識。是以將該結果概判至其他的「解讀社群」上，恐怕將發生問題(Fry & Fry, 1986:458)。

　　本書的研究興趣在閱聽人的終極性解讀上。換言之，筆者關心的不在閱聽人個人層次的解讀，筆者關心的是閱聽人群體的解讀共識。筆者想了解閱聽人解讀神話的電視新聞敍事體之終極性解讀型態。此外，根據前面敍述的解讀意義反應，可知終極性解讀型態的意義反應亦以情緒性、機能性、邏輯性三種爲基礎。如前所述，本書只擬探討邏輯性反應，因此綜合言之，本書之研究範圍僅限於終極性解讀型態之邏輯反應而已。有關此層面的內涵，下面還會討論。

　　終極性解讀關照的不是閱聽人個體由文本所讀出的不定與獨特之意義；終極性解讀是朝閱聽人群體激發的一致性與規則性的共享意義出發。站在發展系統性知識的立場，終極性解讀的研究價值似乎高過動態性解讀；況且終極性解讀與人類生存運作的關係亦極密切，因此筆者以探討終極性解讀型態爲取向。

第三節　電視新聞神話敍事體與閱聽人的解讀活動

一、文本意義的決定

　　符號學的收訊分析研究肯定文本與閱聽人兩方的力量，都足以對文本意義的決定造成影響(Fry & Fry, 1986:452)。

　　以文本這一方而言，一個建構良好的文本可控制什麼解讀路徑該開放，什麼則該隱蔽。這即是艾柯稱的「語義暴露」(semantic disclosure)(Eco, 1979，轉引自 Fry & Fry, 1986:453)。在製碼者的處理下，文本中受到強調的觀點，其性質是「多面向」(multidimension)的；反之，被淡化的觀點則呈「單面向」(unidimension)。這是因爲前者的呈現往往有其他相關元素（例如，相關事件／活動）的配合；它就像戲劇中的主角一樣，整個故事的進行都以它爲樞紐；至於後者，

其地位在文本中不算重要，故經常受到嚴重的「刻板化」(stereo-typed)處理；它就像戲劇的配角一般，只是爲了襯托主角(Fry & Fry, 1986:453)。

　　然而我們亦不可忽略閱聽人的解讀能力。在意義產生的過程中，媒介文本是閱聽人應用的資源；製碼者雖能藉其意圖的清楚界定以呈現某種特別的文本意義，但文本母體依然存有許多潛在意義由閱聽人解讀和擴展。因此一個經過建構的文本雖可指揮閱聽人依製碼者期待的路徑解讀，但閱聽人也可能違背製碼者的意思，循另一「歧異」(aberrant)的方式解讀(Fry & Fry, 1986:448, 453)。

　　以上論點，主要是指出文本意義的決定，須同時受制於文本建構力與閱聽人的解讀能力，推及本書之研究可知，神話電視新聞敍事體的意義決定，亦應是文本力量（神話敍事體對閱聽人推論新聞的引導作用）與閱聽人解讀能力（終極性解讀）相抗衡的結果。

　　意義決定的本質經上述說明後，以下便進入另一主題：意義型態的探究。

二、解讀型態

　　符號學取向的收訊研究，假定文本與閱聽人兩造的力量都足以對文本的意義決定造成影響。基於此前提，文本意義的內涵可能呈現出某種模式嗎？這也是一個令人關心的問題。推及本書之研究，此問題的探討即在：終極性解讀的內涵爲何？它是否有模式可循？

　　社會學家法蘭克‧派金(Frank Parkin, 1972)曾指出人們面對政治體系的三種意義系統，赫爾(Hall, 1980)、費司克和哈特利(Fiske & Hartley, 1978)則參考派金之觀點以說明閱聽人和媒介文本的互動深度(depth)❹。

---

❹最近李菲史東(Livingstone, 1990)執行了一個定量實證研究，調查英國觀衆

在一九七三年的研究報告「電視論述的製碼和解碼」("Encoding and Decoding in the Television Discourse")中，赫爾參考派金的構想，而暫時認定群聚的閱聽人解讀電視論述(尤其是電視新聞論述)的三種假設型態(type/pattern)(Moores, 1990:17; Streeter, 1984: 87~88)：

1.第一種是**優勢**(dominant)或**霸權**(hegemonic)立場的型態。此解讀社群的解讀策略站在政治菁英及霸權的一方，因此該群體讀出的意義相當符合文本的期盼。此種解讀型式等於受到文本完全及直接的控制。換言之，「類型」(genre)的概念（製碼者與解碼者共同同意的意義系統，McQuail, 1987:188)在此型態之解讀情況下才會發生。

2.第二種解讀符碼的型式稱為「**協商**」(negotiated)型。屬此型式的解讀社群雖承認霸權地位的合法性，卻以比較有限制的、視情況而定的態度去解碼。'所以此類社群並不完全接受文本的「導引式讀法」(preferred readings)。

3.第三種稱為「**對立**」(oppositional)的符碼型式。這種解讀方式完全不同於文本的導引式讀法，亦完全與文本的優勢意義對立。例如，馬克斯主義思想的閱聽人，認為新聞中提到的「國家利益」是意謂「階級利益」，就是一種對立式的讀法。

根據上面這三種假設的解碼型態，可知文本與閱聽人互動而決定的終極性解讀型態之情形。第一種「優勢」或「霸權」的解碼型態，簡單說來，基本上是文本的建構力量主導文本的意義；第二種「協商」式的解碼型態，是文本的建構力對文本意義的決定能力減小，解讀社

對 "coronation street" 這一肥皂劇的解讀，結果得出觀眾有四種解讀型態：羅曼蒂克(romantics)、協商式羅曼蒂克(negotiated romantics)、協商式犬儒主義(negotiated cynics)、犬儒主義(cynics)。由於本書以電視新聞的解讀型態為主，故不採用李菲史東之分類。

群能讀出一些不同於文本期望的意義，但文本建構的力量仍在；第三
種「對立」型解讀，文本建構的影響力趨近於零，解讀社群讀出的意
義和文本中的優勢意義對立。

　　以生髮水的電視廣告爲例，某解讀社群若認爲生髮水具有生髮之
療效，因而產生符合該文本所希望的邏輯性意義，那麼此終極性解讀
型態即爲「優勢」型；若某解讀社群雖認爲生髮水有效，但卻質疑文
本的妥當性，懷疑該生髮水可能產生副作用，則此解讀型態可屬「協
商」型；至於因爲對廣告功能的了解而覺得生髮水的療效根本誇大其
詞的解讀社群，則可屬一「對立」解讀型態。

　　赫爾擴展派金的觀點以闡述不同的解碼運作，開啓後來的研究空
間。摩利(Morley, 1980)在他「『全國』閱聽人」(the 'Nationwide'
Audience)研究中，便試圖使用赫爾的類目進行實證研究。他以深度
訪問法(focused interviews)訪問二十九個五至十人組成的小組，每
個小組代表來自不同的社會、文化、種族和經濟背景，並多少受過教
育。結果他發現學徒、學童、銀行經理屬於「優勢」型態之解讀社群；
大學藝術系學生、師範學院學生則屬於「協商」型態之解讀群；至於
店員、黑人團體則爲「對立」型態之解讀群。

　　本書的研究假設是以符號學架構指陳的文本意義由文本及閱聽人
兩造決定之觀點爲基礎，進而論及文本意義的型態（終極性解讀）可
區分成優勢、協商、對立三種。換言之，筆者以赫爾及摩利對解讀型
態分析的觀點，假定閱聽人解讀神話電視新聞敘事的三種型態有優勢、
協商及對立。

　　整合前面之論述，筆者界定本書的研究範圍揭櫫如下：

　　本書以符號學的收訊分析爲取向，想了解神話電視新聞敘事體對
閱聽人的意義。根據符號學理論，筆者因而假定：神話電視新聞敘事
體對閱聽人的意義，須視神話敘事體建構的力量與閱聽人解讀能力間

的互動情形而決定。此互動結果可由赫爾闡述的三種解讀立場——優勢、協商、對立——來檢視。此三種解讀型態涉及的層次不在個別閱聽人(解讀因人而異,故毫無規則／型態可言),而在閱聽人群體——「解讀社群」之層次。是故解讀型態等於是探討解讀社群的終極性解讀策略。本書基於研究興趣,對三種解讀型態的探討將只涉及邏輯性意義層面。

第四節　影響解讀型態之因素

本書除了假定閱聽人解讀神話電視新聞敘事體的三種型態外,進一步之旨趣就是研究影響解讀型態之因素。

如前所述,筆者發現針對電視新聞的解讀,觀眾可被區分成三種使用不同解讀規則'(優勢、協商、對立)的閱聽人社群。閱聽人為何隸屬於使用該解讀規則之社群?這是筆者感到興趣的問題,亦是大部份研究解讀型態(社群)之研究者共同關注的焦點。誠如佛萊等人所言,釐清閱聽人因具有某種特質,而成為使用某種解讀規則社群中之一員,是一相當重要的問題(Fry & Fry, 1986:458)。

本書最主要的任務,便是研究解讀型態與影響因素之間的關聯性。在說明研究架構之前,筆者想先大略檢視過去的有關研究。

赫爾、摩利除區分三種解讀類型外,亦十分注意解讀類型和閱聽人社經地位(socioeconomic positions)的關聯性。基於為人廣泛辯論的馬克斯主義理論(Marxist theory)中的「經濟」和「意識形態」的關聯,促使赫爾、摩利對解讀型態(某一種意識形態)與解讀社群社經地位之關聯性問題的關切(Moores, 1990:17~16)。結果摩利發現解讀型態並不直接與經濟地位相關;他並注意到學徒、店員和黑人「推廣教育」(Further Education)學生雖同屬一社經階級,但他們

的解碼型態卻不同(Morley, 1980)。

艾柯(Eco, 1972，轉引自 Moores, 1990:16; Berger, 1982:34～35)則曾提出「暗碼」(codes)之概念以解釋影響解讀型態之因素。暗碼是閱聽人的一般文化參考架構，是閱聽人內心中的「隱密結構」(secret structures)，它可包括，意識形態、倫理、宗教立場、心理態度、品味、價值系統等等，是閱聽人從社會和文化學來的複雜型式。

此外，一些研究(例如，Newcomb & Hirsch, 1984; Curti, 1988; Kuhn, 1984)則認為社會人口學變項會影響觀衆對媒介內容的解讀；有些研究(例如，Chapko & Lewis, 1975; Potkay & Potkay, 1984; Rubin, 1985)則指出心理學變項可能影響觀衆的解讀。

本書所分析的影響解讀型態之因素，包括，社會學變項（性別、年齡、政黨傾向）、心理學變項(權威性人格、電視新聞形象的認知與評估)、情境變項（儀式性使用、工具性使用）、報紙依賴程度、電視新聞依賴程度。這些變項與解讀型態的關聯性多為初探性質，以下即做說明。

一、影響解讀型態之因素：自變項部份

1.社會範疇

社會上不同的人群組合（範疇），對傳播訊息會作出不同的反應。社會研究經常使用的人口特徵（如年齡、教育、性別、職業、階級），便是假定人口特徵可代表不同範疇的社會組合（李金銓，民七三，頁一一三）。

人口特徵是否會影響閱聽人採取不同的解讀策略？有些研究者推測有此可能(Newcomb & Hirsch, 1984; Hartley, 1984; Curti, 1988; Kuhu, 1984)。林達夫則持反面看法。他認為，使用媒介的解讀社群並非正式的組織、親屬關係結構、或任何其他的自然集合體。解

讀策略對解讀社群中成員的意義，在於傳播事件儀式化或規則性的符碼分享。他指出，解讀社群中成員是基於共同的解讀興趣及目的而結合在一起，因此成員必須揚棄年齡、教育層次或其他地位象徵的區分，方能融合於符號的次文化中。以家庭爲例，父親、母親、孩子可能就屬於不同的解讀社群；他們雖因家庭的關係而相處在一起，卻不表示他們就屬於同一解讀社群。是故，解讀社群的運作不必要和客觀的社會範疇像職業、社經或社會階級有關(Lindlof, 1988:92～93)。

摩利(Morley, 1980)、李菲史東(Livingstone, 1990)的實證研究都印證上述之理論觀點。摩利發現年齡、性別及階級並不直接與解讀型態有關；李菲史東亦發現年齡、性別不影響觀衆對"Coronation Street"此部肥皂劇的解讀型態。

由於本書以神話電視新聞敍事體作爲受衆解讀的題材尙屬初探性質，因此筆者認爲仍有必要去檢驗人口特徵和解讀型態之間的關聯性，而後進一步驗證林達夫之理論觀點是否能在本土獲得證實。基於研究興趣及研究對象之人口特徵範圍，筆者選取「性別」及「年齡」❺作爲研究的自變項，並以林達夫之理論觀爲基礎，發展假設如下：

假設一： 閱聽人的性別不會影響其對神話電視新聞敍事體的解讀型態。

假設二： 閱聽人的年齡不會影響其對神話電視新聞敍事體的解讀型態。

2.文化（和意識形態）的結構型式

文化結構型式有正式與非正式兩類。正式的文化結構型式，像是

❺本書之受衆爲十二至二十二歲的臺北地區在學學生，故受衆之年齡亦可代表其受教育之程度。

政黨、商業公會、教育系統中的不同科系等等，均是；而學生或青年次文化、少數民族文化等等，則屬於非正式的文化結構型式(Morley, 1980:26)。

摩利的實證研究發現，個人的政黨傾向、教育背景❻和黑人青年次文化這三項因素，對觀衆解讀新聞節目文本的型態有影響(Morley, 1980)。基於研究進行的可能性，筆者只選取「政黨傾向」進行研究❼。

根據摩利的研究結果顯示，政黨傾向爲保守黨的閱聽人──學徒、銀行經理、印刷管理練習生，其解讀型態傾向優勢；而政黨傾向爲工黨或社會主義者，則較偏向於協商或對立式的解讀型態。由此顯示，政黨傾向似乎會影響解讀型態。

筆者擬透過媒介霸權理論(hegemonic theory of media)而嘗試解釋上述研究結果。媒介霸權最主要的一個論點，在於它認爲大衆媒介傾向於服務政治之有權者(旣得利益者)。換言之，政治之霸權會透過意識形態贏取民心，其手段就是運用「意識形態國家機器」(ideological state apparatuses)，如大衆媒介，把優勢之情境定義普及於全民(McQuail, 1987:66～67)。

由於媒介的角色在維持、宣傳、讚揚、解釋統治政權的意識形態，因此電視新聞的客觀性減低，產生系統性的偏向。電視新聞往往對未能符合主流文化的現象予以限制扭曲，這點充份顯現在其處理異議團體的態度（視異議團體危險而不正常）及選擇新聞來源的立場上（社會菁英佔極高比例）（胡愛玲，民七九，頁十六～十七；張錦華，民七九，頁一八三～一八六）。

---

❻此處之教育背景與教育程度之概念不同。教育背景重視個人在教育系統中習得之專業知識，例如企管、法律、電腦等。教育程度與「學位」之概念有關，例如：高中、五專、大學等。

❼筆者曾考慮以原住民次文化爲變項，但因研究對象不易掌握，加上研究規模太大非筆者能力能負荷故作罷。教育背景這一變項亦在考慮上述因素後而作罷。

筆者推測，基於新聞媒介與霸權結構相互滲透的關係，英國保守黨在新聞媒介擁有相當之主宰力；屬於保守黨傾向的閱聽人，比較容易接受電視新聞節目賦予的優勢定義；非保守黨傾向的觀眾（工黨及社會主義者），則求力求擺脫「保守黨說的那一套」，因爲他們或許已體會到該文本對事件或情境的定義傾向保守黨的利益；鑑於政治態度的不同，便很容易使他們採取協商或對立的解讀策略。至於筆者如此之分析是否正確，恐須留待後續研究的深入探討。

再反觀國內，自從國民黨由大陸撤退至臺灣後便一直是政治的霸權者。姑且不論國民黨在三家電視台的財務及人事主控權，臺灣電視新聞傾向於服務國民黨政權是相當明顯的現象（陳世敏，民七六；李金銓，民七六 b）。薛承雄（民七七）的研究報告便指出，國民黨長期對媒介的支配，已導致電視新聞喪失公正客觀的報導立場。是否支持國民黨者，比較習於接受國民黨操縱之媒介文化；而非國民黨政治立場者則易於採取協商或對立的解讀策略？由上面摩利的研究結果推論，其答案可能是肯定的。據此，筆者提出假設如下：

假設三：閱聽人的政黨傾向爲國民黨者，其解讀神話電視新聞敍事體的型態偏向優勢；閱聽人的政黨傾向若不屬於國民黨者，則其解讀型態偏向協商或對立式。

3.個人差異

即指一般的心理學變項，許多學者相信，人人之所以對所接受的刺激有不同的反應，主要跟個人人格的特徵有關（李金銓，民七三年三版，頁一一一）。這就是馬雷茨克(Maletzke, 1963, 轉引自楊志弘等譯，民七七，頁五九）指出的：接收者的人格結構會影響他們對媒介內容的反應方式。若由此理論觀點推衍，則可知觀眾對電視新聞的

解讀反應之所以和其他許多人一樣被歸類於某一解讀型態中，或許跟他們都擁有某種相同的人格特質有關。此假設亦可由艾柯指出「心理態度」（組成閱聽人「暗碼」的一個因素）會影響解讀型態的理論觀點中得到支持（Eco, 1972, 轉引自 Moores, 1990:16）。

筆者整理文獻時發現：權威性人格、興趣、需求、知識，對文本中角色的評估、認同、同情及認知等心理學變項，都與閱聽人的解讀反應有關。基於研究興趣，本書選取權威性人格（authoritarian）為探討目標。恰柯與李威斯（Chapko & Lewis, 1975）即曾分析權威性格與觀眾對肥皂劇人物的解讀與評估之關係。他們發現高權威性人格者比低權威性人格者，對"All in the Family"劇中主角 Archie Bunker 的解讀易持正面看法。他們的研究映證權威性人格會影響人們對文本的解讀。

筆者選取權威性人格為研究變項的主要原因，是著眼於此變項和中國社會的密切關係。楊國樞便曾論及：「傳統的中國家庭是權威式的。在這種型式的家庭中，年者長──特別是父母──必須無條件、無理由的被尊敬與服從。擴而大之，在族黨、學校及其他團體中，尊長、老師及上司等等所謂「長上」，便取代了父母兄姊的地位，成為無條件尊敬與服從之對象。上述種種權威關係一經確定，即與生俱存，不能任意加以改變或否定。所以中國人具有強烈的權威人格，實屬意料中事」（楊國樞，民七七，頁一二八～一二九）。

權威性人格研究淵源於一九二〇年代，此後便由歐傳美在一九四〇、一九五〇代蔚為研究高潮。該研究的興起與探討法西斯主義（Fascism）之權威型意識形態有關 ❽，而其中又以阿都諾（Adorno, T. W.）等人的研究成果最為可觀。他們於一九四三年開始研究，發現若干

---

❽德國在希特勒 1933 年取得政權後，即施以極權式的控制，其具體的表現之一，

具有法西斯傾向的人士，都同時持有種族中心主義(ethnocentrism)、反猶態度(antisemitism)、反民主(anti-democratism)、迷信權威、重視正統與習俗的人格傾向。此種在人格特徵上之特殊組合型態，便稱爲權威性人格（梁善紘，民六七，頁十三～十五）。

儘管阿都諾等人對權威人格研究之蓬勃發展貢獻殊多，但其中仍有許多問題存在。其中一個嚴重的問題便是學者們對權威性人格之內涵的爭論。例如森佛德(Sanford, N., 1956，轉引自梁善紘，民六七，頁十七)便指出，阿都諾等人探討的是法西斯主義式的權威性人格，充滿濃厚的政治意理，與一般人存在之權威性人格型態不盡相同。這點似乎可解釋爲何筆者在界定權威性人格之內涵時面臨困擾。大概研究權威性人格的最大困難之一，便是其理論概念的莫衷一是。歷來有關文獻，總是從不同角度去論述。所以本研究目前的首要工作，便是先釐清其概念並予以合適之界定。

楊國樞歸納數位研究者(Adorno et al., 1950; Maslow, 1943; Suchman et al., 1958)對權威性人格的定義，指出權威性格包含的重要特質如下(楊國樞，民七七，頁二八四)：

(1)對權威與規範無條件順服。

(2)迷信權力與權勢。

(3)主張嚴刑峻法。

(4)喜從單一的價值標準評判人事物。

(5)喜採二分法的思考方式。

(6)在人際關係中注意雙方的身份。

便是對少數民族(特別是猶太人)的迫害。爲瞭解此種反猶態度，事後「美國猶太人委員會」(American Jewish Committee)特別組織了一個科學研究部，專門從事並鼓勵有關種族偏見及法西斯意識之研究(以上資料來自雲五社會科學大辭典，第九册心理學，頁197～198)。

(7)不易信任陌生人，對他人有壓抑性的敵意。

(8)缺乏超越實用範圍的想像力。

梁善紘（民六七，頁二○～二一）也參考各家的主張(Adorno et al., 1950; Maslow,1943; Scodel & Mussen, 1953;文崇一，民六二)，歸納出四個權威性人格型態：

(1)強調階層體系(hierarchy)的傾向：即將人分為上、下級，判斷人的優劣或高低。居下者應毫無批評地服從權威，而在上級者則把握權勢，強調嚴峻。

(2)思考方式呆板僵化，喜用二分法的傾向：即對事物的判斷，多以單一的或外表(external)的因素為標準，無法深思熟慮做複雜的社會判斷。如以個人之身份、地位、財富等外在因素判斷他人，而忽略其內在之個性、人格特徵及能力等標準。

(3)權威型的攻擊(authoritarian aggression)：即順從已有之社會規範，而不容許他人任意的加以破壞。對於違反者，則加以排擠、懲罰、不容異見。

(4)墨守成規(conventionalism)：即因襲傳統，尊重過去之知識與經驗。維持既定之社會秩序，而不願激烈地導致社會變遷。

吉佛德則指出權威性人格的特質，主要包括如下(Guilford, 1959,轉引自楊國樞，民七七，頁一二八)：

(1)苟襲慣例、因循舊習。

(2)無批評地接受權威。

(3)好攻擊：譴責、摒拒、及懲罰破壞陳舊規矩之人。

(4)迷信：相信命運。

(5)思想刻板：喜用二分法。

(6)重視權勢、強調嚴峻。

(7)不信任他人：總懷疑別人正在進行某種陰謀。

(8)反科學: 耽於一廂情願的看法, 性格孤僻。

筆者對權威性人格的界定, 是依循海格(Hage, J., 1972)指陳的原則:「一概念若有不同的理論性定義, 研究者便須依照這些定義的相關程度, 將其互相替代而整合」。據此, 筆者綜合上面相關的定義, 而賦予權威性人格的定義如下:

——權威性人格主要由下列人格特質組合而成:

(1)階層體系的觀點: 喜歡把人排成上下關係, 作爲判斷人的優劣、高低之根據。

(2)權威性服從: 不加批評、無條件順從權威與規範。

(3)苟襲慣例: 因循舊習、反科學、反叛逆、相信傳統。

(4)權威性的攻擊: 對破壞任何規範、習俗者, 主張嚴刑峻罰。

(5)思想刻板: 喜用二分法, 或使用單一的、外在的因素判斷事物, 無法深思熟慮作複雜的判斷。習於一廂情願的看人事物。

(6)迷信權勢: 極端重視或相信權勢與命運(命運也是一種權威)。

(7)懷疑人性: 不信任他人, 對他人或事物經常流露著失望與敵意, 個性孤僻。

(8)反內省: 態度嚴肅, 反對生活中柔和的一面與不切實際的想像力。

權威性人格是一種複雜的人格組合, 事實上它的存在只是一種理念型(ideal type), 我們無法找到純然屬於權威性人格者, 或完全不具權威人格特質的個人(梁善紘, 民六七, 頁二二)。所以對每個人而言, 權威性人格不是「有」或「無」的問題, 而是程度上之差異、傾向之強弱而已。

由於中國特殊的傳統文化和社會制度, 因此日常觀察與實證研究的結果都證實中國人權威性格較強的事實 (楊國樞, 民七七, 頁二八四)。權威性格的強弱與解讀型態的關聯如何? 相信這應是一個值得探

討的問題。是以筆者發展假設如下：

　　假設四：閱聽人的權威性人格會影響其對神話電視新聞敘事體的
　　　　　　解讀型態。

4.媒介依賴的程度

　　葛芬奇和勒菲(Gurevich & Levy, 1086:159～175)曾執行一研
究以探討閱聽人認爲美國若涉入中美洲或中東戰事的可能理由。他們
發現，受衆的解答取向與其依賴的媒介型式有顯著關聯；即使在他們
控制性別、年齡、教育程度和暴露電視媒體程度這些變項後，依然產
生顯著的相關。例如有三分之二的電視新聞依賴受衆，認爲引發戰事
的爲「過程性原因」；而約有三分之二的報紙依賴受衆，則認爲引發戰
事的爲「事件取向原因」。

　　上述研究結果顯示閱聽人對事件的看法似乎與其對媒介的依賴程
度有關。其他類似的研究發現有羅賓生和魯金(Robinson & Zukin,
1976)，麥克里歐等人(McLeod et al., 1977)及羅賓生(Robinson,
1974)。而事實上媒介依賴(Media dependency)理論已有人們依賴
的媒介型式若不同，則其對外在世界的認知亦可能不同的論點(De-
Fleur & Ball-Rokeach, 1975:242～244)。由於閱聽人依賴不同媒介
可能會產生不同的認知，因此筆者推測，依賴不同媒介的閱聽人在面
對文本時，極有可能採取不同的解讀策略。有關此推測，筆者擬由「基
模」(schema)(或稱「語意網絡」(semantic network))和「腳本」
(script)這兩個角度來說明。

　　基模或語意網絡，指的是人腦中所有的既存知識；它的結構被假
想爲由許多「交點」(nodes)(字、概念、特性和他們的交互關係)的聯
繫和交互關聯而成(Woodall, 1986:146～147)。閱聽人依賴的媒介若

不同，便可能導致認知基模的差異。羅賓生即曾分析，他發現依賴電視新聞者，覺得自己不懂政治的比例高過非依賴者(Robinson, 1976, 轉引自 Becker & Whitney, 1980:96)。許多研究報告則指出，依賴電視為主要新聞來源的閱聽人，在某些知識上(尤其政治知識)，往往不如依賴報紙者來得豐富(Wade & Schramm, 1969:Becker & Whitney, 1980;Clarke & Fredin, 1978)。這些論點似乎都凸顯了依賴電視新聞者與依賴報紙者，在基模(既存知識)上有差異。可預期的是，電視新聞依賴者由於缺乏「再定義」(redefine)神話電視新聞敘事體的基模，因而容易成為優勢解讀者；而依賴報紙者，其解讀型態則可能傾向協商或對立式，這是因為報紙可充份處理論題(徐佳士，民七六，頁一○三)增加閱聽人對事件了解，因此閱聽人在面對神話電視新聞敘事體之解讀時，或許較易採取協商或對立的方式。

再由「腳本」之角度探討依賴媒介與解讀型態的關係。「腳本」(script)意指一種特別的基模型式，它與事件的本質及結構的組織有關，尤其是事件進行的刻板順序(Woodall, 1986:149)。腳本在閱聽人理解故事和文本上扮演重要角色(Schank & Abelson, 1977,轉引自 Woodall, 1986:149)。

可想見的是，經常依賴電視新聞為主要消息來源的閱聽人，其腳本中事件的刻板順序受電視新聞影響的程度，可能高過報紙依賴者。換言之，依賴電視新聞者因其腳本持續刻劃電視新聞之推演經驗，故其面臨電視新聞解讀時，或許較易採取優勢的解讀型態。

綜合上面兩種觀點剖析，本書因此大膽提出兩項初探性之假設如下：

假設五：閱聽人對報紙依賴的程度愈高，愈容易採取協商或對立的解讀型態。

　　假設六：閱聽人對電視新聞的依賴程度愈高，愈容易採取優勢的
　　　　　　解讀型態。

5.電視新聞使用的活動

　　大眾傳播研究中許多學者皆認為，情境因素是探討傳播效果所不
可或缺的。何謂情境因素？杜爾(Dorr, 1986)對此曾有界定。他指出
情境因素可包含「人」(例如：與父母一起觀看電視)、「活動」(例如：
一邊看電視、一邊吃飯)、「地點」(例如：在家中)、「時間」這四項。

　　杜爾的界定啓發筆者去思考二個問題，即：我們是否能測量情境
因素中的「活動」變項？假若可以，情境因素中的「活動」變項，是
否對閱聽人面對電視新聞時的解讀型態造成影響？也就是說，本書之
研究主要想了解的是：閱聽人在日常情境中不同的電視新聞使用活
動，會導致他們對解讀材料作不同的解讀反應嗎？

　　確切的說，筆者希望以一個閱聽人在日常生活中，使用電視新聞
的情形作為自變項。自然，此變項並非意指研究者施測時的「情境」
(教室，或施測當時閱聽人使用電視新聞的活動)。本書所想了解的，
是閱聽人日常生活中的電視新聞使用活動(一個日常情境因素)，是否
影響施測時閱聽人的解讀型態。大體而言，此問題在國內外均為初探。
以下就先說明閱聽人可能如何使用電視新聞的問題。

　　有關閱聽人電視新聞使用活動的問題，我們可從魯賓等人一系列
有關電視使用活動的探討來了解(Rubin, 1983; Rubin, 1984;Rubin
& Perse, 1987;Rubin, Perse & Powell, 1985; Perse & Rubin,
1990;Rubin, 1981)。他們指出閱聽人的電視使用活動可分為兩種取
向：工具性使用(instrumental　uses)和儀式性使用(ritualized
uses)。在詳細說明其內涵前，筆者擬就其提出的背景作一解說。

　　「主動的閱聽人」(an active audience)是使用與滿足研究的立

論要旨，然而閱聽人行爲的「主動」性意義究竟爲何，卻引發學者們的爭論(Rubin, 1984:67)。有學者認爲，閱聽人之所以能被視爲主動的媒介消費者，乃基於他們爲尋求滿足而主動選擇傳播媒介的能力(Lin, 1977)。然此觀念卻陸續遭傳播研究學者的質疑。學者如柯帕斯等人(Kippax & Murray, 1977, 1980)，葛本納等人(Gerbner et al., 1979)便反對閱聽人主動性的概念；賀金斯等人(Hawkins & Pingree, 1981)則認爲主動和被動都可能存在，端視閱聽人觀看電視內容之型態決定。布朗勒(Blumler, 1979:13)則建議將「主動性」視爲變項——這意謂閱聽人的媒介使用過程實際蘊含許多面向。換言之，他認爲所謂閱聽人的主動性，應是一種「程度」的概念，並因人而異。溫德爾(Windahl, 1981)則指陳閱聽人的媒介使用可能是「工具性」(instrumental)或「儀式性」(ritualized)的型態。

魯賓等人一系列的研究，基本上是由溫德爾的論點加以擴展推動的。他們想知道是否媒介使用真的可被區分爲工具性及儀式性這兩種傾向？如果可以，又是哪些觀看動機、態度和行爲與這兩種使用傾向有關？這兩種使用傾向又如何能釐清閱聽人主動性的概念？(Rubin, 1984:69)❾。

經由他們系列性的實證研究後，證實閱聽人的觀看活動的確可區分爲上述兩種使用取向。但魯賓指出，閱聽人在此兩種取向上不是「有」或「無」的問題，而是依其之背景、時間、情境之要求呈現不同程度的差異(Rubin, 1984:75)。他們在研究中亦發現，此兩種使用取向可適用在不同電視節目類型(例如新聞節目「六十分鐘」、地方性電視新聞、肥皂劇)的觀看活動上(Rubin & Perse, 1987:60)。依照魯賓

❾人口學變項與使用取向的關聯？使用取向和閱聽人與新聞主播神交(parasocial interaction)的關係？閱聽人長期性寂寞與使用取向的相關性等問題，也是魯賓等人一系列研究中探討的問題。

(Rubin, 1984)的看法，主動性的概念似乎只能適用於工具型的閱聽人，因爲只有當閱聽人是有目的的選擇媒介內容時，才能以「主動」之字眼形容。

工具性、儀式性使用和韋納(Wenner, 1985)提出的「內容滿足」(content gratification)及「過程滿足」(process gratification)的概念相似❿。然而魯賓和柏絲指出，此概念受到實證研究的注意不如工具性和儀式性概念；同時此概念也不像工具性和儀式性包含動機、態度、行爲等多重內涵(Rubin & Perse, 1987:59~60)。工具性和儀式性使用的概念，大概是「使用與滿足」研究上的重大突破之一。誠如魯賓下的結論：要了解使用與滿足，我們就必須開始超越「動機」層次的分析，而重新評估閱聽人收視行爲的複雜性與社會情境(Rubin, 1984:76)。所以這兩種電視使用活動，不再只是針對動機的研究與分析，而是基於動機、態度和行爲的描述(Rubin & Perse, 1987)。

根據魯賓等人一系列的研究結果，工具性和儀式性使用的理論性定義如下(Rubin & Perse, 1987; Rubin,Perse & Powell, 1985)：

(1)工具性使用電視新聞

1)收視動機：尋求刺激、娛樂、資訊的滿足。

2)對電視新聞的態度：相信電視新聞是眞實的，感覺電視新聞和自己很親近(affinity)。

3)收視行爲：有意圖(intentionality)(計劃)收視電視新聞，收視時的涉入(involement)程度很深，收視行爲是經過高度選擇的。

(2)儀式性使用電視新聞

1)收視動機：打發時間。

---

❿「內容滿足」意指閱聽人的滿足來自媒介內容；「過程滿足」則意指由暴露媒介行爲中獲得滿足。

2)對電視新聞的態度：不感覺電視新聞和自己很親近。

3)收視行為：暴露於電視新聞是消極、不經選擇的行為，收視時容易分心。

這兩種使用取向對閱聽人在解讀電視新聞敘事體時會發生什麼影響？由於這個方向的探究屬於初探性質，因此筆者目前無法發展出清楚的假設來驗證。不過艾柯曾提出一論點：他認為閱聽人本身的情況(circumstance)會影響解讀型態。當情況改變，表達與內容面向的聯繫也跟著改變(Eco, 1970，轉引自 Fry & Fry, 1986: 454)。閱聽人日常生活中使用電視新聞的方式，廣義來說，應可算為一種閱聽人本身的情況。因此筆者推測，閱聽人工具性及儀式性使用電視新聞的程度，可能影響施測時閱聽人的解讀型態。據此，筆者提出假設如下：

假設七：閱聽人工具性使用電視新聞的程度，會影響其對神話電視新聞敘事體的解讀型態。

假設八：閱聽人儀式性使用電視新聞的程度，會影響其對神話電視新聞敘事體的解讀型態。

二、影響解讀型態之因素：中介變項部份

本書中研究的中介變項是「電視新聞的形象」。以下就分為三個部份來探討：㈠電視新聞的形象，㈡電視新聞的形象和閱聽人解讀電視新聞敘事體型態的關係，㈢前述的自變項和電視新聞形象的關係。

1.電視新聞的形象(image)

⑴形象的意義

首先讓我們了解何謂「形象」。過去已有大量文獻，研究形象，也探討形象的意義。研究者們從各種不同的角度解釋，以符合其研究的

需要。此處本研究亦就所需，探討形象的意義，而不贅述其他，以免混淆(胡淑裕，民七六，頁一四)。

最簡單有力的定義在心理學百科全書中，心理學百科全書將「形象」解釋為「一種態度(attitude)或心理的畫像(mental representation)」(陳麗香，民六五)。

鮑定(Boulding, 1956)則認為，形象是個人信以為真的事物，是一種接近真實的知識。換句話說，形象是人們對外在事物的主觀知識。形象與真理的不同，在於形象有人類價值系統介入。因此，對同一事物，不同的個人會擁有不同的形象(Boulding, 1956,轉引自邱炳進，民七七，頁一六)。

由李普曼(Lippmann, W.)在一九二二年提出的「刻板印象」(stereotype)一詞，和「形象」是相通的。事實上，有許多研究者已將形象和刻板印象相互混用(戴秀玲，民七八，頁九)。然過去有關刻板印象的研究，皆賦予負面的意義，所以布魯威爾(Brouwer)曾建議用形象來代替刻板印象，因為他認為刻板印象已變成一個負荷太重的字眼(胡淑裕，民七六，頁十五～十六)。是以本書採用「形象」一詞，因為它與「刻板印象」的概念可以相通，在範圍的界定上又比「刻板印象」來得廣泛。

柯爾曼等人則採納鮑定對形象的定義，並加以擴大。他們認為形象包括個人對事物的各種記憶、期望、常識和意見。根據這個概念，柯爾曼等人把形象分成三個成份，賦予如下定義(Kelman et al., 1965, 轉引自崔炯斤，民七七，頁四～六)：

1)認知成份(cognitive component)：指個人對事物的知覺(perception)、信念和期望。換言之，就是閱聽人利用若干特徵來描述或認知一事物(胡淑裕，民七六，頁十六)。

2)感情成份(affective component)：指個人對事物的好惡評

估。

3)行動成份(active component)：指個人對事物的各種行為反應。

本書主要採用柯爾曼等人對形象的定義，因為他們對形象三個成份的解釋，符合本書之形象研究層面。不過為了配合研究目的，本書將只探究形象的認知和感情成份。

(2)電視新聞的形象

上面筆者曾針對「形象」的意義作探討，以下便解說電視新聞形象的內涵。

在分析「電視新聞的形象」之前，我們必須先對電視新聞的形象下一個理論性定義。本書對「形象」的界定，主要採用柯爾曼等人的定義。因此所謂「電視新聞的形象」，意指觀眾對電視新聞的記憶、期望、常識和意見，主要包含觀眾對電視新聞的認知與感情層面。認知層面意指利用若干特徵來描述或認知電視新聞；感情層面則指涉對電視新聞好壞程度的評估。

「電視新聞的形象」涵蓋的範圍很複雜，它可以包括閱聽人對新聞內容、對新聞記者處理新聞的過程，以及閱聽人對電視新聞在社會上的角色的看法等等，都包含在內(Fredin & Kosicki, 1989:571)。

麥克里歐等人曾進行一系列新聞媒體形象的研究，結果發現五個主要的媒體形象，分別是：品質(quality)、新聞塑製(patterning of news)、負面影響(negative affect)、特殊利益(special interests)、依賴及控制(dependency and control)(McLeod et al., 1986, 1987,轉引自 Fredin & Kosicki, 1989:572)。弗瑞汀等人(Fredin & Kosicki, 1989:572)則自行發展了一個稱為「支持主義」(boosterism)的新聞媒體形象。

有關新聞媒體形象的研究,國內至今尚無人以實證方式深入探究。

因為國內在大眾傳播與形象領域的研究，大致集中於二類議題上：一是研究傳播媒介上所塑造的人物、國家和人民的形象，或是他國和他國人民的形象；二是研究人物(例如：記者)形象與媒介使用的關係。就是在國外，新聞媒體形象的研究也才起步不久。因此本書在此加入電視新聞形象的研究，應該別具意義。

　　然而本書並不打算依賴麥克里歐等人以及弗瑞汀等人發展出來的媒介形象變項。因為電視新聞的形象涵蓋範圍廣泛，加上國情、文化、社會、媒體運作、受試者的不同(例如，Fredin & Kosicki 研究中的受試者是有投票資格的選民，而本書中研究的受試者則為十二至二十二歲的在學學生)，因此筆者相信有必要去尋找適合本土的電視新聞形象。

　　除了尋找受試者心目中的電視新聞形象，本書也要觀察受試者對電視新聞形象的評估。因為筆者不但要發掘電視新聞形象的認知成份，也想了解電視新聞形象的感情成份。評估是了解感情成份的方法，它通常比認知成份單純得多，主要分為「正向」「負向」或「好」「壞」(黃安邦，民七七，頁二三一～二三二)。

2. 電視新聞形象對解讀型態的影響

　　馬雷茨克曾指出，接收者對媒介所持的印象，會影響接收者對內容的選擇，也影響他們對內容的經驗和反應的方式(Maletzke, 1963，轉引自楊志弘等人，民七七，頁五九)。由此顯示，媒介形象對閱聽人解讀策略的選擇，應有一定程度的影響。

　　弗瑞汀等人曾探討媒介形象如何影響閱聽人對內容的反應(Fredin & Kosicki, 1989:572～573)。他們稱這種媒介形象影響閱聽人對內容的經驗和反應方式的效果為「補償性效果」(compensatory effects)，意謂暴露新聞媒體的效果不應是 A；暴露新聞媒體後的效果，應是 A 效果「加」／「減」媒介形象效果。他們並進一步指出，新

聞媒體形象是多面向的，因此補償性效果也是多層面的(亦即有正向、負向及強弱之分)；透過加加減減的方式將這些多元化的補償性效果整合後，便能獲得一個對新聞媒體的概括性形象評估方向與強度。

弗瑞汀等人指出，一般來說，評估新聞媒體形象為負面的閱聽人，對新聞中的主張易持反對態度。反之，評估新聞媒體的形象為正面者，對於新聞內容的態度及認知較易偏向支持的反應。因此筆者推測，閱聽人對新聞媒體形象的評估若愈傾向正面，則愈容易採取優勢的解讀型態。由此筆者得出假設如下：

假設九：閱聽人對電視新聞形象的評估愈傾向正面，則其愈容易採取優勢的解讀型態。

至於電視新聞形象認知面的評估和本書中研究的自變項(性別、權威性人格等等)及依變項(解讀型態)的關係如何？以下便進行探討。

3. 自變項與電視新聞形象的關係

(1)影響形象的因素

鮑定指出：「形象的建立,是形象持有者所有過往經驗累積的結果」(Boulding, 1956, 轉引自羅燦煐, 民七一, 頁一三)。

費希曼對刻板印象的改變，曾作過三點結論(Fishman, 1956, 轉引自羅燦煐, 民七一, 頁一四)：

1)刻板印象會因為新的消息、新的發展而改變；

2)個人的需要、動機或利益改變時，刻板印象也會改變；

3)與對方交往的情形改變時，刻板印象也會改變。

泰德則具體指出影響形象的變數有：1)個人與社會因素；2)心理因素(Todd, 1959, 轉引自羅燦煐, 民七一, 頁一五)。

陶森也指出：「大眾傳播媒介的暴露與形象的形成有極顯著的關聯

性」(Dawson, 1961, 轉引自戴秀玲, 民七八, 頁一三～一四)。

　　根據上述理論, 可以獲得一概念, 即形象的塑成大概與個人(心理)因素、社會因素、媒介暴露因素、訊息因素、人際因素有關。多項實證研究已經印證這些論點(Carter, 1962; 汪琪, 民七三, 頁八〇～九二; 丘彥明, 民七〇; 羅燦煐, 民七一; 林盛豐, 民六七)。

　　下面本書對自變項與電視新聞形象關係的探討, 便以上述理論為主要基礎, 進一步說明。

　　⑵自變項與電視新聞形象的關係

　　本書中研究之自變項分別散佈在心理因素、社會因素、媒介依賴、電視新聞使用活動上。這些自變項對電視新聞形象的評估有何影響? 茲分述如下。

　　1)年齡、性別

　　有許多研究報告發現: 年齡和性別因素與形象的認知和評估有顯著相關(Carter, 1962; 汪琪, 民七一; 丘彥明, 民七〇; 曠湘霞, 民七一, 民七二; 羅燦煐, 民七一)。足見年齡和性別是探討形象塑成的重要變項。由於性別、年齡對形象的塑成很重要, 因此筆者推測性別、年齡二變項也可能是影響電視新聞形象的重要變項, 故大膽推得假設如下:

　　假設十: 閱聽人的性別會影響其對電視新聞形象的評估。

　　假設十一: 閱聽人的年齡會影響其對電視新聞形象的評估。

　　2)政黨傾向

　　政黨傾向與電視新聞形象有關。由於臺灣獨特的政治社會文化環境, 導致電視新聞幾近成為國民黨政權的御用工具(薛承雄, 民七七; 李金銓, 民七六 b)。因此我國的電視新聞很難成為與政府對立的另一

勢力，而是政府的「諍友」夥伴。此現象特別受到民進黨支持者的抨擊。是以筆者推得以下假設：

　　假設十二：閱聽人的政黨傾向會影響其對電視新聞形象的評估。

3) 媒介依賴程度

　　陶森指出：「大眾傳播媒介的暴露與形象的形成有顯著的關聯性。」(Dawson, 1961, 轉引自邱炳進，頁二二～三三)。

　　魯賓等人則發現，閱聽人媒介的依賴程度愈高，則其對該媒介可信度的評估愈傾向正面(Rubin, Prese & Powell, 1985: 159)。

　　由以上論述可知，閱聽人接觸媒介與媒體形象似乎有關。因此筆者大膽推測，媒介依賴程度可能會影響電視新聞形象的評估，故提出假設如下：

　　假設十三：閱聽人對報紙的依賴程度會影響其對電視新聞形象的評估。

　　假設十四：閱聽人對電視新聞的依賴程度會影響其對電視新聞形象的評估。

4) 權威性人格

　　前面文獻曾指出，心理因素會影響形象的塑成。因此筆者推測，屬於心理因素的權威性人格可能與電視新聞形象的評估有關，故試擬假設如下：

　　假設十五：閱聽人的權威性人格會影響其對電視新聞形象的評估。

　　總結而言，由於性別、年齡、政黨傾向、報紙依賴、電視新聞依賴、權威性人格諸變項對電視新聞形象的影響，均爲初探性質，因此筆者最多只能拿對「形象」有影響的成因變項作考慮，大膽假設，小心求證。

　　至於工具性使用電視新聞、儀式性使用電視新聞二變項研究是近幾年的事，故尚未發現有文獻探討他們與形象塑成的關係。所以此處對他們與電視新聞形象評估的關係，筆者不擬以假設，但將予以在資料分析時一併探討。

第三章　研究設計與研究方法

　　本章中，筆者將根據前兩章的文獻探討，提出概念架構與研究假設，驗證變項之間的關聯性。本章也將詳細說明資料蒐集的方法與過程，包括：變項的操作性定義，測量工具的制訂，研究對象與材料的選擇，研究程序的進行與資料分析方法的採用等等。

第一節　研究架構與研究假設

一、研究架構

　　根據第二章文獻探討的結果，可知閱聽人對神話電視新聞敘事體的解讀，可分為優勢、協商和對立三種型態。透過這三種解讀型態的分析，電視新聞故事對閱聽人認知的效果，於焉顯現。而許多因素會影響解讀型態的形成。這些因素包括：個人差異、社會範疇、媒介的依賴、電視新聞使用活動與電視新聞的印象。據此，筆者擬出的概念模式，如（圖 3.1.1）所示。

二、研究假設

　　根據本書的研究目的，並參考國內外有關研究的結果，筆者推得一些基本假設如下：

假設一：閱聽人的性別不會影響其對神話電視新聞敍事體的解讀
型態。

假設二：閱聽人的年齡不會影響其對神話電視新聞敍事體的解讀
型態。

圖 3.1.1. 研究架構圖

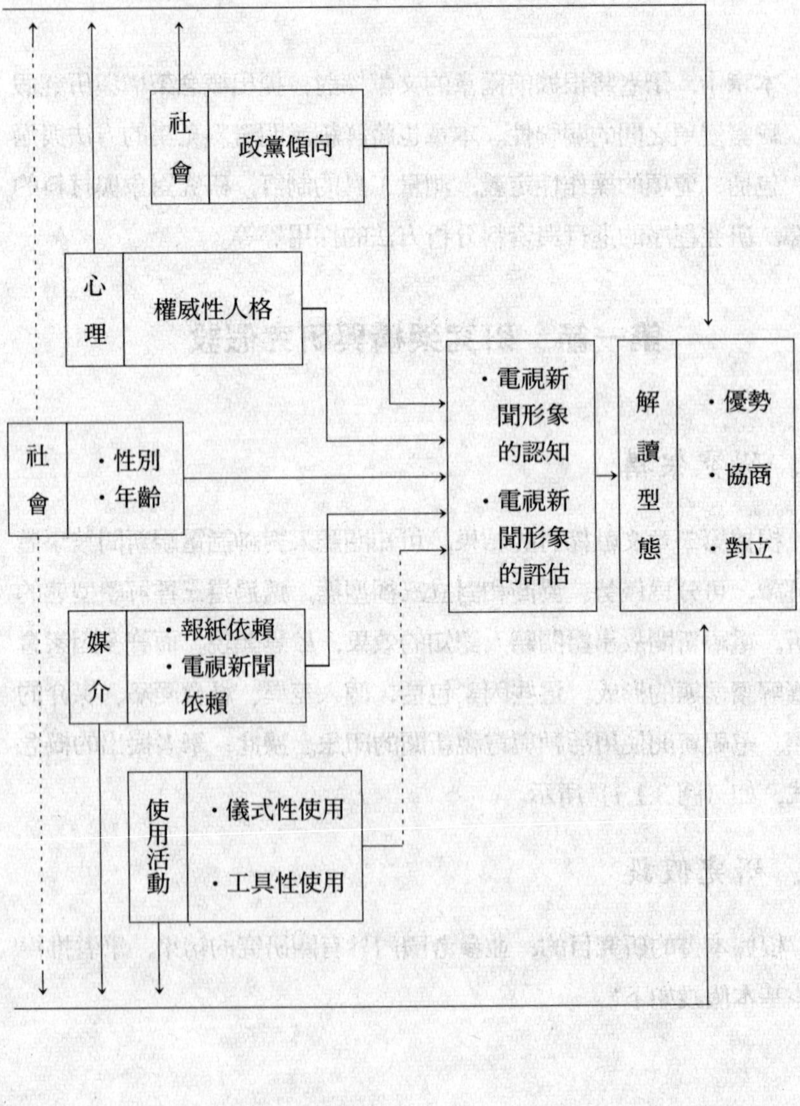

假設三：閱聽人的政黨傾向爲國民黨者，其解讀神話電視新聞敘
　　　　事體的型態偏向優勢；閱聽人的政黨傾向若不屬於國民
　　　　黨，則其解讀型態偏向協商或對立式。

假設四：閱聽人的權威性人格會影響其對神話電視新聞敘事體的
　　　　解讀型態。

假設五：閱聽人對報紙依賴的程度愈高，愈容易採取協商或對立
　　　　的解讀型態。

假設六：閱聽人對電視新聞的依賴程度愈高，愈容易採取優勢的
　　　　解讀型態。

假設七：閱聽人工具性使用電視新聞的程度，會影響其對神話電
　　　　視新聞敘事體的解讀型態。

假設八：閱聽人儀式性使用電視新聞的程度，會影響其對神話電
　　　　視新聞敘事體的解讀型態。

假設九：閱聽人對電視新聞形象的評估愈傾向正面，則其愈容易
　　　　採取優勢的解讀型態。

假設十：閱聽人的性別會影響其對電視新聞形象的評估。

假設十一：閱聽人的年齡會影響其對電視新聞形象的評估。

假設十二：閱聽人的政黨傾向會影響其對電視新聞形象的評估。

假設十三：閱聽人對報紙的依賴程度會影響其對電視新聞形象的
　　　　　評估。

假設十四：閱聽人對電視新聞的依賴程度會影響其對電視新聞形
　　　　　象的評估。

假設十五：閱聽人的權威性人格會影響其對電視新聞形象的評
　　　　　估。

在此也對本書提出的研究假設的寫法作一補充說明。在本書中，

　　「電視新聞形象」是一值得探討的中介變項，但因研究變項之間的關係為初探，所以筆者不敢貿然在研究假設中，推測中介變項──「電視新聞形象」被控制後，自變項對依變項(解讀型態)的可能影響。不過本書會在後面資料分析時，進行這些變項之間關係的檢定。

第二節　研究方法

　　本書以實地實驗法配合問卷蒐集資料。本節中將首先說明研究材料的制訂過程，接著說明研究變項的測量方法及指標的編製，最後說明抽樣及施測的程序。

一、研究材料的制訂與分析

　　本書使用的解讀材料是電視新聞敘事體。下面便說明解讀材料的制訂過程與結構分析。

1. 解讀材料的制訂

　　筆者於民國七十九年十月一日至十一月三十日止，分別錄下三台晚間電視新聞(晚 7:30)共六十一天。錄影方式，採臺視、中視、華視的順序輪流錄影，平均每十天錄一台❶。以此方式錄影可以平均涵蓋三台的新聞樣本，避免完全集中於一台而影響研究的效度。

　　接下來的工作便是由上述樣本中，將結構是敘事體的新聞抽取出來。抽取的標準根據普洛普(Propp)發展的敘事體分析法(narrative analysis)(Berger, 1982)。依據敘事體分析法，具有敘事結構的文本必有下列特性(張秀麗，民七六)：

　　「任何敘事體，均從罪惡(villainy)或匱乏(lack)開始；接著，英

---

❶本研究使用 Panasonic 牌錄影機，以 6 倍速在 VHS 大帶上錄影。

雄便針對此不平衡的狀態，進行補救行動。在行動的過程中，英雄或許會遭遇一系列的考驗試煉，或許會得到某些神奇的助力；最後，惡行得到解決，匱乏獲得彌補，重新恢復平衡。」

簡言之，敘事結構是從不平衡的狀態，經由行動補救，再恢復平衡的過程。

　　根據這樣的標準分析電視新聞，筆者在選取敘事新聞的過程中，得到以下的心得：

　　⑴敘事體的單位：一則新聞可能有敘事結構，而幾則新聞依序組合，也可能成爲敘事體。

　　⑵敘事體的區分：敘事新聞可能只有一個主要完整的敘事結構，也可能包含一個主要的敘事結構和多個次要不完整的敘事結構。

　　⑶敘事體的長度：連續性新聞的敘事體長度較長(例如，「聖火船傳遞聖火至釣魚台」新聞)，非連續性新聞的敘事體長度較短(例如，一般性的犯罪新聞)。

　　⑷敘事特色：

　　1)有的非連續性新聞雖然很短，但之所以被看作敘事體，是因爲在該則新聞最後，總是有一個暫時的方法去彌補開頭不平衡的狀況。

　　2)在敘事新聞中扮演英雄者，經常只有口頭的承諾，不見得有實際的行動。

　　經過筆者個人初步篩選而獲得的敘事新聞，可能在信度上遭人質疑。爲求嚴謹，於是由筆者邀請三位大傳所的研究生，一起和筆者共同判斷初選的新聞是否具有故事性。筆者從初步篩選的新聞中，隨機抽出「花旗鞋業」、「民主之聲廣播電台」、「漢妮喜餅店失火」這三則新聞。測試結果發現，四位都認定這三則新聞確實具有故事性，而使筆者與三位研究生之間的相互同意度爲1，信度亦達1。

　　當初步篩選新聞的工作完成後，筆者於民國七十九年十二月下旬

進行預訪，決定以「敷衍兩句風波」、「取締 KTV、MTV、三溫暖逾時營業」、「聖火傳遞釣魚台」這三則新聞當作解讀材料。這三則新聞根據立意抽樣法，乃是依據筆者的主觀見解和判斷而抽取。因為基本上這三則新聞，都具備典型的敍事性格，特別是「聖火傳遞釣魚台」這個連續性新聞：其敍事結構相當完整，是一難得的測驗材料。選取這三則新聞的第二項理由，在於他們受到受訪者的關心。預訪一的結果指出，「取締 KTV、MTV、三溫暖逾時營業」及「聖火傳遞釣魚台」的平均知曉率分別高達 88.7% 與 92.5%；「敷衍兩句風波」稍差，但依然有平均 60.4% 的人知道。基於研究規模，本書暫時不將一些不太為人知道的新聞(例如，「花旗鞋業」)也納入研究範圍中，未來的研究或許可朝此發展。

至於筆者只選取三則新聞為解讀材料的原因，是為了配合整個測試時間能在一小時內完成之故。無可諱言，這也是本書的一項限制。然而測驗的時間若過長，也可能使受訪者倦怠，最後影響整份問卷的有效性，反而得不償失。

經過預訪後的信度檢定，由於「敷衍兩句風波」在測量閱聽人的解讀量表上只保留了兩題，已經不具實質效益，因此正測時決定予以剔除，而只以「取締」和「聖火」新聞作為解讀材料。

2. 新聞故事介紹

本書以「取締 KTV、MTV、三溫暖等影響治安行業逾時營業」及「釣魚台主權糾紛及聖火傳遞釣魚台」這兩段新聞作為解讀材料。其中「取締」由兩則電視新聞組成，來源都是華視晚間新聞；「聖火」較複雜，一共由九則新聞而組成，新聞來源都是中視晚間新聞。這兩種解讀材料，基本上都屬於連續性新聞。

筆者並注意到兩個問題。第一個問題是有關該連續性新聞的來源，是否應集中於同一台的問題。本書中的兩段連續性新聞，一段來自華

視，另一段來自中視。以此方式處理的好處，便是能夠實在的觀察到
電視中的連續性新聞，的確具有可供故事分析的結構，並非是筆者刻
意製造的結果。雖然三台在新聞處理上經常大同小異，但筆者若從不
同電視台取來新聞，東拼西湊組合，便說該連續性新聞具有故事性，
恐怕是難以取信於人的。

　　第二個筆者注意到的問題，就是連續性新聞中新聞的組合與排列。
筆者主要秉持兩個原則而進行：

　　(1)連續性新聞中的每則新聞，都有主播先報導該則新聞的大要，
然後記者演述新聞。筆者在作連接時，絕不刻意刪減這兩部份的任何
內容，也不刻意加入其他內容，以完整呈現每則新聞在電視台播出時
的原貌。

　　(2)筆者所作的，只是將連續性新聞中的每則新聞，依照時間順序，
將他們連接在一起而組成一段新聞故事而已。

　　透過上述方式的處理，筆者獲得「取締 KTV、MTV、三溫暖等
影響治安行業逾時營業」及「釣魚台主權糾紛及聖火傳遞釣魚台」這
兩段新聞故事。這兩段新聞故事的陳述(見附錄四)，將配合「影像」
及「聲音」部份一同以文字敍述。因爲受訪者在觀看這兩段新聞故事
時，會同時接受影片中聲音及影像的刺激，因此筆者在介紹上也將影
像的部份一併陳述，比較能符合解讀時的眞實狀況。

3.敍事結構分析

　　介紹完這兩段新聞故事後，接下來便以民間故事敍事體模式而討
論。筆者分析的重點，不以一則新聞爲單位，而以一段新聞爲單位。
因爲每段新聞都是連續性的，所以新聞中的人物、事件都彼此有關聯、
或者重複出現，整個新聞連接組合起來，可呈現一個完整的故事輪廓。

　　本書以普洛普的民間故事敍事結構分析模式，旨在說明電視新聞
這樣的現代敍事體，亦有如原始民間故事或神話的敍事結構。這種從

不平衡經行動補救到重新平衡的結構分析，基本上是將整個故事，重新作一歸納性、系統性的陳述(張秀麗，民七六)。

下面便是新聞故事的結構分析。

(1)取締 KTV、MTV、三溫暖等影響治安行業逾時營業

根據普洛普的敘事體結構分析，任何故事均從罪惡(villainy)或匱乏(lack)開始。

本段新聞是由一種匱乏的狀態開始。基於政府整頓治安掃黑掃黃的決心，於是經濟部(調解者)要求各縣市政府的稽查人員(英雄)取締逾時營業的業者(壞人)。

接下來故事的發展，便是英雄針對不平衡的狀態，進行一連串的補救行動。在本段新聞中，各縣市的稽查人員於是出發，展開取締的工作。在補救行動中，稽查人員查獲多家業者逾時營業，其中不聽勸告的業者，就以違警罰法第五十九條告發，作爲懲罰。

經過稽查人員的補救行動後，政府整頓治安的需要得到滿足。關於人力不足、經費短缺等試煉，可由地方政府向中央提出申報，獲得協助。

本段新聞的結構功能與主要人物，如下表所列:

(2)釣魚台主權糾紛及聖火傳遞釣魚台

如前所述，任何故事均從罪惡或匱乏開始。本段新聞一開始便指

表 3.2.1 「取締 KTV、MTV、三溫暖等影響治安行業逾時營業」
敘事結構分析

普洛普的功能	象徵	新　　聞　　中　　的　　主　　要　　事　　件
匱　　　乏	a	政府掃黑掃黃、整頓治安的決心。
調　　　解	B	經濟部委託地方政府的稽查人員，取締逾時營業的業者。
出　　　發	↑	稽查人員離家。

英雄受試煉	D	縣市政府面臨人力不足、經費短缺等試煉。業者拉下鐵門，讓取締人員吃閉門羹。
英雄接受魔法幫　　助	F	縣市政府可在治安協調會中提出，以獲中央政府的幫助，必要時也可以公開方式招考徵求人力，解決難題。取締人員可向司法機關申請索票，以便執行取締。
空間的轉移	G	稽查人員在北、中、南全省全面稽查。
戰　　　　鬥	H	稽查人員展開檢查與取締不合法業者的工作
勝　　　　利	I	逾時營業的業者遭到稽查人員勸導、改善或告發。
淨　　　　化	K	整頓治安的需求被滿足。
懲　　　　罰	U	不聽勸告的業者，施以違警罰法第 59 條的處罰，累犯以電業法停止用電。
主　　　　角	英雄：各縣市政府的稽查人員（例如：臺北市建設局的稽查人員）壞人：屬於經濟部主管影響治安的行業、逾時營業者。調解人：經濟部。術士：中央政府。	

出，日本政府將准許其青年社在釣魚台興建燈塔。因爲這種惡行會傷害我國對釣魚台的主權，於是有立委出來要求政府發表抗議，或要求政府派遣海空軍把燈塔轟掉。政府方面則宣稱，已委託駐日代表處以外交方式處理，是以日本政府未在原訂宣佈的日期宣佈核准一事。

在另一方面高雄市長吳敦義召開記者會，表示要派遣聖火隊人員把聖火傳到釣魚台。聖火隊人員包括區運游泳及馬拉松選手，以及宜蘭縣的代表與區運籌備會的幹部。聖火隊人員接受記者訪問時表示，決心採取行動把聖火傳到釣魚台。

於是聖火隊人員便由高雄市區運會場啓程，要針對日本政府的罪行展開補救的行動。在整個補救的行動中，並非聖火隊人員能獨立完成，他們得到蘇澳地區鎮民代表的協助、全省各地漁民的熱烈響應，與最後關頭警政署的出海核准，方能順利出海執行任務。

然在釣魚台附近海面，聖火船卻遭遇日本艦艇攔阻。在雙方纏鬥

許久下，聖火船終究無法將聖火傳到釣魚台。在顧慮天色已晚的情形下，船隻於是返航。

儘管聖火船沒有完成任務，不過吳敦義表示聖火船的行動達釣魚台六海浬，在某種程度上已顯示宣示主權的意義，這意謂初期的不幸已獲清除。同時，政府方面也發表聲明支持與肯定聖火船的行動，使聖火船英雄的地位得到認定。而聖火船此行，也揭發了日本蠻橫的真面目。

下表是本段新聞的結構功能與主要人物之一覽表：

表 3.2.2　「釣魚台主權糾紛及聖火傳遞釣魚台」敘事結構分析

普洛普的功能	象徵	新　聞　中　的　主　要　事　件
初 期 狀 況	α	釣魚台是介於我國、中共、日本三者間的問題。
惡 　 行	A	日本將核准日本青年社在釣魚台設置燈塔。
調 　 解	B	立委要求政府發表抗議或派遣海空軍把燈塔轟掉。
戰 　 鬥	H	我國駐日代表處與日本政府交涉。
勝 　 利	I	經過外交途徑反映我方立場，日本政府便未在原訂宣佈的日期中宣佈核准一事。
淨 　 化	K	核准設立燈塔一事未成立，因此原先傷害我國主權的不幸得到清除。
匱 　 乏	a	顯示釣魚台是我國領土。
調 　 解	B	吳敦義派遣人員至釣魚台傳遞聖火。
反 制 行 動	C	聖火船隊員接受記者訪問，表明傳遞聖火的決心。
出 　 發	↑	聖火船隊員由高雄出發。
英 雄 受 試 煉	D	外界指責行動過於草率。 傳遞聖火的過程有諸多變數。
接 受 魔 法 幫 助	F	宜蘭縣政府、蘇澳地區鎮民代表的安排與協助，全省各地漁民的響應，警政署核准出海。
空 間 的 轉 移	G	聖火船在釣魚台附近海面航行。
戰 　 鬥	H	聖火船與日本艦艇、飛機纏鬥。

淨	化	K	聖火傳到釣魚台6海浬，已達宣示主權的意義。
歸	來	↓	聖火船返航。
認	可	Q	聖火船的行動得到政府的支持肯定。
揭	發	EX	揭穿日本的蠻橫。
主　　角			調解人：立委、吳敦義。 英雄：政府、聖火船成員。 壞人：日本。 善人：蘇澳地區鎮民代表、全省各地漁民、警政署、宜蘭縣政府。 家人：釣魚台。

二、研究變項的操作化定義

本書採實地實驗配合結構性之問卷為調查工具。茲就結構性之問卷設計的問題說明如下：

1.自變項

(1)人口變項：包括性別、年齡組別。

(2)政黨傾向：參考黃芊民(民七八)的問法。以「認同國民黨」——「不認同國民黨」為兩端的直線當作測量指標。5分＝絕對認同國民黨，1分＝絕對不認同國民黨。

(3)權威性人格：由九種人格組合成一個有二十八道題目的指標。詳見後面量表編製之部份。

(4)報紙依賴與電視新聞依賴：都由三種指標組成，分別是：依賴程度、使用程度、專心程度。詳見量表之編製部份。

(5)儀式性使用與工具性使用電視新聞：均由三類分量表組成：收視動機量表、收視態度量表(包括親近性、真實性指標)、收視行為量表(包括收視意圖、涉入程度、專心程度、選擇程度諸指標)。詳見量表之編製。

2.中介變項

(1)電視新聞形象的認知與評估：以四十八道題目的評義量表為測

量指標，並將題目分成四類，分別歸類在：主播印象、媒體印象、播出印象、內容印象這四個構面底下。詳見量表編製部份。

3.依變項

⑴解讀型態：以「取締 KTV、MTV、三溫暖等影響治安行業逾時營業」及「釣魚台主權糾紛及聖火傳遞釣魚台」兩個量表共十九題為指標。詳見量表編製。

三、研究工具的編製及淨化測量

下面是幾個主要量表編製過程及先行淨化、事後淨化結果的說明。

1.權威性人格量表

權威性人格量表不但有多種版本，而且這些不同版本的量表經過多次測試後，其折半信度一直不穩定，因素結構也不一致（黃曬莉，民六八），這使研究人員在試題的選擇上經常面臨困擾。

經過思考後，筆者決定根據理論性定義編製量表，其項目來源有：

⑴參考目前廣泛被使用的權威性人格量表。資料來源是加州大學洛杉磯分校一群研究者所修訂的加州權威性人格量表(California F-Scale)(Titus & Hollander, 1957)。

⑵參考國內研究者修訂的權威性人格量表。資料來源是陳義彥(民六八)的博士論文與梁善紘(民六七)的碩士論文。

⑶參考 Rokeach(1960)編製的武斷性人格 D 式(form D)量表。因 Rokeach 曾指出權威性人格量表，只能測得右派份子的人格特質，而他所編製的武斷性人格量表(dogmatism scale)，卻可測得一般性的權威性人格(林盛豐，民六七)。因此國內黃曬莉(民六八)在其碩士論文中，就分別考驗權威性人格量表與武斷性人格 D 式量表的因素結構。她先對這兩種量表施行因素分析，發現由權威性人格量表中可抽得七個因素，而武斷性人格量表中可抽得三個因素。然後她再把這十

個因素進行次級因素分析(second-order factor analysis)，結果一共得到五個因素如下：

1)因素 A：包括權威性人格量表中的「傳統主義」因素，武斷性人格量表中的「獨斷主義」因素。

2)因素 B：包括權威性人格量表中的「反內省」、「反世俗主義」兩個因素，以及武斷性人格量表中的「偏狹傾向」因素。

3)因素 C：包括權威性人格量表的「對人性的懷疑」因素，武斷性人格量表的「犬儒主義」因素。

4)因素 D：只有權威性人格量表中的「宿命論」因素。

5)因素 E：包括權威性人格量表中的「權威性攻擊」，以及武斷性人格量表的「硬派作風」因素。

從上面的研究結果可知，權威性人格量表和武斷性人格量表之因素結構的相關性很高，值得加以抽取編入量表中。

(4)由筆者自己設計。筆者根據權威性人格的理論性定義，自行設計了若干題目(見預訪問卷中的第一、二、九、二十五題，正測問卷中的第一、二、八、二十三題)。

綜合上述四種型式，筆者得到一個含有二十九道陳述的量表，並採用李克(Likert)六點刻度的評分法計分如下：

1＝非常不同意

2＝不同意

3＝有點不同意

4＝有點同意

5＝同意

6＝非常同意

當初稿完成後，筆者於七十九年十二月下旬進行預訪。預訪結果發現有五道題目與量表總加分數的相關，因未達統計上的顯著水準而

予以剔除,這五道題目是第五、七、十七、二十二、二十三題(參見附錄五表一)。餘下的二十四道題目經 Cronbach 之 α 值及因素分析的考驗,得到信度係數 0.80,效度值 0.67。

正式測驗時,第二道題目因為有「雙桶」問題(double barreled questions)的傾向,而予以稍加修改。筆者並由文獻中另外抽取四道題目(即正測問卷中的第 5、9、21、28 題)放入問卷中,希望能使量表更加完美。

正式訪問結束後,筆者將資料進行分析發現,權威人格量表中的二十八道指標與量表總加分數的相關,皆達到統計上的顯著水準(參見附錄五之表二)。這二十八道指標經因素分析❷,可得出八個因素,累積的解釋變異量達 51.90%,顯示效度不錯(見附錄五表三)。因素一含有六項指標,解釋變異量最大,佔 18.7%;因素二則有六項指標,解釋變異量次高,佔 7.4%。筆者再以 Cronbach 之 α 係數,檢驗量表的內在一致信度,結果得到信度值 0.82,顯示本量表相當可信。而每一因素的內在一致信度則在 0.72 至 0.24 之間。信度較差的是只含有兩項指標的因素八($\alpha = 0.24$)。

2. 媒介依賴量表

近來有一些研究,都在探討媒介依賴量表的編製與效度問題(Faber et al., 1985)。

研究者們主要針對媒介依賴與媒介使用時間的異同加以探討。這涉及到測量媒介依賴程度的指標問題。也就是說,研究者們對測量媒介依賴程度時,是否有必要放入媒介使用頻率這個項目有所爭議❸。

至少有兩篇研究,已針對上述爭議作深入的分析,並謀求解決之

---

❷本研究使用的因素分析,均以主成份分析法(principle component method)抽取因素,變異數最大法轉軸(varimax rotation)觀察因素結構。而因素選取的原則,則以因素固有值(eigenvalue)在 1.00 以上為標準。

道。

　　Faber 等人(1985)使用精密的研究方法，結果發現，使用頻率與媒介依存(reliance)這兩項指標的分數，確實有顯著的關聯性。這意謂，閱聽人對某一種媒介(報紙／電視)的依賴，的確會使他們花比較多的時間在該媒介上。另一篇 McDonald(1983)的研究結果則強調，媒介依賴的測量，應針對某種內容。比方說，專門針對地方新聞，測量閱聽人在地方新聞資訊的獲取主要是依賴報紙或電視新聞。據此，本書根據研究目的，將報紙內容界定於「硬性新聞」上。電視新聞的內容則不加以限定，因爲電視新聞本身就以硬性新聞居多，加上其呈現型態是線型方式，很難令受訪者回答究竟看了多久的「硬性新聞」。

　　據此，筆者在指標的設計上，即參考 Faber 等人(1985)與 McDonald(1983)對指標的建議，把使用頻率與針對某種內容轉化爲量表的指標。

　　Becker & Whitney(1980)對指標的設計，也成爲筆者的參考。他們的測量工具，以「注意力程度」這一項最特殊，是爲其他類似研究未有者。如果由資訊處理理論的觀點觀察，便可得知該項指標的放入有其必要性。因爲注意力是閱聽人處理媒介訊息的起點，假如他們對訊息並不注意，那麼訊息就不可能對閱聽人的認知產生任何影響(Hawkins et al., 1986)。所以閱聽人對媒介內容眞正依賴的程度，還要視其對媒介內容的注意力如何而決定。

　　綜合上述，筆者得到一個含有三類指標的題庫。這三類指標是：

---

❸例如，Robinson 指出，閱聽人對媒介使用的時間，是測量媒介依賴程度一個明顯而重要的指標(Robinson, 1976)。然而 Reese 等人使用暴露測量，卻無法印證 Robinson 的研究發現(Reese & Miller, 1981)。Becker 和其同事進行的一系列研究，則將媒介依存(media reliance)與使用頻率一起當作指標(McDonald, 1983)。然而，Reese & Miller(1981)卻以多種理由指出媒介依賴量表中，不能包含使用時間這項指標。

⑴媒介依賴程度：詢問受訪者由何管道獲取有關硬性新聞的報導。受訪者可由一些可能的來源中挑選五個最重要的，並依重要性標明順序。而筆者予以的計分方式是：受訪者標明第一重要的給6分，標明第二重要的給5分，第三重要的給4分，第四重要的給3分，第五重要的給2分。此處本研究只關心「報紙」、「電視新聞」這兩種媒介的標明順序爲何。若遇上這兩種媒介不在五個重要來源中時，則各給予一分。

⑵媒介使用頻率：

1)有關報紙依賴程度的：A.詢問受訪者，最近三個月來，平均每星期看幾天報紙的硬性新聞？筆者的給分方式是：每天看給5分，經常看五、六天給4分，偶而看三、四天給3分，只看一兩天給2分，不看給1分。B.詢問受訪者：最近三個月來，每天大概花多少時間讀報紙的硬性新聞。答「十分鐘以下（包括不看）」者給1分，「十幾二十分鐘」給2分，「三四十分鐘」給3分，「五六十分鐘」給4分，「一個小時至一個半小時」給5分，「一個半小時至二個小時」給6分，「二個小時以上」給7分。

2)有關電視新聞依賴程度的：詢問受訪者，最近三個月來，平均每星期看幾天電視新聞(包含：晨間、午間、晚間、夜間的電視新聞)。計分方式，和前述報紙依賴度的計分相同。

3)專心程度：詢問受訪者看報紙硬性新聞及電視新聞的專心程度如何。答「每次都很專心」者給5分，「經常很專心」給4分，「偶而很專心」給3分，「很少專心」給2分，「從不專心」給1分。

綜合上面三類指標，最後每位受訪者可在「報紙依賴程度」上得到一個分數，「電視新聞依賴程度」上得一分數。分數愈高者，表示其在該媒介上的依賴性愈高。而這些指標則分佈在問卷中第二部份使用量表之㈠消息來源，㈡專心程度，㈢使用頻率C、D題上。

3.儀式性與工具性使用量表

儀式性使用量表與工具性使用量表的編製，由於其題庫中包含幾項相同的指標，只是計分方式的差別，因此在此一併說明這兩個量表的制訂過程。

儀式性使用量表及工具性使用量表，主要的結構都由三部份組成，分別是：動機類指標、態度類指標與行爲類指標。這些指標的資料來源，係筆者參考 Rubin ＆ Perse(1987)，Rubin(1981)，Levy ＆ Windahl(1984)，Perse ＆ Rubin(1990)這些研究中的測量題庫而得來。

首先說明工具性使用量表所涵括的題目。它所包含的指標有：

⑴動機類指標 8 題 (在問卷第二部份使用量表之㈣使用情形 A 部份的一〜四，十〜十三題)，可測量有關尋求刺激、娛樂、資訊滿足的動機。

⑵態度類指標 10 題。其中，親近性項目有 5 題(在問卷中㈣使用情形 B 部份的一〜五)，眞實程度有 5 題 (B 部份十三〜十七題)。

⑶行爲類指標兩項：

1)行爲類指標 7 題。其中，意圖收視程度有 3 題 (即問卷中之 B 部份六〜八題)，涉入程度有 4 題 (B 部份九〜十二題)。
上面這三類型指標的計分方式都是：

  　　　　1＝很不同意
  　　　　2＝不太同意
  　　　　3＝有點同意
  　　　　4＝相當同意

2)選擇程度：以「一週看電視新聞的得分÷一週看電視的得分」公式計算。一週看電視新聞的得分，依受訪者最近三個月來，平均每星期收看幾天電視新聞 (含晨間、午間、晚間、夜間) 而計算的。計

分方式分五等級，5分＝每天看，4分＝經常看五六天，3分＝偶而看三四天，2分＝只看一兩天，1分＝不看。一週看電視（只包括三台的節目）的得分，則依照兩項指標：A、最近三個月來的星期一到星期五，B、最近三個月來的星期六到星期日詢問受訪者收看的情形。這兩項指標均分爲六個等級，評分方式爲：答「一個小時以下（包括不看）」給1分，「一個多小時」給2分，「二個多小時」給3分，「三個多小時」給4分，「四個多小時」給5分，「五個小時以上」給6分。

根據上述配分方式，一週看電視新聞最高分可得20分，最低可得4分；一週看電視的最高分則是12分，最低爲2分。再將這些分數代入選擇性程度公式計算，則可得到最高選擇程度分數爲10分(20÷2＝10)，最低是0.33分(4÷12＝0.33)。這兩個分數的含義是：得最高分者，意謂此人收看的電視節目，幾乎都只有電視新聞，其它的節目很少收看。得低分者，意謂此人收看了許多電視節目，卻很少收看電視新聞。筆者再將其依平均數分成四組，以表示選擇程度的高低。據此，依選擇性程度公式計算後的分數在0.3～2.8之間者，筆者給予一分；在2.9～5.2之間者，給二分；在5.3～7.6之間者，給三分；在7.7～10之間者，給4分。

綜合上述共27個指標得到的相加總分，就表示受訪者的工具性使用程度。當其分數愈高，就意謂使用工具性方法收看電視新聞的程度愈高。

至於儀式性使用量表所包含的指標，則有：

(1)動機類指標5題（在問卷第二部份使用量表之㈣使用情形A部份的五～九題），計分方式分四等級（1＝很不同意，4＝相當同意）。此部份可測得打發時間的收視動機。

(2)態度類的親近性指標5題，行爲類的意圖收視程度指標3題。這兩部份指標，與工具性使用量表中的親近性、意圖收視指標完全一

樣，只是計分的方式恰巧顛倒。這是因爲儀式性使用電視新聞者，對電視新聞沒有親近感，也沒有太高的意願去收視之故，所以其給分的方式是：1 分＝相當同意，2 分＝有點同意，3 分＝不太同意，4 分＝很不同意。

⑶行爲類的「專心程度」指標及「選擇程度」指標：由於儀式性使用電視新聞者有不專心收看的傾向，因此在計分上採：1＝每次都很專心，5＝從不專心。在「選擇程度」的計分上，由於儀式性使用者收視電視新聞只在他收看的所有電視節目中佔極小的比例，對電視新聞的選擇性低，故計分方式採：依選擇性程度公式計算後的分數在 0.3～2.8 之間者，給 4 分；在 2.9～5.2 之間者，給 3 分；在 5.3～7.6 之間者，給 2 分：在 7.7～10 之間者，給 1 分，恰與工具性的「選擇程度」指標計分相反。

綜合上述共十五道指標得到的相加總分，就表示受訪者的儀式性使用程度。分數愈高，表示使用儀式性方法收看電視新聞的程度愈高。

在量表的淨化測量方面，由於這兩個量表都由三類型的指標組合而成，因此在淨化上必須按指標類型分別進行。

⑴就動機類指標而言：

兩個量表所屬的動機類指標共有十三題。正式訪問後予以因素分析發現可得到三個因素，除了第四題因爲因素負荷量不及 0.40 而予以剔除外，這三個因素各自所涵蓋的因素內容，完全等同於 Rubin ＆ Perse(1987)，Rubin(1981, 1983)的研究結果，顯示這三個因素都具有完整的概念。效度上，這三個因素累積的變異量可達 53.2%，信度 α 值則爲 0.65，都算不錯（見附錄五表四）。

⑵就態度類指標而言：

所謂態度類指標，包含「親近性」及「眞實程度」共十三道題目。經因素分析後，這兩個層面的因素亦能呈現出來，顯示其概念相當完

整。而整個態度量表的效度值爲 0.47。信度值，「親近性」部份爲 $\alpha =$ 0.73，「眞實程度」部份則爲 $\alpha = 0.67$，信度不錯。

(3)就行爲類指標而言：

進行淨化測驗的兩個行爲類小量表是「意圖收視程度」及「涉入程度」共七道題目。經因素分析後，這兩個層面的因素亦能呈現出來。而整個行爲類指標的效度值則爲 0.62，「意圖收視程度」部份的信度 α 值爲 0.78，「涉入程度」部份信度爲 0.73，信度也很高。

綜合來說，由於本書採用的儀式性使用量表及工具性使用量表，皆來自國外學者一系列研究中不斷修正及試驗的題庫，因此在信度、效度上皆顯得相當可靠、有效。

4.電視新聞形象量表

電視新聞形象的研究，由於國外才剛起步，國內亦缺乏實證研究，因此其測量工作的資料來源並不豐富。

筆者在該量表最初的編製上，主要採用三種方式：

(1)參考國外研究的文獻。資料來源是 McLeod 和其同事在 1986、1987 年共同發表的有關媒體形象研究報告中的結果（轉引自 Fredin & Kosicki, 1989），及 Fredin & Kosicki(1989)對電視新聞形象的分析。

(2)參考國內學者對國內電視新聞的分析。資料來源是李金銓「傳播理論與新聞實務之間」及「電視文化何處去——處在中國結與台灣結的夾縫中」這兩篇文章（李金銓，民六七 a；李金銓，民六七 b）和林深靖（民七九）之「電視戰爭」一文。

(3)由預訪中獲得。筆者以預訪問卷中的開放式問題，分別請國中生、高中生及大學生填寫他們對電視新聞的印象，然後再加以整理彙編。

綜合上述三種方式,筆者得到一個含有四十九對陳述的評義量表。

這每一對陳述都儘可能讓他們符合下列的原則：1.每一對陳述都具有互斥性；2.每一陳述都涉及電視新聞形象這一個變項；3.每一題都有相對的兩句陳述，左端屬於「好的屬性」，右端則屬於「壞的屬性」。評義量表使用五點刻度的量尺，計分方式由左至右依序為5、4、3、2、1分。

　　預訪時，筆者根據這四十九對陳述的性質，將他們分別歸在「主播印象」、「播出印象」、「媒體印象」、「新聞內容印象」這四個構面下，每個構面分別有十題、五題、五題、二十九題陳述（見附錄二預訪卷）。經過預訪後，筆者發現有五道題目與量表總加分數的相關未達統計上的顯著水準，而將之剔除（參見附錄五之表五）。餘下的四十四題經 Cronbach 之 α 值及因素分析的考驗，得到信度係數值 0.94，效度值 0.65，顯示最初的題庫具有不錯的信度及效度。

　　正式調查時為求量表的完善，因此筆者把第二次預訪中由開放式問題蒐集得來的電視新聞形象彙編整理，再和前面的四十四道陳述加以比較，最後修訂成一個含有四十八道題目的評義量表。計分方式與預訪時相同，由左至右依序為5、4、3、2、1分。

　　正式訪問後進行淨化測量發現，電視新聞量表中的四十八道指標與量表總加分數的相關，皆達統計上的顯著水準（參見附錄五之表六）。若經因素分析，這四十八道指標則可化為九個因素，其累積的變異量達 58.2%，顯示具有不錯的效度（附錄五表七）。其中因素一的解釋力最大，佔 32.7%，因素二的解釋力其次，佔 6.5%，顯示因素一佔的解釋變異量相當大。本書再以 Cronbach 之 α 係數，檢驗量表的內在一致信度，結果得到 α 值為 0.95，而每一個因素的信度在 0.88 至 0.53 之間，為一可信的範圍。

5.解讀型態量表

　　⑴編製的方式

筆者編製解讀型態量表，所依循的原則是：

1)先了解所選擇的解讀材料（即：新聞故事）含有什麼故事功能。這點可經由普洛普(Propp)的敘事分析法而知。

2)在確定解讀材料的故事功能後，便以故事功能做為量表的測驗題目。故事功能與測驗題的對照表，如附錄七所顯示。

3)確定測驗的題目後，接下來便設計選項。因為此處解讀量表主要的任務是測出受訪者的解讀型態(優勢、協商、對立)，因此測驗題的選項亦依此而設計。即每道題目中，都會有一個選項代表優勢的立場，一個選項代表協商的立場，一個代表對立的立場。在給分上則是：優勢的選項＝3分，協商的選項＝2分，對立的選項＝1分，顯示解讀立場的不同。

(2)編製的過程

筆者在第一次預訪中，曾針對「敷衍兩句風波」、「取締 KTV、MTV、三溫暖逾時營業」、「釣魚台主權糾紛及聖火傳遞釣魚台」三個新聞事件(選取理由請見本章第二節)，發出五十四份問卷蒐集受訪者的看法，並由筆者予以綜合歸納。

第二次預訪，筆者由上述三個新聞故事中，根據其故事功能，一共編製了二十七道測驗題。選項的設計則有三種來源：一是故事功能的描述，二是第一次預訪後受訪者意見的整理，三是筆者自行編入的。受訪者在作答時，可依照自己的想法決定要單選還是複選。給分的方式則如下：只選擇故事功能選項者，可得3分；既勾選故事功能選項，又勾選其他別的選項者，得2分；勾選的項目中，完全沒有故事功能選項者，得1分。此種評分方式，可看出受訪者在測驗題上的解讀傾向。得3分者，意謂傾向優勢的解讀；得2分者，則表示傾向協商；得1分者，則意謂傾向對立。

此量表在預訪後進行淨化測量，剔除九道與量表總加分數相關未

達統計上顯著水準的題目(參見附錄五之表八)，以及捨棄經淨化考驗後，僅剩下兩題的「敷衍兩句風波」量表，「取締」量表的信度值可達 0.50，「釣魚台」則可達 0.71。

正式測驗時，此量表卻作了許多修正。比較大的更動是在測驗題的選項上。如前所述，選項是測出解讀型態的重要關鍵，必須十分謹慎。正測問卷中的解讀量表，在經過指導教授的建議後，決定將其選項編製爲：(1)每道題目都只有三項，一項代表優勢的立場，一項代表協商的立場，一項代表對立的立場。評分的方式則依序爲 3、2、1 分。(2)只能單選❹。

如此的編製方式，可避免設計上最初的缺點。本書最早在預訪卷上的解讀量表，其選項的編製疏忽了「方向」上的考量。以量表中「取締 KTV、MTV、三溫暖逾時營業」的 A 題而言：

A.您認爲政府規定 KTV、MTV、三溫暖只能營業到凌晨三點的作法，是：

（　）1.貫徹掃黑掃黃的決心　　　（　）4.沒有意義

（　）2.限制民眾的娛樂　　　　　（　）5.其他

（　）3.讓該回家的人都回家

選項 3：「讓該回家的人都回家」，雖非電視新聞的說法，但含義上卻是支持政府行動的一種表示，因此在方向上應該與選項 1：「貫徹政府掃黑掃黃的決心」一致。

修正後的解讀量表，在方向、立場上便十分清楚，不會重蹈原先設計的缺點。

(3)正式訪問之解讀量表

---

❹筆者亦曾考慮複選的可能性，但此方式太過複雜，會造成計分上、解釋上的困難，故放棄此想法，只請受訪者以單選的方式，勾選他同意或與他立場最接近的一個項目。

正式訪問的解讀量表分爲兩部份：一是測量「取締 KTV、MTV、三溫暖等影響治安行業逾時營業」，有九道題目。另一則是測量「釣魚台主權糾紛與聖火傳遞釣魚台」，有十道題目。前面預訪經過淨化測量後而捨棄的題目，不再採用；而「敷衍兩句風波」因預訪的效果不佳，故亦捨棄。

量表在正式訪問後進行淨化測量，發現每道指標，皆與量表總加分數的相關達統計上的顯著水準（見附錄五之表九），而「取締」量表的信度 α 值爲 0.74，「釣魚台」量表的信度 α 值爲 0.79，顯示本量表信度頗佳。

三、研究對象與施測程序

1.樣本母體的選取理由

由於本書以實地實驗法蒐集資料，樣本的取得性須有所考慮，再加上人力財力的限制，研究的規模不可能太大，故筆者決定以 12～22 歲臺北地區在學學生爲施測對象，以克服上述難題。

不過以 12～22 歲學生爲研究對象，也有下列幾個優點：

⑴青年、青少年與電視新聞的關係，是當代社會一個重要的研究主題。這種關係的研究，對大眾傳播的理論闡述與實證研究，都能提供有價值的分析觀點。

⑵無論是青年或青少年，他們在社會上都有自己扮演的角色。而且這每一個群體，都分享著屬於他們這一個群體的歷史經驗和生活模式，因此他們不應該被研究所忽視。

⑶電視新聞與這一代的大學生、高中生和國中生的關係密切。電視新聞集聲、光、影像於一身，它的影響力不下於其他的社會化機構，像是父母、學校。因此，有必要透過研究了解電視新聞和他們之間的關係。

2.施測程序與抽樣

　　本書的調查施測程序一共分爲三次。以下便說明此施測程序，並一併介紹訪問的對象。

　　⑴兩次預訪

　　預訪實施兩次。第一次預訪的目的，是欲知國中生、高中生、大學生對晚間七點半電視新聞的印象，以及對三個新聞事件：「敷衍兩句風波」、「聖火傳遞釣魚台」、「取締 KTV、MTV、三溫暖逾時營業」的看法。問卷採開放及封閉混合型，進行的時間在民國七十九年十二月十二日，共訪問大學生 27 人，國中生 12 人，高中生 15 人❺。

　　第二次預訪的主要目的，則欲知「解讀量表」、「權威性人格量表」、「電視新聞形象量表」的適用性，訪問的時間在七十九年十二月二十四、二十六、二十七日，透過立意抽樣法，共訪問大學生 51 人，高中生 48 人，國中生 38 人❻。

　　⑵正式訪問

　　正式訪問的研究對象，是由立意抽樣及便利抽樣兩種方法而得來。筆者取樣時同時考慮下列幾項因素(陳義彥，民六八，頁二六)：1)學校的所在地區；2)學校的公私立別；3)學校的性質；4)學院的不同；5)年級的差異。取樣時儘量使所抽取的各學校、學院及年級的受試人數大致相近。然後，以班級爲團體的分類標準，就抽取的各班級學生予以施測。根據上述抽樣原則，本書在研究的取樣範圍，除平均分佈於臺北市及臺北縣地區，研究樣本的選取，也盡量考慮隨機的可能性

---

❺國中生爲附中國中部一年級學生，高中生爲建中補校高三男生，大學生爲輔大法律系（2 位）、歷史系（1 位）、物理系（4 位）、大傳系（6 位）、企管系（2位）、電工系（1 位）、食科系（5 位）、織品系（1 位）、經濟系（3 位）、西文系（1 位）的學生。

❻國中生爲三民國中一年級男生，高中生爲成功高中高三男生，大學生爲輔大大傳系廣電組二年級學生。

表 3.2.3 樣本分配情況

	校名/年級	人數	百分比
國　　中	三民國中國二國三	70	8.7
	懷生國中國一	53	6.6
	三芝國中國一國三	72	9.0
	三重國中國二	95	11.8
高　　中	內湖高中高一高二	91	11.3
	光仁中學高一高二	93	11.6
高　　職	士林高商高三	31	3.9
	淡水商工電子科高二	39	4.9
五　　專	醒吾商專會計四銀保五	46	5.7
	新埔工專電機四工管五	63	7.8
	淡水工商企管五國貿五	40	5.0
	國立藝專美工設計一	20	2.5
大　　學	輔大大傳系一年級	30	3.7
	師範學院音樂系一年級四年級	27	3.4
	台大電機系二年級	34	4.2
合	計	804	100.0

❼。結果本書共得有效樣本人數 804 人。其中男性有 398 人, 佔 49.5%, 女性有 406 人, 佔 50.5%。12～15 歲學生有 253 人, 佔 31.5%, 16～18 歲學生有 292 人, 佔 36.3%, 19～22 歲學生有 259 人, 佔 32.2%。政黨傾向方面, 絕對認同國民黨的學生有 80 人, 佔 10%, 大概認同國民黨的學生最多, 有 426 人, 佔 53.4%, 中立的學生有 119 人, 佔 14.9%,

❼感謝三民國中輔導室與王老師淑芬、懷生國中輔導室、國立藝專輔導室、淡水商工輔導室許老師、內湖高中胡主任、原三芝國中張義主任、三重國中周主任政吉、光仁中學鄭主任長用、成功高中潘老師紀男、士林高商林老師貞子、淡水工商呂組長銀益及鄭老師淑美、師範學院張老師統星、新埔工專宋組長偉民、輔大大傳系順成學長、大傳系廣告組一年級與雯音、醒吾商專任主任邈時、臺大電機陳老師智弘、同學高光正在實證資料蒐集的協助。

表 3.2.4　受試者個人基本資料列聯表

性別 ＼ 年齡	12-15	16-18	19-22	合　計
男	128 50.6% 32.2%	145 49.7% 36.4%	125 48.3% 31.4%	398 (49.5%)
女	125 49.4% 30.8%	147 50.3% 36.2%	134 51.7% 33.0%	406 (50.5%)
合　　計	253 (31.5%)	292 (36.3%)	259 (32.2%)	804 (100.0%)

表 3.2.5　受試者政黨傾向表

自變項 名稱 ＼ 政黨傾向		絕對是 國民黨	大概是 國民黨	中 立	大概非 國民黨	絕對非 國民黨
性別	男	48(60%)	184(43.2%)	61(51.3%)	69(52.3%)	31(75.6%)
	女	32(40%)	242(56.8%)	58(48.7%)	63(47.7%)	10(24.4%)
年齡	12-15	47(58.8%)	140(32.9%)	38(31.9%)	16(12.1%)	10(24.4%)
	16-18	26(32.5%)	147(34.5%)	40(33.6%)	59(44.7%)	18(43.9%)
	19-22	7(8.7%)	139(32.6%)	41(34.5%)	57(43.2%)	13(31.7%)

大概不認同國民黨的學生有 132 人，佔 16.5%，絕對不認同國民黨的學生有 41 人，佔 5.2%。以上樣本結構的分佈，列表於表 3.2.3～表 3.2.5。

　　本研究採實地實驗配合問卷調查，正式施測的時間自八十年三月十五日起，至三月二十六日止。施測時以班級爲單位，集中調查。訪問人員共有五名（包括筆者自己）❽，施測時均根據統一的指導過程及

指導語進行。每次施測約歷時一小時，施測的場所在各校教室中，並配有各校提供的錄放影機及電視機各一台。

整個施測的過程主要如下：

①問卷中「基本資料」與「使用量表」的施測，施測時間約十二分鐘。訪問人員均按下列步驟進行：發下問卷→唸指導語→指示作答→計時→指示停止作答。

②問卷中「解讀量表」的施測，施測時間約三十分鐘。訪問人員均按下列步驟進行：唸指導語→指示觀看電視→關機→指示作答→計時→指示停止作答→唸指導語→指示觀看電視→關機→指示作答→計時→指示停止作答。

③問卷中「行為量表」及「電視新聞形象量表」的施測，施測時間約十八分鐘。訪問人員均按下列步驟進行：唸指導語→指示作答→計時→指示停止作答。

本書施測時的指導語，主要包括研究目的的介紹、施測過程及注意事項的說明。指導語之陳列請見附錄六。

四、資料處理方法

本書問卷資料的處理，係運用 SPSS/PC＋及 SPSSX 進行資料分析。採用的統計法，主要包括下列數種：

㈠各個單一變項特質的描述，採百分比、平均數、標準差及次數分配等方法。

㈡兩個名義變項的人數（百分比）差異，採皮爾森(Pearson)卡方(Chi-square)檢定。

㈢變項中兩組群體的平均值差異，採 T 檢定。

❽除作者本人外，另外四位訪問員是王湘茹、陳蓓芝、蕭永勝、藍文榮。

㈣變項中多個群體間，平均值差異顯著檢定，採變異數分析(one-way)。

㈤兩個等距變項間的關係，採皮爾森積差相關法(Pearson correlation)。

㈥簡化資料，將變項歸爲幾個成份，採因素分析(factor analysis)。

㈦多個成因變項對依變項（解讀型態）的解釋力，以及控制中介變項（電視新聞形象）前、後，自變項對依變項（解讀型態）的影響力程度，均採逐步廻歸(stepwise regression)分析。

第四章　資料分析與解釋

　　本書在研究資料分析的重點，包括變項分析與變項之間關係的分析。本章第一節將先就「解讀型態」、「權威性人格」、「電視新聞形象」、「媒介依賴」、「電視新聞使用活動」這些變項，進行基本特質的分析。

第一節　主要變項的基本資料分析

一、解讀型態的分佈

　　筆者將受訪者的解讀型態區分爲：優勢、協商、對立三組，並根據解讀材料的不同而分別探討。

　　就第一支錄影帶「政府取締 KTV、MTV、三溫暖等影響治安行業逾時營業」之解讀型態的分佈而言，筆者首先將問卷中第三部份：解讀量表內的一至九題指標的分數予以相加，得到最高分 27 分（9題×3 分＝27 分），最低 9 分（9 題×1 分＝9 分），全距 18 分（上限 27分－下限 9 分＝18 分），再將全距除以 3，得組距 6 分。故得分在27～22 分之間者，解讀型態最傾向優勢的讀法，因而命名爲「優勢解讀群」；得分在 21～16 分之間者較傾向協商式的讀法，命名爲「協商解讀群」；而得分在 15～9 分者，最具對立的解讀傾向，故稱爲「對立解讀群」。至於第二支影帶「釣魚台主權糾紛與聖火傳遞釣魚台」解讀

型態的區分方法,亦是將這部份的十道題目分數相加,得到最高 30 分,最低 10 分,全距 20 分(上限 30 分-下限 10 分=20 分),再將全距除以 3,得組距 6.6 分,故得分在 30～24 分之間稱爲「優勢解讀群」,23～17 分之間稱爲「協商解讀群」,16～10 分之間者稱爲「對立解讀群」。

　　根據表 4.1.1,本書發現:就影帶一而言,解讀型態的分佈以優勢型的人數最多 (N=457, 58.1%),佔全部受訪者人數的一半以上,其次是協商型 (N=282, 35.9%),對立型的人數最少 (N=47, 6%)。而第二支影帶解讀型態的人數分佈則略有不同,以協商型的人數最多 (N=373, 48.3%),優勢型的人數次之(N=358, 46.4%),但協商型和優勢型人數之間的差異不到兩個百分點,人數最少的是對立型(N=41, 5.3%)。

表 4.1.1　　解讀型態的分佈

解讀型態	統計量	平均數	標準差	人　　數	排名
影帶一	優勢	24.28	1.57	457(58.1%)	1
	協商	19.01	1.61	282(35.9%)	2
	對立	14.15	1.04	47(6.0%)	3
	合計	21.79	3.51	786(100%)	—
影帶二	優勢	25.86	1.45	358(46.4%)	2
	協商	20.46	1.90	373(48.3%)	1
	對立	15.24	1.56	41(5.3%)	3
	合計	22.69	3.58	772(100%)	—

　　以上的結果顯示,解讀型態的人數多寡雖隨解讀材料的不同而變化,但整體來看,受訪者殆半類屬優勢或協商的解讀型態,能以對立

式解讀的人相形下寥寥無幾，值得重視。

　　至於解讀型態爲何呈現上述的分佈情況，則須留待下一節更深入的資料分析說明，再作進一步的討論。

二、權威性人格

　　此部份將說明「權威性人格量表」經因素分析後之因素內容，以及各因素的基本資料解釋。

1.因素內容與命名

　　本書將權威性人格量表（即：問卷中第四部份）中二十八道指標進行因素分析後，得出八個因素。

　　如表 4.1.2 顯示，因素一涵蓋六項指標，這六項指標指涉的抽象意義在「權威性的服從」（第10, 17 題）、「權威性攻擊」（第12, 28 題）、「迷信權勢」（第14 題）、「反內省」（第16 題）的理論性定義範圍內，較接近阿都諾(Adorno,T.W.)等人所研究的法西斯權威意識,故稱爲「法西斯權威主義」。

　　第二因素所包含的六項指標,大多和一個人世俗功利的心態有關。這種人經常帶著現實的眼光評斷事物的價值性，行事上則隨著世俗的標準亦步亦趨，故命名爲「世俗功利」因素。

　　第三因素中的四個指標，項目內容涉及的共同特徵是：視權威爲眞理的化身，深信權威具有其不容質疑性。個人只需相信權威的指導，無須對它進行任何挑戰，方能有最大利益，故命名爲「迷信權勢」因素。

　　第四因素中的三指標，反映了個人對傳統價值觀的認同，因此將它命名爲「傳統封建」因素，以表現此因素對於老套的思想觀念及行爲模式的拘泥。

　　因素五的三個指標，涉及的抽象層次和一個人憤世嫉俗的態度有

關。這類人對目前的社會環境流露出相當失望的心理，對社會的黑暗面顯得相當不滿、相當無奈，因此命名爲「憤世嫉俗」因素，表示此因素對社會時而流露出的尖酸心態，或懷舊的消極想法。

因素六包含的三項指標，大多和個人對人性潛在的不安全感及戒心有關，故命名爲「不信任他人」因素。

因素七只包含一個指標。這個指標指涉的抽象範圍在「權威性攻擊」的理論定義中，因此直接命名爲「權威性攻擊」因素。

最後一個因素八，其涵蓋兩個指標抽象意義大抵是：即使處於痛苦或無權勢的地位，都能尋找理由爲自己所處的情境作解釋去適應，故命名爲「宿命性格」。

表 4.1.2　權威性人格分析表

因素名	因　　素　　內　　　容	平均數	標準差	排序
法西斯權威主義　因素一	10.爲人屬下應該恭謹的遵行上司的指示 ⋯⋯⋯⋯⋯ 12.對破壞社會規範的人，我們應該加以嚴格處罰 ⋯ 14.要避免人生的錯誤，最好的方法就是聽從長者的話 ⋯⋯⋯⋯⋯⋯⋯⋯⋯⋯⋯⋯⋯⋯⋯⋯⋯⋯⋯ 16.年輕人所需要的是嚴格的紀律，以及爲國家工作與奮鬥堅強的決心 ⋯⋯⋯⋯⋯⋯⋯⋯⋯⋯⋯ 17.不論做什麼，我們的領導者，都應該明確的告訴我們什麼該做和如何去做 ⋯⋯⋯⋯⋯⋯⋯⋯ 28.假如我們能設法除去那些不道德，爲非作歹的人，那麼我們大部份的社會問題就可以解決 ⋯⋯⋯	4.13	0.77	1
世俗功利　因素二	22.閱讀一些沒有實用價值的書籍，是一種浪費 ⋯⋯ 23.一個有地位的人，就是一個成功的人 ⋯⋯⋯⋯ 24.兒童不論做什麼，都應該按照大人教導的方法去做 ⋯⋯⋯⋯⋯⋯⋯⋯⋯⋯⋯⋯⋯⋯⋯⋯⋯⋯⋯ 25.祭祖、婚嫁、喪事都應該按照固定的形式與禮節進行，不任意更改 ⋯⋯⋯⋯⋯⋯⋯⋯⋯⋯⋯⋯ 26.凡是理智，修養好的人，絕對不會想作出傷害親朋	3.16	0.79	9

因素	題目			
	好友的事 ……………………………………………			
	27.工商業界人士對社會的貢獻，比藝術家和哲學家的貢獻重要			
因素三 迷信權勢	1.父母與師長比我年長，因此在很多方面都比我強 2.生病時去看醫生應該毫無疑問的相信醫生的診斷 3.遵循規則去做事，比自己闖要好得多 ………… 4.不尊敬長輩的人應該被處罰 …………………	4.05	0.82	3
因素四 傳統封建	6.一個人如果不相信一些偉大的學說，主義和信仰， 　他就白活了一輩子 ……………………………… 11.婚前發生性關係的女性，不會得到別人的敬重 … 13.一個教養差，沒有良好生活習慣的人，是無法和高 　雅，品行端正的人相處融洽的 …………………	3.06	0.88	7
因素五 憤世嫉俗	18.我們應該多用傳統的信念來引導社會 ………… 20.所謂〝言多必失〞，話還是少說爲妙 ………… 21.大部份人的失敗，應該由社會制度來負責 ……	3.24	0.82	5
不因素六 信任他人	5.在這個年頭想要顧全自己幸福的人，就必須相當 　自私 ………………………………………………… 9.我覺得有人會在背後說我的壞話 ……………… 15.人與人之間交往愈親密，彼此就愈無法敬重，甚至 　相互輕視 …………………………………………	3.02	0.85	8
權威因素七 性格攻擊	19.凡是傷害我們名譽的人，都應該受到懲罰 ………	3.88	1.15	4
因素八 宿命性格	7.如果不經歷挫折與痛苦，沒有人能學到眞正重要 　的東西 ……………………………………………… 8.擔任公司中經理職務的人，應該會比他的屬下傑 　出	4.07	0.85	2

p.s 因素內容中的題號，表示問卷上的題號。

2.受訪者權威人格的基本分佈

　　本書的權威性人格量表，可分析出八種權威性格：「法西斯權威主義」、「世俗功利」、「迷信權勢」、「傳統封建」、「憤世嫉俗」、「不信任

他人」、「權威性攻擊」、「宿命性格」。根據表 4.1.2，研究發現：受訪者的權威性格面向中以法西斯權威主義（M＝4.13）最強，其次是宿命性格（M＝4.07），再來是迷信權勢（M＝4.05）。而整體來看，受訪者的權威性格，平均數在 4.13 至 3.02 之間，都明顯比 3 分高（3 分＝有點不同意），顯示受訪者較認同權威的性格。

　　而進一步由性別、年齡、政黨傾向來分析權威性格的分佈（此分析係附帶性的研究，是爲研究架構未有者），則可得如下之結果（見表 4.1.3）：

表 4.1.3　　性格、年齡、政黨傾向與權威性格的積差相關係數表

權威性格變項名	法西斯權威主義	世俗功利	迷信權勢	傳統封建	憤世嫉俗	不信任他人	權威性攻擊	宿命性格
性　　別	0.02	-0.13**	-0.04	0.03	-0.04	-0.04	0.008	-0.01
年　　齡	-0.34**	-0.26**	-0.15**	-0.02	-0.03	0.06	-0.06	-0.03
政黨傾向	0.22**	0.14**	0.10*	0.09*	0.04	-0.04	-0.08*	0.11*

*P＜0.01　　　**P＜0.001

　⑴在八項權威性格中，只有「世俗功利」一項與性別達顯著相關，即：男性比女性要顯得世俗功利些（r＝－0.13，P＜.001）。此點顯示傳統中國社會期待男性對世俗實際成就價值的追求，已製造一種急出頭、計較、現實、急於擁有、重結果輕過程的心態。

　⑵年齡愈小，法西斯權威性格愈強（r＝－0.34，P＜.001），愈世俗功利（r＝－0.26，P＜.001），愈迷信權勢（r＝－0.15，P＜.001）。而其他五項權威性格的強烈與否，則與年齡的大小無關。此點顯示：年齡較小的學生，受傳統權威主義的習氣薰陶，順從心較強烈。而年齡愈小，愈世俗功利，則似乎能反映年齡小的學生，已有提早複製成人世界價值觀的傾向。

(3)愈認同國民黨的人，愈法西斯權威主義($r=0.22$,$P<.001$)，愈世俗功利（$r=0.14$,$P<.001$），愈迷信權勢（$r=0.10$,$P<.001$），愈傳統封建（$r=0.09$,$P<.01$），愈無權威性攻擊（$r=-0.08$,$P<.01$），愈宿命性格（$r=0.11$,$P<.01$）。由此可顯示一重要的訊息：即本書之權威性人格量表，似乎較能測出傾向國民黨的權威性格。亦即，除「權威性攻擊」與政黨傾向呈顯著負相關外，政黨傾向愈認同國民黨的人，在上述其他五項權威性格特徵中的程度也愈強烈。不認同國民黨的人，在本書之權威性人格量表中，只能測得一項權威性格，即：愈不認同國民黨的人，愈有權威性攻擊的傾向。

三、電視新聞形象的認知及評估

接下來說明「電視新聞形象量表」經因素分析後之因素內容，以及各因素的基本資料解釋。

1.因素內容與命名

筆者將電視新聞形象量表（即：問卷第五部份）中，四十八道指標進行因素分析後，得到九個電視新聞形象因素。

表4.1.4顯示，因素一包含的八項指標都涉及電視新聞的報導取向：是文化新聞爲主，還是政經新聞爲主？是本地的新聞觀點，還是美國的新聞觀點？是鄉村新聞爲主，還是都市新聞爲主？是反映問題，還是人物報導居多？是小人物的發言多，還是大人物的發言多？是以一般人的發言爲報導重心，還是以專家的發言爲重心？是民間在野勢力的意見較多，還是官方的說法較多？是各類性質的新聞平均報導，還是某幾類的新聞特別多，某幾類的新聞則特別少？由這些指標可看出電視新聞對訊息的選擇性，故命名爲「新聞導向」因素。

因素二包含的八個項目是關於：電視新聞的內容是否深入、反映事實、追求眞相、發人省思、完整詳細、論調多元、揭發弊病、條理

清楚，還是幼稚浮面、妄加臆測、避重就輕、僵化思考、簡略斷章取義、論調一致、粉飾虛僞、混亂曖昧。由於這些指標都與新聞品質的優劣有關，因此命名爲「新聞品質」因素。

第三個因素中的五個指標，項目涉及的共同層次是：電視台在社會的角色扮演，和電視台的政策、立場、結構上、組織上的特質，故命名爲「媒體形象」因素。這一因素的指標有：「開放民主——官僚保守」，「自由競爭——特權壟斷」，「進步現代——退步落伍」，「人民的代言者——官方的政治工具」，「不計成本服務觀衆——收視率爲先利潤掛帥」，和原先量表中「媒體看法」之構面中的指標完全相同，故命名爲「媒體形象」因素。

因素四包含七項指標如下：「穩重端莊——輕佻浮躁」，「權威專業——技能平庸」，「神采奕奕——無精打采」，「親切和藹——冷傲嚴肅」，「聰明伶俐——愚蠢遲鈍」，「風格獨特——呆板無特色」，「儀態台風好——儀態台風壞」。由於這七項指標與原先量表中「主播印象」構面中的項目完全吻合，因此將它命名爲「主播形象」。

因素五涵括的五項指標，與電視新聞的製作風格有關，包括：電視新聞是創新有變化、製作水準高、新鮮、高級精緻、活潑有趣，還是單調一成不變、製作水準低、重複雷同、低級庸俗、沈悶乏味。這五項指標所涉及的共同層次是製作的技術及風格，因此命名爲「製作風格」因素。

因素六中的四個指標包含：「保障隱私——侵犯隱私」，「客觀公正——主觀偏頗」，「報導正確——報導錯誤」，「公平實在——渲染炒作譁衆取寵」。由於新聞是否保障隱私、客觀公正、公平實在、正確報導，都足以對新聞的公信力造成影響，所以命名爲「新聞公信力」因素。

因素七包含的四項指標，大多和電視新聞是否具有教育性的正面功能有關。因素內容有：「淨化保守——煽情暴力」，「豐富廣泛——貧

乏狹隘」，「知識性──娛樂性」，「對觀眾有正面影響──對觀眾有負面影響」，故命名爲「寓教功能」因素。

　　因素八的五項指標涉及：電視新聞播出的影像聲音是否配合佳，節奏是否緊湊，播報是否清晰流利、理性化、謹慎之內涵。由於此因素內容與播出型態有關，故稱爲「播出型態」因素。

　　最後一個因素九，則命名爲「時間安排」，因爲此因素涵蓋的兩項指標：「時段好──時段壞」及「時間長短合宜──時間長短不合宜」，都和電視新聞的時間安排有關之故。

表 4.1.4　　電視新聞形象分析表

因素名	因　　素　　內　　容	平均數	標準差	排序
因素一　新聞導向	(34)文化取向──政治經濟取向 (35)本地觀點──美國觀點 (37)鄉村取向──大都市取向 (38)問題取向──人物取向 (39)小人物取向──大人物取向 (40)一般人取向──專家取向 (44)民間說法──官方說法 (48)各類新聞比例平均──各類新聞比例不均	2.67	0.78	9
因素二　新聞品質	(28)深入剖析──幼稚浮面 (29)反映事實──妄加臆測 (30)追求眞相──避重就輕 (31)發人省思──僵化思考 (32)完整詳細──簡略斷章取義 (33)論調多元言論開放──論調一致的一言堂 (36)揭發弊病──粉飾虛僞 (41)條理清楚──混亂曖昧	3.32	0.72	5
	(8)開放民主──官僚保守			

因素	因素內容			
媒體形象 因素三	(9)自由競爭──特權壟斷 (10)進步現代──退步落伍 (11)人民的代言者──官方的政治工具 (12)不計成本服務觀衆──收視率爲先利潤掛帥	3.26	0.94	6
主播形象 因素四	(1)穩重端莊──輕佻浮躁 (2)權威專業──技能平庸 (3)神采奕奕──無精打采 (4)親切和藹──冷傲嚴肅 (5)聰明伶俐──愚蠢遲鈍 (6)風格獨特──呆板無特色 (7)儀態台風好──儀態台風壞	3.86	0.60	1
製作風格 因素五	(13)創新有變化──單調一成不變 (14)製作水準高──製作水準低 (22)新鮮──重複雷同 (23)高級精緻──低級庸俗 (42)活潑有趣──沈悶乏味	3.04	0.70	8
新聞公信力 因素六	(24)保障隱私──、侵犯隱私 (25)客觀公正──主觀偏頗 (26)報導正確──報導錯誤 (27)公平實在──渲染炒作譁衆取寵	3.08	0.72	7
寓教功能 因素七	(43)淨化保守──煽情暴力 (45)豐富廣泛──貧乏狹隘 (46)知識性──娛樂性 (47)對觀衆有正面影響──對觀衆有負面影響	3.44	0.68	4
播出型態 因素八	(17)影像聲音配合佳──影像聲音配合差 (18)節奏緊湊──節奏鬆散 (19)播報清晰流利──播報不清晰流利 (20)播出理性化──播出情緒化 (21)播報謹愼──播報草率	3.58	0.65	3
時間安排 因素九	(15)時段好──時段壞 (16)時間長短合宜──時間長短不合宜	3.78	0.81	2

p.s 因素內容中的題號，表示問卷上的題號。

2.電視新聞形象的基本分析

　　本書的電視新聞形象量表，經因素分析後粹取出九個電視新聞形象：「新聞導向」、「新聞品質」、「媒體形象」、「主播形象」、「製作風格」、「新聞公信力」、「寓教功能」、「播出型態」、「時間安排」。表 4.1.4 顯示，受訪者在這九個構面的評價，整體而言，除「新聞導向」構面外，其他八個形象構面的平均數皆在 3 分（中點）以上，顯示受訪者對電視新聞的印象較傾向正面。依平均數的高低來看，評價最好的前三名依序是：「主播形象」（M＝3.86），「時間安排」（M＝3.78）和「播出型態」（M＝3.58）。而由「主播形象」、「時間安排」、「播出型態」高居前三名可知：受訪者對於電視台挑選出來並刻意包裝的新聞主播，及對於晚間新聞的時間安排(指的是時間長短及播出時段)、新聞播報的態度、方式、新聞播出的聲光效果等，最感滿意。然而受訪者對電視新聞的內容品質（M＝3.32）、公信力（M＝3.08）及新聞取向（M＝2.67)的評分，只居第五、第七及第九名而已。值得注意的是：受訪者評價較高的是電視新聞一些較技術性、表面性的事物，真正有關新聞內涵與品質的層面，評價反而不如前者高。而「新聞導向」構面，受訪者評分的平均數位居九個形象中最末位，顯示一般受訪者對電視新聞有報導取向不平衡的看法。因為三臺的電視新聞一向偏重大都市、政經題材、官方說法等等的報導。受訪者的平均分數若愈低，就表示他們愈認為電視新聞的報導取向愈不分衡。

　　其次就單一形象量尺來看(參見附錄五表十)，平均數顯示受訪者評價最佳的前三名量尺（呈正面評估的）依次為：

　　⑴穩重端莊──輕佻浮躁（M＝4.28）。

　　⑵儀態台風好──儀態台風壞（M＝4.18）。

　　⑶神采奕奕──無精打采（M＝4.03）。

對形象呈負面評估的量尺中，得分最低的前三名則依序為：

(1)鄉村取向——大都市取向 (M＝2.35)。

　小人物取向——大人物取向 (M＝2.35)。

(2)一般人取向——專家取向 (M＝2.53)。

(3)民間說法——官方說法 (M＝2.58)。

　　綜合上面的研究結果可知，在所有四十八個有關電視新聞內容、型態、媒體政策、主播、記者形象量尺中，最獲受訪者好評的是：主播的穩重端莊，主播的儀態台風，主播的神采奕奕。而這三個量尺都與主播的形象有關。至於在負面評價的量尺中，則顯示受訪者認為電視新聞的報導取向，太偏重於大都市報導，大人物報導，專家報導和官方說法，由此可支持前述因素分析的結果及筆者的分析。

四、報紙依賴程度和電視新聞依賴程度

　　表 4.1.5 顯示受訪者對報紙依賴的程度，達平均數 13.21 分，與量表分數由 4 分至 23 分的中點 13.5 分，相當接近，可知受訪者對報紙的依賴程度，屬中間程度；而受訪者的電視新聞依賴程度，平均達 17.82 分，也與量表分數由 6 分至 31 分的中點 18.5 分相當接近，故受訪者對電視新聞的依賴程度，亦位居中間程度。

表 4.1.5　　媒介依賴及使用活動分析表

變項名 ＼ 統計量		平均值	標準差
媒介依賴	報紙依賴	13.21	2.74
	電視新聞依賴	17.82	3.09
	工具性使用	68.71	9.55

使用活動	儀式性使用	35.86	6.71

其次，若進一步附帶分析性別、年齡、政黨傾向對受訪者媒介依賴程度的影響，則可發現(表 4.1.6)，年齡及政黨傾向各組在媒介依賴上無顯著差異，僅有性別對媒介依賴程度有影響——男性依賴報紙及電視新聞的程度要比女性高。由此顯示，男性對硬性新聞的汲取，似乎要較女性來得積極。

表 4.1.6　受試學生在媒介依賴與使用活動上
得分的平均數與組間的差異

變項名 ＼ 媒介依賴、使用活動		報紙依賴	電視新聞依賴	工具性使用	儀式性使用
性別	男(M)	13.59	18.08	68.24	35.83
	女(M)	12.84	17.56	69.14	35.89
	T 值	3.85	2.37	-1.28	-0.14
	T Prob.	0.000***	0.02*	0.20	0.89
年齡	12-15 (M)	13.29	18.05	69.80	36.06
	16-18 (M)	13.12	17.85	68.28	35.92
	19-22 (M)	13.23	17.55	68.21	35.61
	F 值	0.26	1.68	2.09	0.28
	F Prob.	0.77	0.19	0.12	0.76
政黨	絕對是(M)	13.62	18.10	71.14	34.61
	大概是(M)	13.09	17.92	69.18	35.96
	中立(M)	12.97	17.59	68.58	35.74

傾向	大概非(M)	13.50	17.63	66.71	36.36
	絕對非(M)	13.45	17.57	66.91	35.27
	F 值	1.30	0.61	3.14	0.91
	F Prob.	0.27	0.66	0.14	0.46

*P＜0.05　**P＜0.01　***P＜0.001

　　而本書也想進一步分析測量報紙依賴程度及電視新聞依賴程度的三類指標：消息來源，使用頻率，專心程度。不過這部份資料的分析，僅作為進一步整理及分析的附帶參考資料，故其分析表格都列於附錄中（附錄五表十一～表十七），此處只就重要的研究發現加以陳述。

1.消息來源：

　　⑴認為「報紙」是獲取硬性新聞最重要的消息管道者，佔全體受訪者的22.1%；而認為「電視新聞」是最重要的消息來源者，則佔全體受訪者的70.7%，顯示一般學生把電視新聞當作獲取硬性新聞最主要的來源（見附錄五表十一）。

　　⑵五種政黨傾向比較之下，「大概非認同國民黨」的人，認為「電視新聞」是最重要的硬性新聞來源佔的比例最低（57.7%）；而大概認同國民黨者，認為「電視新聞」是最主要的硬性新聞來源的比例則最高（76.2%），其間的差異已達統計上的顯著程度（$\chi^2=52.60$,D.F.＝20,P＜.001）。足見，政黨傾向不同的人，對選擇電視新聞當作主要的硬性新聞來源的情形的確有所不同，而且政黨傾向偏向國民黨的受訪學生較傾向以電視新聞為最主要的硬性新聞來源（見附錄五表十二）。

　　⑶三個年齡組比較之下，12-15歲者認為「報紙」是最主要的硬性新聞來源的比例最低（16.4%），19-22歲者認為「報紙」是最主要的硬性新聞來源的比例最高（26.8%），16-18歲者則居中（22.8%），其間的差異已達統計上的顯著程度（$\chi^2=32.85$,D.F.＝10,P＜.001）。由此

顯示，不同年齡層的人，對選擇報紙當作最主要的硬性新聞來源的情形亦不同。資料顯示，大學生組最重視由報紙吸收硬性新聞，這可能是他們較有能力與較有耐心去理解報紙的分析報導之故（見附錄五表十三）

2.使用頻率：

(1)受訪者閱讀報紙硬性新聞的頻率，以「偶而看三四天」(35.1%)，每天看「十幾二十分鐘」(43.1%) 的情形最普遍。而男性一星期中「每天看」(17.6%) 或「偶而看五六天」(17.1%) 報紙硬性新聞的情形比女性普遍。女性「偶而看三四天」、「只看一兩天」或「不看」的情形則比男性普遍。足見，男性接觸報紙硬性新聞的頻率比女性高 (X^2=21.55,D.F.=4,P<.001)。這可能是男性對了解硬性新聞的興趣比女性高之故（見附錄五表十四、十五、十六）。

(2)受訪者收看電視新聞的情形，以「從不看」晨間電視新聞 (68.7%)、午間電視新聞 (60.1%)、夜間新聞 (37.6%) 以及「偶而看三四天」的晚間電視新聞 (27.9%) 最普遍（見附錄五表十四）。而整體來看，男性使用電視新聞的頻率較女性高($r=-0.11,P<.001$)（見附錄五表十七）。

3.專心程度：

(1)一般而言，受訪者閱讀報紙硬性新聞時，以「偶而很專心」(55.6%) 最普遍；收看電視新聞時，則以「經常很專心」(47.9%) 最普遍（見附錄五表十八）。

(2)三個年齡組比較下，年齡愈小的人，閱讀報紙硬性新聞的專心程度愈高($r=-0.10,P<.01$)。這大概是因為年齡小的人限於理解力，故閱讀時必須比較專心（見附錄五表十九）。

(3)五組政黨傾向比較下，絕對認同國民黨者，收看電視新聞每次都很專心的比例最高 (32.5%)；而絕對非國民黨者，收視時很少專心

所佔的比例則最高(9.8%)。部分原因或許是電視新聞的觀點傾向執政黨而導致的「選擇性注意」效應（見附錄五表二十）。

綜合以上的分析可知，受訪學生因基本背景（性別、年齡、政黨傾向）的差異，可能導致對報紙及電視新聞的選擇、使用頻率及專心程度的不同。其中，年齡較大的學生（19-22歲）較傾向以報紙爲主要硬性新聞來源；而政黨傾向認同國民黨的學生，不但偏向以電視新聞爲主要的硬性新聞來源，在收視上也比其他學生要專心。

五、工具性使用電視新聞和儀式性使用電視新聞

從表 4.1.5 可知，全體受訪者工具性使用電視新聞的程度，達平均數 68.71 分，與量表分數由 26 分至 105 分的中點 65.5 分比較起來，有中間偏高的傾向。儀式性使用電視新聞的程度，平均數爲 35.86，與量表分數由 15 分至 61 分的中點 38 分相較下，則有中間偏低的傾向。

若就性別、年齡、政黨傾向各組，計算受訪學生在工具性及儀式性使用電視新聞上得分的平均數和組間差異，則此附帶的研究結果，可如表 4.1.6 所顯示的：

本書中的受訪學生不論性別、年齡、政黨傾向，在工具性使用電視新聞的程度上均有略高於量表中點分數 65.5 分的傾向，儀式性使用電視新聞的程度則均有略低於量表中點分數 38 分的趨勢，但性別、年齡、政黨傾向各組在工具性及儀式性使用程度的差異，都不達顯著水準。這個結果的意思就是，受訪者不會因爲性別、年齡、政黨傾向的不同，而影響他們對電視新聞的工具性或儀式性使用的情況。

而就工具性及儀式性使用量表中的類目指標作進一步分析後，亦能發現幾項重要的附帶研究發現，茲以條列的方式揭櫫如下：

1.爲「追求刺激、娛樂」而收看電視新聞

本書之研究發現：男性比女性同意有因爲要追求刺激娛樂而收看

電視新聞的動機（$t=2.71,P<.01$）（見附錄五表二十一）；年齡愈小，也愈同意（$r=-0.09,P<.01$）（見附錄五表二十二）。

2.爲「尋求資訊」而收看電視新聞

(1)女性比男性同意因爲要尋求資訊而收看電視新聞的動機（$t=-3.26,P<.01$）（見附錄五表二十一）。

(2)年齡愈小，愈同意因尋求資訊而收看電視新聞的理由（$r=-0.14,P<.001$）（見附錄五表二十二）。

(3)愈認同國民黨者，愈同意因尋求資訊而收看電視新聞的理由（$r=0.11,P<.001$）（見附錄五表二十二）。

3.親近性

年齡愈大，愈感覺和電視新聞很親近（$r=0.10,P<.01$）（見附錄五表二十二）。

4.收視意圖

年齡愈小，愈有意圖去收看電視新聞（$r=-0.10,P<.01$）（見附錄五表二十二）。

5.眞實程度

(1)女性比男性覺得電視新聞眞實（$r=0.11,P<.001$）（見附錄五表二十二）。

(2)年齡愈小，愈覺得電視新聞眞實（$r=-0.18,P<.001$）（見附錄五表二十二）。

(3)愈認同國民黨，愈感覺電視新聞是眞實的（$r=0.19,P<.001$）（見附錄五表二十二）。

6.使用電視的頻率

年齡愈小，看電視的時間愈長（$r=-0.23,P<.001$）（見附錄五表二十二）。

7.選擇程度

年齡愈大，收看電視新聞的時數佔其總收看電視時間的比例愈大（r＝0.11,P＜.001）（見附錄五表二十二）。

綜合上述附帶性的分析可知，女性會比男性認為電視新聞真實；而年齡愈小，或愈傾向國民黨的學生，也愈會認為電視新聞是真實的。其次，女性、年齡愈小、愈認同國民黨者，會愈同意其收看電視新聞的動機，是為了要尋求資訊。

第二節　自變項／中介變項與解讀型態的相關性

本節分析自變項（人口變項、政黨傾向、權威性格、媒介依賴、使用活動），中介變項（電視新聞形象）與解讀型態之相關性。

本節亦採取逐步迴歸分析，以進一步探討控制中介變項——電視新聞形象後，自變項對解讀型態的影響。

一、人口變項、政黨傾向與解讀型態的相關性

表 4.2.1 及 4.2.2 說明了人口變項、政黨傾向在解讀型態之差異顯著性考驗。表 4.2.3 則呈現控制電視新聞形象前、後，人口變項、政黨傾向對解讀型態的影響。

表 4.2.1　性別、年齡、政黨傾向對（影帶一）
解讀型態影響之卡方檢定

解讀型態 自變項	優　　勢 N＝457 n%		協　　商 N＝282 n%		對　　立 N＝47 n%		χ^2	P 值
性別	男 N＝383	197	51.4%	153	39.9%	33	8.6%	17.91 D.F.＝2	*** 0.0001
	女 N＝403	260	64.5%	129	32.0%	14	3.5%		

		n	%	n	%	n	%	χ²	P值
年齡	12-15 N=246	195	79.3%	46	18.7%	5	2.0%		
	16-18 N=287	160	55.7%	115	40.1%	12	4.2%	87.28 D.F.=4	*** 0.0000
	19-22 N=253	102	40.3%	121	47.8%	30	11.9%		
政黨傾向	絕對是 N=79	55	69.6%	22	27.8%	2	2.5%		
	大概是 N=415	276	66.5%	125	30.1%	14	3.4%		
	中立 N=117	60	51.3%	49	41.9%	8	6.8%	67.99 D.F.=8	*** 0.000
	大概非 N=131	50	38.2%	67	51.1%	14	10.7%		
	絕對非 N=39	12	30.8%	18	46.2%	9	23.1%		

*P<0.05　**P<0.01　***P<0.001

表 4.2.2　性別、年齡、政黨傾向對（影帶二）
解讀型態影響之卡方檢定

解讀型態 自變項		優　　勢 N=358 n　%		協　　商 N=373 n　%		對　　立 N=41 n　%		χ²	P 值
性別	男 N=374	183	48.9%	172	46.0%	19	5.1%	1.91 D.F.=2	0.39
	女 N=398	175	44.0%	201	50.5%	22	5.5%		
年齡	12-15 N=238	147	61.8%	83	34.9%	8	3.4%		
	16-18 N=284	114	40.1%	153	53.9%	17	6.0%	33.03 D.F.=4	*** 0.0000
	19-22								

	N=250	97	38.8%	137	54.8%	16	6.4%		
政黨傾向	絕對是 N=73	42	57.5%	27	37.0%	4	5.5%		
	大概是 N=413	204	49.4%	194	47.0%	15	3.6%	25.10 D.F.=8	** 0.002
	中立 N=114	51	44.7%	55	48.2%	8	7.0%		
	大概非 N=127	41	32.3%	78	61.4%	8	6.3%		
	絕對非 N=41	16	39.0%	19	46.3%	6	14.6%		

*P<0.05　　**P<0.01　　***P<0.001

表 4.2.3　未控制電視新聞形象，及控制電視新聞形象後，
人口變項、政黨傾向對解讀型態的影響

解讀型態　　步驟變項	影帶一解讀型態		影帶二解讀型態	
	T Prob.	Beta	T Prob.	Beta
迴歸分析　性別	0.0000***	0.15	—	—
迴歸分析　1.電視新聞形象　2.性別	0.0000*** 0.0009***	0.44 0.11	—	—
迴歸分析　年齡	0.0000***	-0.32	0.0000***	0.20
迴歸分析　1.電視新聞形象　2.年齡	0.0000*** 0.0000***	0.38 -0.17	0.0000*** 0.39	0.39 -0.03

迴歸分析	政黨傾向	0.0000***	0.28	0.0000***	0.15
迴歸分析	1.電視新聞形象 2.政黨傾向	0.0000*** 0.0000***	0.39 0.16	0.0000*** 0.31	0.39 0.04

*P＜0.05　　**P＜0.01　　***P＜0.001

1.性別

　　男女在第一支錄影帶（「取締 KTV、MTV、三溫暖等影響治安行業逾時營業」）上的解讀型態有顯著差異（$\chi^2=17.91,P<.001$）。女性比男性傾向優勢的解讀（女性，64.5%；男性，51.4%），男性則比女性傾向協商（39.9%VS.32.0%）及對立（8.6%VS.3.5%）的解讀型態。第二支錄影帶（「釣魚台主權糾紛及聖火傳遞釣魚台」），男女的解讀型態則無顯著差異。足見，性別是否會影響解讀型態，須視解讀的材料而定。

　　而本書亦採逐步迴歸控制中介變項──電視新聞形象，以進一步了解性別是否眞的對第一支錄影帶的解讀型態有影響。根據表 4.2.3，資料顯示：在未控制電視新聞形象前，性別與錄影帶一解讀型態的相關程度，可達 0.001 的極顯著水準；而控制電視新聞形象後，性別與錄影帶一解讀型態的相關程度，亦達 0.001 的極顯著水準。由此顯示，性別與錄影帶一解讀型態的關係可能是眞實的。換言之，在第一支錄影帶中女性比男性傾向優勢的解讀型態，不是由於女性對電視新聞形象的評估較男性佳所導致的。

　　至於男女在第一支錄影帶的解讀型態上有顯著不同（即使在控制電視新聞形象後，亦有顯著差異），可能是因爲兩性的政治知識及傳統價値觀差異所導致的。以政治知識面來說，國內外早已有許多研究指

出：男性的政治知識比女性高(羅文輝、鍾蔚文, 民八○；Fleming &
Weber,1982；Gandy et al.,1987)。由於男性在政黨、法律上的知識
較女性廣泛, 故面臨像錄影帶一涉及適法性、政府決策過程的解讀材
料時, 男性比女性容易站在協商及對立的角度解讀。再以傳統價值觀
的層面來看, 則可發現中國社會對兩性的行為期望不同──男性應是
積極、進取、外在的表現、主動的投入, 女性則應是消極、保守、內
在的蘊含、被動的參與(伊慶春, 民七七, 頁二三○)。這一點或許也
是導致男性在錄影帶一的解讀比女性傾向協商及對立的可能理由；而
女性因在性格上被期待為保守被動, 故不容易對神話電視新聞敍事體
產生挑戰性的解讀。

　　至於男女在第二支錄影帶的解讀型態上並無顯著不同, 原因可能
是第二支錄影帶的釣魚台事件, 本身的爭論性很強, 較無適法性的問
題, 因此不容易看出兩性在解讀上的差別。

　　綜合而言, 有關性別是否影響解讀型態的問題, 本書發現須視解
讀材料而決定。這一點似乎可修正 Lindlof (1988) 認為性別不會影響
解讀型態的看法。

2.年齡

　　資料顯示 (表 4.2.1, 4.2.2), 年齡因素對第一支錄影帶 ($\chi^2=87.$
28,P<.001) 與第二支錄影帶 ($\chi^2=33.03$,P<.001) 的解讀型態均造
成影響。三個年齡組比較之下, 兩支錄影帶優勢的解讀型態分別由 12-
15 歲者的 79.3%, 61.8%, 遞減為 16-18 歲者的 55.7%, 40.1%, 再遞
減為 19-22 歲者的 40.3%, 38.8%；而兩支錄影帶在協商及對立的解
讀上, 則呈現出：19-22 歲者在協商及對立式的解讀比例多於 16-18 歲
者, 而 16-18 歲者又多於 12-15 歲者的情形。足見, 無論就第一支錄影
帶或第二支錄影帶而言, 均發現：年齡愈小, 愈容易以優勢解讀；年
齡愈大, 則愈傾向協商及對立的解讀型態。

　　若採逐步迴歸法進一步控制中介變項──電視新聞形象，則可如表 4.2.3 的資料顯示：在未控制電視新聞形象前，年齡與兩支錄影帶解讀型態的相關程度，皆達 0.001 的極顯著水準；而控制電視新聞形象後，年齡與錄影帶一解讀型態的相關程度，雖仍達 0.001 的極顯著水準，但年齡與第二支錄影帶解讀型態的相關卻消失，未達 0.05 的顯著度。由此可知，年齡與第一支錄影帶解讀型態可能眞有相關；而年齡與第二支錄影帶解讀型態的關係，其實是由電視新聞形象所導致的。

　　至於年齡愈小，愈容易以優勢解讀第一支錄影帶的原因，可能是學習習慣的差別及既存知識的多寡導致的。以國中生來說，在國內填鴨式的教育制度下，國中生對既存資訊的吸收，習慣於無條件的全盤接受；加上其本身的既存知識相對於高中生及大學生年齡者亦較不足，因此在解讀上容易傾向優勢。就高中生而言，由於心智上已脫離國中生階段，漸趨成熟，因此對資訊不再囫圇吞全盤接收，而能逐漸產生協商及對立的解讀型態。至於受訪者的 19-22 歲大學生年齡者，因已屆獨立思考的階段，累積的既存知識亦臻至某一程度，是故在解讀上開始呈現較明顯的協商及對立的型態。

3.政黨傾向

　　根據表 4.2.1 及 4.2.2，研究發現：受訪學生的政黨傾向對兩支影帶的解讀型態都有影響（影帶一：$\chi^2 = 67.99, P < .001$；影帶二：$\chi^2 = 25.10, P < .01$）。資料顯示：五組政黨傾向比較下，絕對認同與大概認同國民黨者，最易採優勢之解讀型態（影帶一：絕對者 69.6%，大概者 66.5%；影帶二：絕對者 57.5%，大概者 49.4%）。大概不是國民黨者，則最易採用協商型（影帶一：51.1%；影帶二：61.4%）。而絕對非認同國民黨者，最易使用對立型（影帶一：23.1%；影帶二：14.6%）。

　　然進一步以迴歸分析來了解控制電視新聞形象前、後，政黨傾向

對解讀型態的影響，則可知：在未控制電視形象前，政黨傾向與兩支影帶解讀型態的相關程度，皆達 0.001 的極顯著水準 (見表 4.2.3)；但控制電視新聞形象後，政黨傾向與影帶解讀型態的相關程度，雖仍達 0.001 的極顯著水準，但政黨傾向與第二支影帶解讀型態的相關却消失，未達 0.05 的顯著水準。足見，政黨傾向與第一支影帶解讀型態可能眞有相關；而政黨傾向與第二支影帶解讀型態的關係，其實是由電視新聞形象所導致的。

至於本書發現政黨傾向對第一支影帶解讀型態的影響：愈認同國民黨者，愈傾向優勢的解讀型態；愈不認同國民黨者，愈傾向對立的解讀型態，則已顯示：電視新聞原是追求眞相、反映現實之物，但臺灣的電視新聞長期受國民黨之支配，導致「泛政治主義」氾濫成災 (李金銓，民七六 b)，是以非執政黨取向者易採用對立的方式進行解讀——也就是根據自己的立場，由電視新聞中重新去詮釋自己能接受的觀點。

二、媒介依賴、使用活動與解讀型態的相關性

表 4.2.4 說明了媒介依賴、使用活動在解讀型態之差異顯著性考驗。表 4.2.5 則呈現控制電視新聞形象後，媒介依賴、使用活動對解讀型態的影響。

1.媒介依賴與解讀型態

根據表 4.2.4，研究發現：(1)報紙依賴程度對兩支影帶的解讀型態都不會有影響；(2)電視新聞依賴程度對影帶二的解讀型態有影響 ($F=3.88$, $P<.01$)，對影帶一的解讀型態無影響；不過在筆者控制電視新聞形象後，發現受訪學生的電視新聞依賴程度，並不會對影帶二的解讀型態有影響。茲解說如下。

資料顯示：在第二支影帶中，電視新聞的依賴程度與解讀型態有

關。換言之,筆者發現優勢者對電視新聞的依賴程度最強(M＝18.02),協商者次之 (M＝17.76),對立者最低 (M＝16.59),亦即,愈依賴電視新聞者,愈傾向優勢的解讀型態。然而在筆者以逐步迴歸法控制電視新聞形象後,發現電視新聞依賴程度與第二支影帶解讀型態關係消失,未達 0.05 的顯著度(見表 4.2.5)。足見,受訪學生的電視新聞依賴程度對第二支影帶解讀的影響,其實是由電視新聞形象所導致的。

表 4.2.4　媒介依賴、使用活動與解讀型態之變異數分析

自變項　　解讀型態		媒介依賴		電視新聞使用活動	
		報紙依賴	電視新聞依賴	工具性使用	儀式性使用
影帶一	優勢(M)	13.09	17.90	70.03	35.58
	協商(M)	13.36	17.73	67.39	35.98
	對立(M)	13.78	17.41	65.40	36.93
	F 值	1.83	0.67	9.67	0.99
	F Prob.	0.16	0.51	0.0001***	0.37
影帶一	優勢(M)	13.32	18.02	70.33	34.92
	協商(M)	13.12	17.76	67.76	36.34
	對立(M)	13.20	16.59	64.32	38.69
	F 值	0.47	3.88	10.75	7.79
	F Prob.	0.63	0.02*	0.0000***	0.0004***

***P＜0.05　　**P＜0.01　　***P＜0.001

表 4.2.5　控制電視新聞形象後,媒介依賴、
使用活動對解讀型態的影響

解讀型態　　步驟變項		影帶一解讀型態		影帶二解讀型態	
		T Prob.	Beta	T Prob.	Beta
迴歸分析	1.電視新聞形象 2.報紙依賴	—	—	—	—

迴歸分析	1.電視新聞形象 2.電視新聞依賴	—	—	0.0000*** 0.06	0.39 0.07
迴歸分析	1.電視新聞形象 2.工具性使用	0.0000*** 0.48	0.45 0.03	0.0000*** 0.06	0.39 0.07
迴歸分析	1.電視新聞形象 2.儀式性使用	—	—	0.0000*** 0.004**	0.39 -0.10

*P<0.05　　**P<0.01　　***P<0.001

　　如果本書的實證研究過程沒有太大的偏誤的話，那麼本書在前面文獻所作的理論推衍——「高度依賴電視新聞者，大多對時事的了解不多，亦懷疑本身對政治理解的能力；尤其因依賴的程度強，因此習於電視新聞中故事代表眞實的處理，故這類人在面對神話電視新聞敍事體時，容易傾向優勢的解讀型態」，應該不能成立。

　　至於研究假設：「報紙依賴程度會影響解讀型態」，在本書中亦未獲實證資料之支持。根據前面文獻的說法：「報紙可充份處理新聞議題，增加閱聽人對事件的了解」，因此，筆者推測報紙依賴度越高的人，愈容易採取協商或對立的解讀型態。然而實證的研究結果却與假設不符，原因可能有二：

　　⑴對12-22歲的學生而言，似乎報紙依賴程度對其旣存知識的模塑力不大。此點可由本章第一節的研究發現：受訪學生中只有22.1%認爲「報紙」是獲取硬性新聞最重要的消息管道，以及「一星期中偶而看三四天」、「每天看十幾二十分鐘」、「閱讀時偶而很專心」爲最普遍的情形，此點與整個報紙依賴程度平均只有中等程度之狀況可相互對照。由於一般12-22歲學生平均依賴報紙的程度不算高，因此即使

報紙能充份報導新聞事件，其增加 12-22 歲學生對事件了解的程度似乎也顯得有限。這或許是本書未能發現報紙依賴程度對解讀型態有影響的可能原因。

(2)臺灣報業的結構性，使筆者未能發現報紙依賴程度與解讀型態的關係。由於國內多數大報傾向執政黨，較具反對色彩的大報在目前僅自立報系一家，所以報紙依賴程度的深淺，不必然導致解讀型態的形成，恐須視依賴何種立場的報紙而決定。

2. 使用活動和解讀型態的關係

根據表 4.2.4, 研究發現：(1)工具性使用電視新聞的程度，與兩支影帶解讀型態的形成有關（影帶一：F=9.67, P＜0.001；影帶二：F=10.75, P＜0.001）；(2)儀式性使用電視新聞的程度, 與第二支影帶的解讀型態有關(F=7.79, P＜0.001)，與第一支影帶的解讀型態無關。

首先就工具性使用電視新聞變項來看，資料顯示（表 4.2.4）：無論對影帶一或影帶二來說，優勢者的工具性使用電視新聞的程度都是最高的(影帶一：M=70.03；影帶二：M=70.33)，其次是協商型(影帶一：M=67.39；影帶二：M=67.76)，對立型的使用度最低(影帶一：M=65.40；影帶二：M=64.32)。此研究結果即意謂：工具性使用電視新聞的程度愈高者，越容易採取優勢的解讀策略；工具性使用程度愈低，則愈易以對立的方式解讀。

但表 4.2.5 却表示：在控制中介變項「電視新聞形象」後，工具性使用電視新聞對兩支影帶解讀型態的影響力完全消失, 未達 0.05 的顯著程度。由此顯示, 工具性使用電視新聞與兩支影帶解讀型態的相關，其實是由受訪學生根據他們對電視新聞形象的評價而導致的。

再就儀式性使用電視新聞來看，資料顯示（表 4.2.4）：儀式性使用電視新聞的程度，僅與影帶二的解讀型態有關；其中對立者的儀式

性使用程度最高（M＝38.69），協商者次之（M＝36.34），優勢者最低（M＝34.92）。由此顯示，儀式性使用電視新聞的程度愈高者，愈易採對立的解讀型態；使用的程度愈低者，愈容易傾向優勢。但表4.2.5卻顯示，在筆者控制「電視新聞形象」後，儀式性使用電視新聞與解讀型態的相關程度，由未控制前的0.001極顯著水準（表4.2.4）降為僅達0.01的顯著水準（表4.2.5）。足見，儀式性使用電視新聞對影帶二解讀型態的影響，部份是由電視新聞形象所導致的。亦即，筆者發現，儀式性使用電視新聞的程度愈高，愈傾向對立（因為兩者呈負相關），部份原因是由於他們對電視新聞形象的評價較差而導致的。由於控制電視新聞形象後，儀式性使用與影帶二解讀型態的相關程度減小，卻又不等於零，所以在此情況中，電視新聞形象實具中介變項的特性。

三、權威性人格與解讀型態的相關性

本書也探究權威性格是否會影響解讀型態。結果顯示（表4.2.6）：除「憤世嫉俗」、「不信任他人」、「權威性攻擊」外，其他五項權威性格特徵——「法西斯權威主義」、「世俗功利」、「迷信權勢」、「傳統封建」、「宿命性格」，對兩支影帶的解讀型態均造成影響。筆者發現，閱聽人對兩支影帶的解讀型態，會根據權威性格中「法西斯權威主義」（影帶一：F＝81.25，P＜.05；影帶二：F＝27.01，P＜.05）、「世俗功利」（影帶一：F＝10.55，P＜.001；影帶二：F＝19.19，P＜.05）、「迷信權勢」（影帶一：F＝24.31，P＜.05；影帶二：F＝21.49，P＜.05）、「傳統封建」（影帶一：F＝5.03，P＜.01；影帶二：F＝3.42，P＜.05）、「宿命性格」（影帶一：F＝3.85，P＜.05；影帶二：F＝5.72，P＜.01）這五個權威性格的特徵的強烈程度而改變。而根據表4.2.6顯示的平均數可知，優勢解讀型態在上述五種權威性格特徵中的程度最

強烈，協商者其次，對立者最低。由此顯示，愈法西斯權威主義，愈世俗功利，愈迷信權勢，愈傳統封建，愈宿命性格，就愈易採取優勢型的解讀型態。至於上述五種權威性格強烈者之所以傾向優勢解讀的可能原因是：這些人將電視新聞中所展現的神話故事也視作服膺的權威對象，因而不對解讀材料作挑戰與質疑。

表 4.2.6　權威性人格與解讀型態之變異數分析

變項名 解讀型態		法西斯權威主義	世俗功利	迷信權勢	傳統封建	憤世嫉俗	不信任他人	權威性攻擊	宿命性格
影帶一	優勢(M)	4.37	3.26	4.20	3.13	3.25	2.95	3.92	4.13
	協商(M)	3.90	3.03	3.88	2.97	3.22	3.10	3.84	4.01
	對立(M)	3.17	2.86	3.52	2.80	3.21	3.01	3.74	3.83
	F 值	81.25	10.55	24.31	5.03	0.12	2.81	0.86	3.85
	F Prob.	0.0*	0.0000***	0.0*	0.007**	0.89	0.06	0.42	0.02*
影帶二	優勢(M)	4.35	3.33	4.26	3.15	3.29	2.95	3.96	4.18
	協商(M)	3.99	3.04	3.90	2.98	3.19	3.04	3.82	3.96
	對立(M)	3.73	2.74	3.74	3.02	3.12	3.24	3.92	4.00
	F 值	27.01	19.19	21.49	3.42	1.72	2.69	1.50	5.72
	F Prob.	0.0*	0.0*	0.0*	0.03*	0.18	0.07	0.22	0.003*

*P＜0.05　　**P＜0.01　　***P＜0.001

　　本書亦採取逐步迴歸，控制中介變項──電視新聞形象，以進一步了解權威性人格是否真的會影響兩支影帶的解讀型態。筆者將權威性人格量表中二十八項量尺上的得分予以相加，命名為「權威性格」，然後加以分析。

　　根據表 4.2.7, 資料顯示: 在未控制電視新聞形象前, 權威性人格
與兩支影帶解讀型態的相關程度, 皆達 0.001 的極顯著水準, 然控制電
視新聞形象後, 權威性人格與兩支影帶解讀型態的相關程度卻減小了,
僅達 0.01 的顯著水準。由此顯示, 權威性人格對兩支影帶解讀型態的
影響, 部份是由電視新聞形象所導致的。亦即, 筆者發現, 權威性人
格程度愈高者愈傾向優勢 (因為兩者呈正相關, 見 Beta 值), 部份是
由於他們對電視新聞形象的評價較好所導致的。故此處電視新聞形象
實具有中介變項的特性。

表 4.2.7 控制電視新聞形象前、後, 權威性人格對解讀型態的影響

步驟變項 ＼ 解讀型態	影帶一解讀型態		影帶二解讀型態	
	T Prob.	Beta	T Prob.	Beta
迴歸分析　權威性人格	0.0000***	0.28	0.0000***	0.25
迴歸分析　1.電視新聞形象　2.權威性人格	0.0000***　0.002**	0.39　0.11	0.0000***　0.006**	0.34　0.11

*P<0.05　　**P<0.01　　***P<0.001

四、中介變項與解讀型態的相關性

　　本書的中介變項——電視新聞形象是否對解讀型態有影響呢? 根
據表 4.2.8 的資料顯示: 解讀型態大體會隨閱聽人對電視新聞形象的
評估而不同。無論影帶一或影帶二, 受訪學生對電視新聞的印象, 的
確會影響解讀型態。資料顯示: 電視新聞的導向、品質、公信力、寓
教功能、製作風格、播出型態、主播形象到媒體形象, 都得到優勢解
讀者的好評, 協商者次之, 對立者的評價最低。換言之, 本書發現:

受訪學生對電視新聞這八個形象評價愈高, 便愈傾向優勢的解讀型態; 反之, 則愈傾向對立。此研究結果可印證 Maletzke(1963, 轉引自楊志弘等人, 民七七)所言:「接收者對媒介所持的印象, 會影響接收者對內容的反應」。此研究結果與 Fredin & Kosicki (1989) 的「補償效果」看法亦吻合 (見第二章第四節二)。

若進一步由各組的平均數檢視, 則資料顯示 (表 4.2.8):

1. 就影帶一而言:

優勢解讀者——除「新聞導向」形象是負面評估(M=2.90)外, 其他八個形象都是正面評估 (在中點 3 分以上)。

協商解讀者——呈正面評估的形象有五個, 包括:「新聞品質」(M=3.01)、「主播形象」(M=3.74)、「寓教功能」(M=3.21)、「播出型態」(M=3.40)、「時間安排」(M=3.78)。呈負面評估的形象有四個, 包括:「新聞導向」(M=2.38)、「媒體形象」(M=2.86)、「製作風格」(M=2.84)、「新聞公信力」(M=2.83)。

對立解讀者——呈正面評估的形象不超過半數, 只有四個:「主播形象」(M=3.43)、「寓教功能」(M=3.03)、「播出型態」(M=3.05)、「時間安排」(M=3.53)。呈負面評估的形象則高達五個, 包括:「新聞導向」(M=2.15)、「新聞品質」(M=2.65)、「媒體形象」(M=2.40)、「製作風格」(M=2.51)、「新聞公信力」(M=2.54)。

2. 就影帶二而言:

優勢解讀者——和影帶一的優勢解讀者評估法一樣 (平均數請見表 4.2.8): 八個正面、一個負面。

協商解讀者——呈正面評估的形象有六個:「新聞品質」、「媒體形象」、「主播形象」、「寓教功能」、「播出型態」、「時間安排」。負面評估的形象則有三個, 分別是:「新聞導向」、「製作風格」、「新聞公信力」 (平均數請見表 4.2.8)。

　　對立解讀者——和影帶一的對立解讀者評估法一樣（平均數請見表 4.2.8）：四個正面、五個負面。

表 4.2.8　　電視新聞形象與解讀型態之變異數分析

解讀型態	變項名	新聞導向	新聞品質	媒體形象	主播形象	製作風格	新公信閱力	寓教功能	播出型態	時間安排
影帶一	優勢(M)	2.90	3.57	3.59	3.97	3.21	3.29	3.62	3.74	3.81
	協商(M)	2.38	3.01	2.86	3.74	2.84	2.83	3.21	3.40	3.78
	對立(M)	2.15	2.65	2.40	3.43	2.51	2.54	3.03	3.05	3.53
	F 值	55.67	86.01	92.11	27.60	41.36	54.34	45.57	41.39	2.34
	F Prob.	0.0*	0.0*	0.0*	0.0*	0.0*	0.0*	0.0*	0.0*	0.09*
影帶二	優勢(M)	2.92	3.60	3.57	4.00	3.26	3.29	3.68	3.75	3.86
	協商(M)	2.46	3.11	3.05	3.76	2.85	2.91	3.26	3.45	3.73
	對立(M)	2.20	2.75	2.64	3.64	2.71	2.81	3.11	3.34	3.66
	F 值	42.90	60.15	40.71	17.85	39.04	31.46	42.77	24.15	2.95
	F Prob.	0.0*	0.0*	0.0*	0.0*	0.0*	0.0*	0.0*	0.0*	0.053

*P<0.05　　**P<0.01　　***P<0.001

　　上述研究結果，能提供二點有用的訊息，即：

　　⑴不論在影帶一或影帶二，三種不同解讀型態的人，都認爲電視新聞的新聞報導取向不平衡，傾向大都市、大人物或官方說法等方向。而從前面的分析也可以看到，愈是對立解讀的人，愈有這種傾向的認知。

　　⑵根據上述統計可知，優勢解讀者對電視新聞形象的評估，有九分之八（8/9＝88.9%）是正面性的。協商解讀者對電視新聞形象的正面評估，則在九分之五（5/9＝55.5%）至九分之六（6/9＝66.7%）之

間。對立解讀者對電視新聞形象的正面評估率最低，只佔九分之四(4/9＝44％)。足見，本章第一節中的研究發現：全體受訪者除「新聞導向」的評價外，其他新聞形象均呈正面評價的情形，在此可知這其實是對立解讀者給形象的低分，與優勢、協商者給的高分之間平均後的結果。

第三節　自變項與電視新聞形象的關聯性

本節分析自變項(性別、年齡、政黨傾向、權威性格、媒介依賴、使用活動) 與電視新聞形象的相關性。

一、性格、年齡、政黨傾向對電視新聞形象的影響

表 4.3.1 說明了性別、年齡、政黨傾向在電視新聞形象之差異顯著性考驗。結果顯示：

1.性別

兩性在電視新聞之「新聞品質」、「媒體形象」、「製作風格」、「新聞公信力」、「寓教功能」構面上的好惡並無顯著差異。但兩性在電視新聞之「新聞導向」(t＝－2.06, P＜.05)、「主播形象」(t＝－2.61, P＜.01)、「播出型態」(t＝－3.67, P＜.001)、「時間安排」(t＝－3.30, P＜.01)上的好惡評估就呈現顯著的差異。一般而言，女性對電視新聞的播出方式、時間安排，以及對新聞主播的看法，都比男性的評價要高；而女性和男性比較起來，女性比較認為電視新聞的報導取向平衡。此原因可能是女性比男性容易接受既成事實的安排，故對電視新聞報導取向及播出方式的評價和男性不同。女性一般較男性注重外表、儀態、穿著，因此對經過包裝的電視新聞主播，比較容易有好感。

至於男女在「時間安排」形象的評價上有顯著差異的情形，經筆者的進一步分析，發現：男女對「時間安排」因素中的因素內容：「時

段好——時段壞」量尺的評價未達顯著差異；有顯著差異的是「時間

表 4.3.1　性別、年齡、政黨傾向與對電視新聞形象
之平均值、差異考驗

自變項	電視新聞形象	1 新聞導向	2 新聞品質	3 媒體形象	4 主播形象	5 製作風格	6 新聞公信力	7 寓教功能	8 播出型態	9 時間安排
性別	男(M)	2.61	3.27	3.22	3.80	3.05	3.05	3.40	3.49	3.69
	女(M)	2.73	3.36	3.30	3.91	3.03	3.11	3.49	3.66	3.87
	T 值	-2.06	-1.73	-1.28	-2.61	0.31	-1.17	-1.84	-3.67	-3.30
	T Prob.	0.04*	0.08	0.20	0.009**	0.76	0.24	0.07	0.000***	0.001**
年齡	12-15 (M)	3.06	3.67	3.74	3.95	3.32	3.42	3.75	3.79	3.71
	16-18 (M)	2.55	3.31	3.26	3.91	3.00	3.01	3.38	3.58	3.80
	19-22 (M)	2.44	2.97	2.80	3.72	2.80	2.82	3.22	3.36	3.83
	F 值	51.36	69.06	73.81	10.76	36.69	50.89	45.18	28.42	1.46
	F Prob.	0.01*	0.01*	0.01*	0.0000***	0.01*	0.01*	0.01*	0.01*	0.23
政黨傾向	絕對是(M)	3.02	3.72	3.77	3.98	3.34	3.47	3.73	3.79	3.76
	大概是(M)	2.77	3.4	3.39	3.96	3.08	3.15	3.50	3.64	3.82
	中立(M)	2.56	3.17	3.14	3.69	3.00	3.03	3.42	3.47	3.70
	大概非(M)	2.32	3.02	2.79	3.68	2.83	2.83	3.19	3.36	3.76
	絕對非(M)	2.41	2.93	2.72	3.64	2.72	2.63	3.12	3.48	3.75
	F 值	14.76	18.10	21.74	10.52	9.26	15.64	11.44	7.71	0.60
	F Prob.	0.01*	0.01*	0.01*	0.01*	0.0000***	0.01*	0.01*	0.0000***	0.66

*P＜0.05　　**P＜0.01　　***P＜0.001

長短合宜——時間長短不合宜」量尺。表 4.3.2 顯示，女性在「時間長
短合宜——時間長短不合宜」量尺上的評價較男性傾向正面。由此可
知，男女對電視新聞的時段評價都差不多，而男性對電視新聞長半小
時的時間不若女性滿意，可能顯示男性比女性希望電視新聞的播出時

間再長一點。

表 4.3.2　性別對電視新聞「時間安排」形象的影響

因素名稱	因素內容	男 (M)	女 (M)	t 值	T Prob.
時間安排	時段好—時段壞	3.63	3.76	-1.87	0.06
	時間長短合宜—時間長短不合宜	3.74	3.99	-3.56	0.000***

*P＜0.05　　**P＜0.01　　***P＜0.001

2.年齡

　　根據表 4.3.1，研究發現：除了「時間安排」外，年齡對其他八個電視新聞形象因素都有影響。其中在「新聞導向」這個因素上發現：年齡愈低，愈認為電視新聞的報導取向平衡。由三組年齡層在其他七個因素上的平均數來看：國中生年齡者（12-15 歲），對電視新聞的印象最好，高中生年齡者（16-18 歲）次之，大學生年齡者（19-22 歲）最差。這個研究結果顯示：年齡越低，對電視新聞的印象愈好。

　　若觀察每一個年齡層對電視新聞的印象，則可發現（見表 4.3.1）：就 12-15 歲者而言，電視新聞九個形象的評價都傾向正面；就 16-18 歲者而言，九個形象的評估，只有「新聞導向」是傾向負面的（M＝2.55）；就 19-22 歲者而言，負面評估的形象構面，多於正面評估的形象構面（N＝5：4）——他們所給予正面評價的電視新聞形象有四個：「主播形象」（M＝3.72）、「寓教功能」（M＝3.22）、「播出型態」（M＝3.36）及「時間安排」（M＝3.83）；給予負面評價的五項則是：「新聞導向」

(M＝2.44)、「新聞品質」(M＝2.97)、「媒體形象」(M＝2.80)、「製作風格」(M＝2.80)、「新聞公信力」(M＝2.82)。足見，全體受訪者除「新聞導向」是負面外，其他新聞形象均呈正面評價的情形，其實是大學生組對電視新聞的較差印象，與國中生組、高中生組給予的較好印象之間平均後的結果。因此這個附帶性的研究發現可提醒我們：其實大學生組的受訪者，對很多電視新聞形象的構面是傾向負面評估的。

至於年齡愈小，對電視新聞形象愈好的原因，可能是年齡小的人判斷力較不夠之故。

3.政黨傾向

根據表 4.3.1，研究發現：除「時間安排」外，政黨傾向對其他八個電視新聞形象因素亦造成影響。資料顯示：就「新聞導向」(F＝14.76, P＜.05)、「新聞品質」(F＝18.10, P＜.05)、「媒體形象」(F＝21.74, P＜.05)、「主播形象」(F＝10.52, P＜.05)、「製作風格」(F＝9.26, P＜.001)、「新聞公信力」(F＝15.64, P＜.05)、「寓教功能」(F＝11.44, P＜.05)這六個構面而言，絕對認同國民黨的人給予的評價都是最高，大概認同國民黨者其次，中立者第三，大概非國民黨者第四，絕對非國民黨者的評價最差，居第五。由此顯示：愈認同國民黨者，對電視新聞的印象愈好。而五組政黨傾向在「播出型態」形象上的平均數排名，雖與上述七個構面的情況略有不同(見表 4.3.1)，但認同國民黨者對「播出型態」的評價高於中立及不認同國民黨者的情形，則與上述七個構面的情形一致。至於在「新聞取向」這一項上，資料顯示，愈認同國民黨的人，愈認為電視新聞的報導取向平衡。由此可見，臺灣電視新聞的泛政治化，已明顯反映在不同政治立場者對電視新聞評估的迥異上。

綜合上面這兩部份來看，筆者發現，不同年齡或不同政黨傾向的學生，除了對電視新聞「時間安排」形象的評價差別不大，而能取得

大略的共識外，不同年齡或不同政黨傾向的人，基於背景的差異，對
於電視新聞形象的評估，會隨著年齡及政黨傾向的不同而不同。

二、媒介依賴、權威性人格與電視新聞形象的關係

1.媒介依賴與電視新聞形象的相關性

⑴就報紙依賴程度而言

根據表 4.3.3，研究發現：報紙依賴程度僅對電視新聞之「播出型
態」形象有影響。亦即，愈依賴報紙者，對電視新聞的播出型態評價
愈低($r = -0.11$, $P < .01$)。

至於愈依賴報紙者，對電視新聞的播出型態評價愈低的可能原因
是：依賴報紙程度高的人，代表本身肯花許多時間專心閱讀報紙。這
類人通常對時事的興趣濃厚，把硬性新聞的吸收當作一件重要的事。
所以對電視新聞平均一則新聞數分鐘即交待過去，以及電視新聞注重
聲光效果、噱頭的報導形式，較易產生不好的評價。

表 4.3.3 報紙依賴、電視新聞依賴與電視新聞形象的
皮爾森積差相關係數表

電視新聞形象 自變項名稱	1 新聞導向	2 新聞品質	3 媒體形象	4 主播形象	5 製作風格	6 新聞公信力	7 寓教功能	8 播出型態	9 時間安排
報紙依賴	-0.01	-0.03	-0.006	-0.04	0.01	-0.003	-0.04	-0.11*	0.004
電視新聞依賴	0.04	0.12**	0.07	0.03	0.18**	0.06	0.08	-0.004	0.08

*$P < 0.01$ **$P < 0.001$

由於上述報紙依賴程度與電視新聞形象間的相關分析，不易看出

不同程度的報紙依賴者對電視新聞形象評估的正、負意見，故筆者進一步由表 4.3.4 觀察，發現：報紙依賴程度依平均數分為高低二組後（低：4～13 分；高：14～23 分），依賴程度高者和低者，都認為電視新聞的新聞導向都是傾向大都市、大人物或官方說法等（高依賴：M＝2.65；低依賴：M＝2.68）。而依賴程度高者和低者，對其他八個電視新聞形象的評價都不錯。但在「播出型態」此一面向上，依賴報紙程度高者和低者，對其的評價差距較大，此點可佐證上述之分析。

表 4.3.4　報紙依賴、電視新聞依賴與對電視新聞形象的平均數

自變組項別 \ 電視新聞形象		新聞導向 (M)	新聞品質 (M)	媒體形象 (M)	主播形象 (M)	製作風格 (M)	新聞公信力 (M)	寓教功能 (M)	播出型態 (M)	時間安排 (M)
報紙依賴程度	低 N＝437	2.68	3.34	3.27	3.88	3.03	3.09	3.46	3.63	3.78
	高 N＝348	2.65	3.28	3.24	3.83	3.04	3.08	3.42	3.52	3.79
電視新聞依賴程度	低 N＝470	2.66	3.28	3.25	3.85	2.96	3.07	3.43	3.60	3.78
	高 N＝310	2.68	3.35	3.28	3.86	3.14	3.10	3.47	3.55	3.80

(2)就電視新聞依賴程度而言

電視新聞依賴程度與評估電視新聞之「新聞品質」、「製作風格」

形象有顯著的正相關(見表4.3.3)。研究發現: 愈依賴電視新聞者, 對電視新聞的新聞品質(r＝0.12, P＜.001)及製作風格(r＝0.18, P＜.001)的評價愈佳。此研究結果換個說法, 即是: 依賴電視新聞程度較高的人, 固然對電視新聞形象的評價較好, 但依賴電視新聞程度較低者, 除「新聞品質」及「製作風格」的評價外, 對其他電視新聞形象的評價也不錯。

由於上述電視新聞依賴程度與電視新聞形象間的相關分析, 不易看出不同程度的電視新聞依賴者對電視新聞形象評估的正、負意見, 故筆者再進一步將電視新聞依賴程度依平均數分成高低二組後 (低: 6～18 分; 高: 19～31 分), 則發現(見表4.3.4): 依賴程度低者和依賴程度高者, 都認為電視新聞的導向傾向大都市、大人物或官方說法等。而依賴程度低者, 對「製作風格」還有負面的評價。

2.權威性格與電視新聞形象的相關性

權威性格與電視新聞形象的相關性, 可從表4.3.5 的資料來分析。筆者將權威性人格量表中二十八項量尺上的得分予以相加, 命名為「權威性格」, 再將其與電視新聞的九個形象作皮爾森相關分析(Pearson Correlation), 結果發現: 權威性格, 對電視新聞九個形象的評價均有正面的影響。即, 權威性格愈強的人, 對電視新聞的「新聞導向」(r＝0.32, P＜.001), 「新聞品質」(r＝0.40, P＜.001), 「媒體形象」(r＝0.32, P＜.001), 「主播形象」(r＝0.29, P＜.001), 「製作風格」(r＝0.32, P＜.001), 「新聞公信力」(r＝0.36, P＜.001), 「寓教功能」(r＝0.33, P＜.001), 「播出型態」(r＝0.33, P＜.001), 「時間安排」(r＝0.11, P＜.01)的評價也愈高。這一點可能是權威性格較高的人, 容易把電視新聞視為一種「權威」而崇拜。而權威性格低的人, 自主性較強, 較不迷信權威, 因此對電視新聞形象的評價就不那麼好。

而進一步由表4.3.6 觀察, 則可發現: 權威性人格程度依平均數

分爲高、中、低三組後(低: 28~74 分; 中 75~121 分; 高: 122~168 分), 權威性人格程度高者, 對電視新聞九個形象的評估都是正面的; 權威性人格程度普通者, 則對「新聞導向」有負面評價; 而權威性人格程度低者, 對電視新聞五個形象 (過半數) 卻產生負面評價, 分別是:「新聞導向」,「新聞品質」,「媒體形象」,「製作風格」,「新聞公信力」, 此發現可佐證上述之分析。

表 4.3.5 　權威性格與電視新聞形象的關聯性

電視新聞 形象 權威性格	1 新 聞 導 向	2 新 聞 品 質	3 媒 體 形 象	4 主 播 形 象	5 製 作 風 格	6 新 聞 公 信 力	7 寓 敎 功 能	8 播 出 型 態	9 時 間 安 排
權威性格	0.32**	0.40**	0.32**	0.29**	0.32**	0.36**	0.33**	0.33**	0.11*

*$P<0.01$　　**$P<0.001$

表 4.3.6 　權威性格程度與對電視新聞形象評估的平均數

電視新聞 形象 變項組別		新 聞 導 向 (M)	新 聞 品 質 (M)	媒 體 形 象 (M)	主 播 形 象 (M)	製 作 風 格 (M)	新 聞 公 信 力 (M)	寓 敎 功 能 (M)	播 出 型 態 (M)	時 間 安 排 (M)
權 威 性 人 格	低	2.12	2.60	2.56	3.46	2.61	2.58	3.05	3.14	3.76
	中	2.64	3.30	3.24	3.86	3.02	3.06	3.42	3.58	3.79
	高	3.13	3.87	3.93	4.23	3.49	3.60	3.94	4.00	3.96

三、使用電視新聞的活動與電視新聞形象的相關性

本書也想進一步分析使用活動與電視新聞形象的相關性。茲分析如下:

1.就工具性使用電視新聞而言

　　根據表4.3.7，研究發現：工具性使用電視新聞的程度與電視新聞
九個構面的評價，都有顯著的正相關。亦即，愈工具性使用電視新聞
者，愈正面評估電視新聞的新聞導向(r=0.19, P<.001)、新聞品質
(r=0.32, P<.001)、媒體形象(r=0.23, P<.001)、主播形象(r=0.17,
P<.001)、製作風格(r=0.33, P<.001)、新聞公信力(r=0.22, P<
.001)、寓教功能(r=0.24, P<.001)、播出型態(r=0.18, P<.001)及
時間安排(r=0.14, P<.001)。

表 4.3.7　工具性使用、儀式性使用與電視新聞形象的皮爾森積差相關
　　　　　係數表

電視新聞 形象 自變項 名稱	1 新 聞 導 向	2 新 聞 品 質	3 媒 體 形 象	4 主 播 形 象	5 製 作 風 格	6 新 聞 公 信 力	7 寓 教 功 能	8 播 出 型 態	9 時 間 安 排
工具性使用	0.19**	0.32**	0.23**	0.17**	0.33**	0.22**	0.24**	0.18**	0.14**
儀式性用	-0.03	-0.13**	-0.08	-0.08	-0.18**	-0.07	-0.12**	-0.05	-0.14**

*P<0.01　　**P<0.001

　　由此結果顯示：工具性使用電視新聞的程度，與評價電視新聞形
象的優劣有關。這一點可能是因為工具性使用程度較高的人，本身收
視電視新聞的意願就較強烈，不但較相信電視新聞的真實性，也認為
電視新聞和自己的關係密切，因此他們給電視新聞形象的評價較高是
可以理解的。

　　若進一步將工具性使用電視新聞的程度，依平均數區分為高、中、
低三組(低：26～52 分；中：53～79 分；高：80～105 分)，則根據表
4.3.8 的統計可發現：使用程度低的人，對電視新聞作正面評價的只有
「主播形象」、「寓教功能」、「播出型態」、「時間安排」四個，予以負
面評價的形象則高達五個，分別是「新聞導向」、「新聞品質」、「媒體

形象」、「製作風格」及「新聞公信力」。由此顯示，對工具性使用電視新聞程度較低的人而言，這類人工具性使用電視新聞的意願之所以較低，或許是跟他們對一些影響電視新聞內涵至鉅的元素持負面看法有關。

表 4.3.8　　工具性使用、儀式性使用與對電視新聞形象的平均數

電視新聞形象　　自變組項別		新聞導向(M)	新聞品質(M)	媒體形象(M)	主播形象(M)	製作風格(M)	新聞公信力(M)	寓教功能(M)	播出型態(M)	時間安排(M)
工具性使用電視新聞	低 N＝39	2.16	2.64	2.71	3.58	2.34	2.60	3.02	3.22	3.64
	中 N＝617	2.66	3.30	3.23	3.85	3.01	3.07	3.42	3.56	3.76
	高 N＝95	2.81	3.60	3.58	3.97	3.37	3.31	3.69	3.82	3.98
儀式性使用電視新聞	低 N＝172	2.56	3.32	3.28	3.88	3.10	3.07	3.45	3.60	3.89
	中 N＝540	2.72	3.34	3.27	3.87	3.05	3.11	3.47	3.59	3.78
	高 N＝49	2.23	2.80	2.83	3.57	2.37	2.62	2.96	3.33	3.44

2.就儀式性使用電視新聞而言

儀式性使用程度與評估電視新聞之「新聞品質」($r＝-0.13$, $P<.001$)、「製作風格」($r＝-0.18$, $P<.001$)、「寓教功能」($r＝-0.12$, $P<.001$)、「時間安排」($r＝-0.14$, $P<.001$)四個形象有顯著的負相關（表4.3.7）。亦即研究發現：愈儀式性使用電視新聞者，對電視新聞的新聞品質、製作風格、寓教功能及時間安排形象的評價愈低。此原因可能是：儀式性使用程度高，本身就是一種對電視新聞不重視的表現

——收看只是打發時間，可看可不看——此點與他們對電視新聞的新聞品質、製作風格、寓敎功能及時間安排形象的評價較差有關。

而進一步由表4.3.8觀察，則可發現：儀式性使用電視新聞程度根據平均數分爲高、中、低三組後(低：15～30分；中：31～46分；高：47～61分)，可知儀式性使用程度低的人，只對「新聞導向」有負面評價；儀式性使用程度普通的人，也只是對「新聞導向」有負面評價；但儀式性使用程度高者，卻對電視新聞高達六個形象產生負面觀感，這六個是：「新聞導向」、「新聞品質」、「媒體形象」、「製作風格」、「新聞公信力」、「寓敎功能」。

上述有關使用活動與電視新聞形象的相關性分析，在此必須特別補充的一點是：由於相關文獻缺乏，因此筆者在第二章文獻探討時，並未假定使用活動與電視新聞形象的關聯性。如今經由實證研究發現有關聯，這對於新理論概念之建立別有意義。然而究竟是使用活動對電視新聞形象的影響大？抑或電視新聞形象對使用活動的影響較大？則恐須留待後續者的研究了。

第四節 預測解讀型態的逐步多元迴歸分析

任何社會現象的發生和變遷，都可能由多個因素所構成。因此多個自變項對依變項的聯合效果和相對效果，都是社會科學研究關心的問題(李沛良，民七七)。本節中，筆者將藉逐步迴歸的統計方式把所有自變項與中介變項的效應加起來，以說明解讀型態的形成。本書研究的預測變項一共有二十四個，包括：性別、年齡、政黨傾向、報紙依賴、電視新聞依賴、儀式性使用電視新聞、工具性使用電視新聞、八個權威性人格因素、九個電視新聞形象因素。以下就說明這二十四個變項對解讀型態的預測力及解釋力。

一、全體樣本的逐步多元迴歸分析

1.預測12-22歲學生對「取締」新聞的解讀型態

　　根據表4.4.1，研究發現：對「取締KTV、MTV、三溫暖等影響治安行業逾時營業」的新聞解讀型態真正重要的變項共有八個，他們可解釋解讀型態中31.5%的變異量。其中，受訪學生對電視新聞媒體形象的評估(Beta＝0.18, P＜.001)，最能解釋解讀型態的形成 (至少在筆者所能考慮的若干變數中是較佳的)，其預測力或解釋力達19.3%。第二個重要的因素是受訪學生的法西斯權威性格(Beta＝0.25, P＜.001)，可解釋解讀型態中6.8%的變異量。至於性別、政黨傾向、年齡、新聞導向、憤世嫉俗、報紙依賴程度這六個變項，雖與「取締」新聞的解讀型態形成有關，然而，如果上述的媒體形象和法西斯權威性格因素包括在迴歸方程式中時，上述變項的影響力便較弱。

表4.4.1　自變項、中介變項對「取締」新聞之解讀型態的影響

變　　項	標準化迴歸係數 Standardized Beta	修正後之決斷係數 Adjusted R^2: 31.5%
1.媒體形象	0.18***	19.3%
2.法西斯權威主義	0.25***	6.8%
3.性別	0.11**	1.5%
4.政黨傾向	0.12**	1.2%
5.年齡	-0.12**	1.2%
6.新聞導向	0.12*	0.7%
7.憤世嫉俗	-0.08*	0.4%
8.報紙依賴程度	-0.07*	0.4%

*P＜0.05　　**P＜0.01　　***P＜0.001

　　綜合而言，本書研究發現，若將全體二十四個預測變項的效應加起來一起評估，則其中只有八個變項具預測力。亦即，一個人若同時

具有下列八種特質: 女性, 年齡愈小, 愈認同國民黨, 愈法西斯權威
性格, 愈不憤世嫉俗, 愈不依賴報紙, 對電視台的印象愈好, 愈認為
電視新聞的報導取向平衡, 即可預測此人在「取締」新聞上的解讀型
態較傾向優勢, 而預測的正確率可達31.5%。

2.預測12~22歲學生對「釣魚台」新聞的解讀型態

由表4.4.2可知, 對「釣魚台主權糾紛及聖火傳遞釣魚台」新聞解
讀型態具有預測力的變項有五個, 他們可解釋該解讀型態中19.0%的
變異量, 而其中「新聞品質」變項的解釋力就高達15.2%, 顯示若控制
該變項後, 其他四個變項的解釋力便相當小。簡言之, 研究發現, 一
個人若同時具有下列這五種特質: 男性, 愈法西斯權威性格, 儀式性
使用電視新聞的程度愈低, 對電視新聞的新聞品質印象愈好, 愈認為
電視新聞的報導取向平衡, 即可預測此人在「釣魚台」新聞的解讀型
態較傾向優勢, 而預測的正確率可達19.0%。

表4.4.2 自變項、中介變項對「釣魚台」新聞之解讀型態的影響

變　　項	標準化迴歸係數 Standardized Beta	修正後之決斷係數 Adjusted R²: 19.0%
1.新聞品質	0.23***	15.2%
2.法西斯權威主義	0.12**	1.2%
3.新聞導向	0.16**	1.0%
4.性別	-0.10*	0.9%
5.儀式性使用電視新聞	-0.09*	0.7%

*P<0.05 **P<0.01 ***P<0.001

綜合來看, 本書研究模式選擇的二十四個預測變項, 能預測「取
締」新聞之解讀型態的三分之一強; 而同樣的二十四個預測變項, 卻
只能預測「釣魚台」新聞解讀型態的19%而已, 有極大部份未能被預測。
由此顯示, 本書所選取的若干變數對解讀型態的相對重要性如何, 仍

須視解讀材料的性質而決定。而能同時預測兩種解讀材料之解讀型態的變項，只有「性別」、「法西斯權威主義」、「新聞導向」三變項而已，然其解釋力都不算太高。

二、12-15歲樣本的逐步多元迴歸

1.預測12-15歲學生對「取締」新聞的解讀型態

表4.4.3顯示：能預測12-15歲者對「取締」新聞解讀型態的變項有四個，其中，「媒體形象」的預測力最高，可達12.8%。簡言之，本書發現，12-15歲年齡的人，若具有下面四種特質：女性，愈迷信權勢，愈工具性使用電視新聞，對電視媒體的印象愈好，便可預測此人的解讀型態較傾向優勢，預測的正確率可達24.6%。

表4.4.3　預測12-15歲年齡層對「取締」新聞的解讀型態

變　　　項	標準化迴歸係數 Standardized Beta	修正後之決斷係數 Adjusted R^2: 24.6%
1.媒體形象	0.23**	12.8%
2.工具性使用電視新聞	0.25***	5.6%
3.性別	0.21**	4.5%
4.迷信權勢	0.15*	1.7%

*$P<0.05$　**$P<0.01$　***$P<0.001$

2.預測12-15歲學生對「釣魚台」新聞的解讀型態

根據表4.4.4，研究發現：能預測12-15歲者對「釣魚台」新聞解讀型態的變數只有兩個，即「新聞導向」與「寓教功能」，二者共能解釋解讀型態12%的變異量，而其中「新聞導向」即佔9.6%。此研究結果的陳述即是：若12-15歲者對電視新聞的報導取向愈認為平衡，愈認同電視新聞的寓教功能，則此人的解讀型態愈傾向優勢。此預測的正確率可達12.0%。

表4.4.4　預測12-15歲年齡層對「釣魚台」新聞的解讀型態

變　　　項	標準化迴歸係數 Standardized Beta	修正後之決斷係數 Adjusted R^2: 12%
1.新聞導向	0.22**	9.6%
2.寓教功能	0.19*	2.4%

*P<0.05　**P<0.01　***P<0.001

三、16-18歲樣本的逐步多元迴歸

1.預測16-18歲學生對「取締」新聞的解讀型態

　　根據表4.4.5，研究發現：能預測16-18歲者對「取締」新聞解讀型態的變項共有五個，其中解釋力最大的一個變項是「法西斯權威主義」，達8.3%。換言之，此處研究發現，對16-18歲的人而言，若具有這五種特質：愈認同國民黨，愈法西斯權威性格，愈不憤世嫉俗，愈不依賴報紙，愈認為電視新聞的報導取向平衡，就可預測此人的解讀型態較傾向優勢，而其正確性的預測力可達19.7%。

表4.4.5　預測16-18歲年齡層對「取締」新聞的解讀型態

變　　　項	標準化迴歸係數 Standardized Beta	修正後之決斷係數 Adjusted R^2: 19.7%
1.法西斯權威主義	0.27***	8.3%
2.政黨傾向	0.18**	4.5%
3.報紙依賴程度	-0.18**	2.6%
4.新聞導向	0.19**	2.5%
5.憤世嫉俗	-0.15*	1.8%

*P<0.05　**P<0.01　***P<0.001

2.預測16-18歲學生對「釣魚台」新聞的解讀型態

　　表4.4.6顯示：能預測16-18歲者對「釣魚台」新聞解讀型態的變項有四個，其能解釋解讀型態13.2%的變異量。因此本書在此處研究結果

的陳述是：若16-18歲者是男性，愈工具性使用電視新聞，對電視新聞
的新聞品質評價愈高，對電視新聞的報導取向愈認為平衡，則此人的
解讀型態愈傾向優勢。其預測的正確性可達13.2%。

表4.4.6　預測16-18歲年齡層對「釣魚台」新聞的解讀型態

變　　項	標準化迴歸係數 Standardized Beta	修正後之決斷係數 Adjusted R²: 13.2%
1.新聞品質	0.14*	7.8%
2.性別	-0.17**	2.2%
3.新聞導向	0.19**	1.8%
4.工具性使用電視	0.14*	1.4%

*P＜0.05　**P＜0.01　***P＜0.001

四、19-22歲樣本的逐步多元迴歸

1.預測19-22歲學生對「取締」新聞的解讀型態

　　根據表4.4.7，本書研究發現：預測19-22歲對「取締」新聞解讀型
態的變項有四個，其中「新聞品質」的預測力較其他三個變項的預測
力都高很多，可達23.6%，是預測此處解讀型態一個很好的變項；而這
四個變項累積的總預測力，則可達31%。簡言之，本書研究發現，19-22
歲年齡的人，若具有下面四種特質：女性，愈法西斯權威性格，對電
視新聞的新聞品質印象愈好，愈不認同電視新聞的寓教功能，便能預
測此人的解讀型態較傾向優勢，而預測的正確率可達31%。

2.預測19-22歲學生對「釣魚台」新聞的解讀型態

　　表4.4.8顯示：能預測19-22歲者對「釣魚台」新聞解讀型態的變項
有三個。其中「新聞品質」是預測此處解讀型態一個很好的變項，因
為有高達22.8%的解讀型態變異量數可以被「新聞品質」所解釋。所以
此處研究預測結果的陳述是：若19-22歲者愈迷信權勢,對電視新聞的

新聞品質評價愈高，對電視新聞的時間安排印象也愈好，則此人的解
讀型態較傾向優勢，其正確性的預測力可達26.3%。

表4.4.7　預測19-22歲年齡層對「取締」新聞的解讀型態

變　　　項	標準化迴歸係數 Standardized Beta	修正後之決斷係數 Adjusted R²: 31%
1.新聞品質	0.46***	23.6%
2.法西斯權威主義	0.26***	4.7%
3.性別	0.13*	1.7%
4.寓教功能	-0.16*	1.0%

*P＜0.05　**P＜0.01　***P＜0.001

表4.4.8　預測19-22歲年齡層對「釣魚台」新聞的解讀型態

變　　　項	標準化迴歸係數 Standardized Beta	修正後之決斷係數 Adjusted R²: 26.3%
1.新聞品質	0.41***	22.8%
2.迷信權勢	0.15*	2.0%
3.時間安排	0.14*	1.5%

*P＜0.05　**P＜0.01　***P＜0.001

綜觀上述迴歸分析，筆者歸納四點結論如下：

1.各種變項對解讀型態影響程度的大小，會隨解讀材料而不同。
例如，由表4.4.1及4.4.2可知，「媒體形象」對影帶一的解讀型態有相當
高的預測力，卻對影帶二的解讀型態毫無影響。本書研究發現，能同
時預測兩支影帶之解讀型態者，僅有「性別」、「法西斯權威主義」及
「新聞導向」三變項，但其影響力在不同影帶中亦有所不同。

2.各種變項對解讀型態影響程度的大小，會隨樣本不同年齡群
（12-15歲群、16-18歲群、19-22歲群）之屬性而不同。例如，由表4.
4.3、4.4.4、4.4.7、4.4.8可知，電視新聞「新聞品質」形象，對19-22
歲學生的解讀型態有相當高的預測力，對12-15歲學生卻毫無影響。本

書之研究亦同時發現，24個成因變項，未能有任何一成因變項能同時預測不同年齡群的解讀型態（表4.4.3～4.4.8）。

3.就變數的預測力來看，二十四個變數預測「取締」新聞解讀型態的能力，比預測「釣魚台」新聞的能力好。這一點可能與解讀材料之性質有關。本書所選取的聖火傳遞釣魚台事件，本身的爭議性高，加上受訪者容易憑情緒及感覺而解讀，因而使本書的研究預測變項在解釋力上減少許多。

4.迴歸分析能透過變項的控制，連帶檢驗雙變項間可能存在的「虛假相關」。以本書的研究模式來說，在迴歸分析之下，諸成因變數：全體學生的「工具性使用電視新聞」，「世俗功利」性格、「迷信權威」性格、「傳統封建」性格、「宿命性格」，及全體學生對電視新聞「新聞品質」、「主播形象」、「製作風格」、「新聞公信力」、「寓教功能」、「播出型態」形象的評估，對第一支影帶的解讀型態均不具影響力。由此顯示，在本書的研究模式中，上述變項與解讀型態的關係是「虛假相關」。

在迴歸分析之下，與第二支影帶解讀型態有「虛假相關」傾向的則包括：「年齡」、「政黨傾向」、「依賴電視新聞」、「工具性使用電視新聞」，全體學生的「世俗功利」、「迷信權勢」、「傳統封建」、「宿命性格」，及全體學生對電視新聞「媒體形象」、「主播形象」、「製作風格」、「新聞公信力」、「寓教功能」、「播出型態」形象評估諸變項。

然整體來看，本書之研究在八個逐步迴歸下，曾進入迴歸公式中的成因變數，可達十四個（見表4.4.1～4.4.8）。

第五章　結論與討論

本章共分三節。第一節乃本書研究的實證部份的重要發現。第二節討論實證結果對理論的驗證。第三節說明本書的研究意義，檢討研究的不足，並建議未來的研究方向。

第一節　本書的重要發現

綜觀第四章的資料分析與解釋，本節將說明研究的主要發現。

一、單一變項的基本資料分析結果

1.受訪者的解讀型態

不同解讀型態人數的分佈依解讀材料的不同而改變。但整體上看來，受訪者大約有二分之一左右是優勢型，二分之一弱爲協商型，對立型態的受訪者很少，只佔 5%～6%左右。

2.受訪者的權威性人格

⑴經過因素分析後，「權威性人格量表」可分析出八個因素：「法西斯權威主義」、「世俗功利」、「迷信權勢」、「傳統封建」、「憤世嫉俗」、「不信任他人」、「權威性攻擊」、「宿命性格」。

⑵受訪者具有權威性格，這點可印證文獻的看法，顯示 12～22 歲的學生仍較重視權力在人際關係與社會生活中的重要性。

(3)在受訪者的權威性格中，以「法西斯權威主義」性格最強，其次是「宿命性格」，再來是「迷信權勢」性格。

3. 受訪者對電視新聞形象的認知及評估

(1)經因素分析後，「電視新聞形象量表」可析出九個因素：「新聞導向」、「新聞品質」、「媒體形象」、「主播形象」、「製作風格」、「新聞公信力」、「寓教功能」、「播出型態」、「時間安排」。

(2)受訪者對電視新聞的印象均不錯；惟受訪者認為電視新聞報導取向不平衡，認為電視新聞和社會權力結構掛鉤。

(3)評價最高的前三個電視新聞形象因素，依序是：1.「主播形象」，2.「時間安排」，3.「播出型態」，顯示 12～22 歲學生對電視新聞一些較外在性的因素，具有很好的印象。

4. 受訪者對媒介依賴的程度

受訪的 12～22 歲學生對報紙與電視新聞的依賴，均屬中庸程度。其中男性對報紙及電視新聞的依賴程度，都比女性來得高。

5. 工具性使用電視新聞和儀式性使用電視新聞的程度

全體受訪學生，不分年齡、性別、政黨傾向，在工具性使用電視新聞的程度上，均有中間偏高的傾向；儀式性使用電視新聞的程度，則均為中間偏低。

二、假設檢定結果

此部份將陳述本書研究中雙變項關係的檢定結果。

1. 假設一：閱聽人的性別不會影響其對神話電視新聞敘事體的解讀型態。

研究發現：第一支影帶，受訪女性傾向優勢，男性傾向協商及對立。即使控制電視新聞形象後，性別仍然有影響。第二支影帶中，兩性的解讀型態則無顯著不同。

綜觀上述, 本假設部份成立。

2.假設二: 閱聽人的年齡不會影響其對神話電視新聞敘事體的解讀型態。

研究發現: 年齡對兩支錄影帶的解讀型態均造成影響。12〜15 歲的受試學生傾向優勢型態, 16〜18 歲及 19〜22 歲的學生, 傾向協商及對立型態。

不過控制中介變項電視新聞形象後發現, 年齡與第二支影帶解讀型態的關係消失, 年齡與第一支影帶的解讀型態則確有相關。

綜觀上述, 本假設部份成立。

3.假設三: 閱聽人的政黨傾向為國民黨者, 其解讀神話電視新聞敘事體的型態偏向優勢; 閱聽人的政黨傾向若不屬於國民黨, 則其解讀型態偏向協商或對立式。

研究發現: 政黨傾向對兩支錄影帶的解讀型態均造成影響。認同執政黨的受試學生, 傾向優勢; 不很認同執政黨的學生, 傾向協商; 極端不認同執政黨的學生, 傾向對立。不過控制中介變項電視新聞形象後發現, 政黨傾向與第二支影帶解讀型態的關係消失, 政黨傾向與第一支影帶的解讀型態則眞有相關。

綜觀上述, 本假設部份成立。

4.假設四: 閱聽人的權威性人格會影響其對神話電視新聞敘事體的解讀型態。

研究發現: 愈法西斯權威主義, 愈世俗功利, 愈迷信權勢, 愈傳統封建, 愈宿命性格者, 在兩支影帶中均愈易傾向優勢的解讀型態。由此顯示受訪學生的八種權威性格因素中, 有五個權威性格因素對解讀型態造成影響。

不過控制中介變項電視新聞形象後發現, 權威性格與兩支影帶解讀型態的關係會減弱, 但彼此間仍有相關。

綜上所述，假設和實證結果在五個權威性格因素中相符，三個不相合，因此本假設部份成立。

5.假設五：閱聽人對報紙依賴的程度愈高，愈容易採取協商或對立的解讀型態。

研究顯示：受訪學生不同的報紙依賴程度，並不會影響其對神話電視新聞敘事體的解讀型態。

綜上所述，本假設不成立。原因可能與本研究未詢問受訪者閱讀何報有關（詳見第四章第二節）。

6.假設六：閱聽人對電視新聞的依賴程度愈高，愈容易採取優勢的解讀型態。

研究顯示：在第二支影帶中，最依賴電視新聞的是優勢解讀的學生，協商解讀的學生其次，對立解讀的學生最不依賴電視新聞。但控制電視新聞形象後，電視新聞依賴程度對解讀型態即不具影響力。

第一支影帶中，電視新聞依賴與解讀型態之間則無顯著關聯。

綜觀上述，本假設不成立。

7.假設七：閱聽人工具性使用電視新聞的程度，會影響其對神話電視新聞敘事體的解讀型態。

研究顯示：工具性使用電視新聞的程度，對兩支錄影帶的解讀型態均造成影響。最常以工具性方式使用電視新聞的是優勢解讀的學生，協商解讀的學生其次，對立解讀的學生最不常以工具性的方法使用電視新聞。

不過當筆者控制中介變項電視新聞形象後，工具性使用電視新聞對兩支影帶解讀型態的影響力完全消失。

綜上所述，本假設不成立。

8.假設八：閱聽人儀式性使用電視新聞的程度，會影響其對神話電視新聞敘事體的解讀型態。

研究發現：在第二支影帶中，最常以儀式性方式使用電視新聞的是對立解讀的學生，其次是協商解讀的學生，優勢解讀的學生最不常以儀式性的方法使用電視新聞。

在控制中介變項電視新聞形象後，儀式性使用電視新聞對第二支影帶的解讀型態仍具有部份影響力。第一支影帶中，儀式性使用電視新聞則與解讀型態無關。

綜上所述，本假設部份成立。

9.假設九： 閱聽人對電視新聞形象的評估愈傾向正面，則其愈容易採取優勢的解讀型態。

研究顯示：僅「時間安排」形象的評估不會影響兩支影帶的解讀型態。其他的情形是：優勢解讀的學生對電視新聞的「新聞導向」、「新聞品質」、「媒體形象」、「主播形象」、「製作風格」、「新聞公信力」、「寓教功能」、「播出型態」八個形象的評價最佳，其次是協商解讀的學生，對立解讀的學生評價最低。其中「新聞導向」、「新聞品質」、「媒體形象」、「製作風格」、「新聞公信力」五個形象，對立解讀的學生給予的是負面評價。

綜觀上述，假設和研究結果在八個電視新聞形象因素中相符，僅一項不符，因此本假設大部份獲得支持。

10.假設十： 閱聽人的性別會影響其對電視新聞形象的評估。

研究顯示：女性在「新聞導向」、「主播形象」、「播出型態」、「時間安排」的四個電視新聞形象上，評估比男性好。除此三個形象因素外，兩性在其他五個形象因素皆無顯著差異。

本假設部份成立。

11.假設十一： 閱聽人的年齡會影響其對電視新聞形象的評估。

研究顯示：年齡僅不會影響「時間安排」的評估。其他的情形是：12-15 歲受訪學生對電視新聞的「新聞導向」、「新聞品質」、「媒體形

象」、「主播形象」、「製作風格」、「新聞公信力」、「寓教功能」、「播出型態」八形象的評價最佳，其次是 16-18 歲學生，評價最低的是 19-22 歲學生。其中，19-22 歲學生給予負面評價的形象有：「新聞導向」、「新聞品質」、「媒體形象」、「製作風格」、「新聞公信力」。

綜觀上述，假設和研究結果有八個電視新聞形象因素相符，一項不符，因此本假設大部份獲得支持。

12. 假設十二：閱聽人的政黨傾向會影響其對電視新聞形象的評估。

研究發現：政黨傾向僅不會影響「時間安排」的評估。其他的情形是：愈認同執政黨者，對電視新聞的「新聞導向」、「新聞品質」、「媒體形象」、「主播形象」、「製作風格」、「新聞公信力」、「寓教功能」、「播出型態」八個形象的評價愈高。

綜觀上述，假設和研究結果有八個電視新聞形象因素相符，一項不符。本假設大部份獲得支持。

13. 假設十三：閱聽人對報紙的依賴程度會影響其對電視新聞形象的評估。

研究發現：愈依賴報紙者，僅對電視新聞的「播出型態」評價愈低。

綜觀上述，假設和研究結果在九個電視新聞形象因素中，僅一項相符，故本假設大部份未獲支持。

14. 假設十四：閱聽人對電視新聞的依賴程度會影響其對電視新聞形象的評估。

研究發現：愈依賴電視新聞者，僅對電視新聞的「新聞品質」及「製作風格」的評價愈高。

綜觀上述，假設和研究結果在九個電視新聞形象因素中，僅兩項相符，故本假設大部份未獲支持。

15.假設十五：閱聽人的權威性人格會影響其對電視新聞形象的評估。

研究發現：權威性格愈強的人，對電視新聞的「新聞導向」、「新聞品質」、「媒體形象」、「主播形象」、「製作風格」、「新聞公信力」、「寓教功能」、「播出型態」、「時間安排」的評價也愈高。

綜觀上述，假設和研究結果在九個電視新聞形象因素中完全相符，故本假設成立。

三、使用電視新聞的活動與電視新聞形象的相關性

研究發現：受訪學生愈工具性使用電視新聞，則愈正面評估電視新聞的「新聞導向」、「新聞品質」、「媒體形象」、「主播形象」、「製作風格」、「新聞公信力」、「寓教功能」、「播出型態」及「時間安排」九個形象特徵。

研究發現：受訪學生愈儀式性使用電視新聞，則愈對電視新聞的「新聞品質」、「製作風格」、「寓教功能」及「時間安排」形象特徵有負面評價。

四、二十四個成因變項對解讀型態預測的結果

參見第四章第四節。

五、解讀型態與受訪學生特質分佈圖

本書仿照 Morley（1980：136）所繪之受試者解讀型態分佈圖，而將研究結果呈現如圖 5.1.1。此圖的上半球代表第一支影帶，下半球代表第二支影帶。以圓形呈現，而不以直線呈現的理由，是因為每種解讀型態中的受訪者特質，是不能相互比較的。例如，我們只能說「女性」或「12-15 歲者」是優勢解讀者，卻不能說「女性」比 12-15 歲者

更優勢。此外，由於假設九：「閱聽人對電視新聞形象的評估愈傾向正面，則其愈容易採取優勢的解讀型態」幾近成立（僅一項不甚重要的「時間安排」形象對解讀型態無影響），故在圖上以「對電視新聞形象的評價佳」而標明。

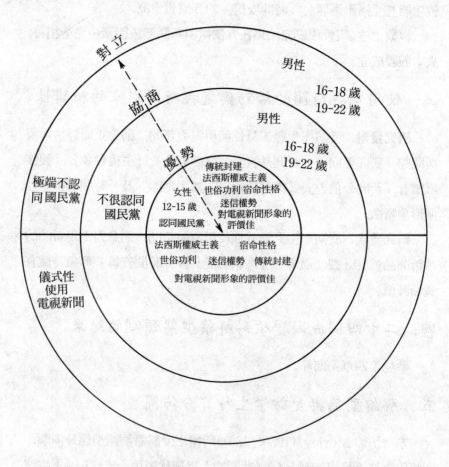

圖 5.1.1　解讀型態與受訪學生特質分佈圖

第二節　研究發現與理論印證

本書以電視新聞之神話敍事體爲解讀材料，探討影響閱聽人解讀神話電視新聞敍事型態之因素。細探下，此研究目的主要涉及的兩項研究議題是：

　　⑴提出閱聽人解讀電視新聞神話敍事體的型態，以了解神話電視新聞敍事體對閱聽人認知的影響；

　　⑵探討閱聽人解讀神話電視新聞敍事體的型態受什麼因素影響，以了解形成閱聽人認知型態的原因。

　　在研究模式上，本書以收訊分析爲取向；而在理論方面，則結合符號學模式、神話敍事理論、解讀型態及若干量化理論的觀點，以探討上述兩項研究議題，建構研究模式。

　　本節便就實證部份的重要發現，與本書之理論根據作一對照及討論。

一、閱聽人解讀神話電視新聞敍事體的型態

　　由於本書在收訊分析中融合符號學模式的理論觀點，因此特別以「符號學的收訊分析」來稱呼本書的研究設計。這意謂本書對收訊分析中閱聽人解碼問題的探討，是以符號學模式：「文本意義來自文本影響力與閱聽人解讀能力間互動的結果」爲指導原則。

　　爲了解文本的影響力，本書採取近年來在傳播研究領域上漸獲重視的神話敍事體觀點，分析電視新聞文本之影響力。

　　根據神話敍事體的觀點，電視新聞文本的影響力，即在於電視新聞將訊息組合成以英雄戰勝邪惡爲發展主線的英雄故事，而使觀眾的日常知覺成爲一種神話的結構性故事。

在閱聽人的解讀能力方面，本書則根據符號學接收分析的觀點，認爲閱聽人能主動由媒介文本中解讀、尋找意義。

至於媒介文本的意義該如何決定的問題，根據符號學的接收分析，媒介文本對閱聽人的意義，應來自文本的影響與閱聽人解讀能力間互動的結果。此互動結果，可產生如赫爾(Hall, 1980)所闡述的三種解讀型態：優勢、協商、對立。解讀型態可涉及三種意義層次：情緒性、機能性、邏輯性。基於研究興趣，本書三種解讀型態的探討，都只涉及邏輯性意義層面——亦即，分析性的解讀思維。此外，解讀型態(終極性解讀) 是閱聽人群體的解讀規則或共識，而非閱聽人個人的解讀方式。解讀型態是閱聽人認同某一社群的基礎，是閱聽人在社會角色運作上的重要條件，有其存在的重要性。

根據上述的理論推衍，本書在實證層次上以普洛普(Propp, 1968)的民間故事分析爲指標，由晚間 7：30 的電視新聞中，找出兩段神話電視新聞故事，代表文本的影響力。其中一則是「取締 KTV、MTV、三溫暖等影響治安行業逾時營業」，此故事是敍述政府取締KTV、MTV、三溫暖等影響治安行業逾時營業，以達到整頓治安目的的英雄故事。另一則是「釣魚台主權糾紛及聖火傳遞釣魚台」故事。此英雄故事的內容是日本傷害我國的釣魚台主權，我國政府經由外交方式積極處理，及高雄市長吳敦義派遣聖火船到釣魚台傳遞聖火的英雄故事。

基於符號學的收訊分析，筆者認爲受訪學生應具有主動解讀上述文本的能力，而神話電視新聞敍事體對受訪者的意義，則是「神話電視新聞敍事體的影響力」與「受訪學生解讀能力」間互動的結果，可產生優勢、協商、對立三種解讀型態。

爲測驗 12-22 歲學生對上面兩段新聞故事的解讀型態，因此本書設計了一個解讀量表。量表中的每道題目都有三種代表不同立場的解

讀型態，即優勢、協商、對立。在第一則新聞故事中，代表優勢立場的想法會是：KTV、MTV、三溫暖、理髮廳、酒家、酒吧、茶室、舞廳、特種咖啡廳這些場所都是影響治安的行業，若違規逾時營業，就是違法的行爲。而政府取締人員則是整頓治安的英雄，其取締行動完全合法，並在北、中、南全省全面進行。至於各縣市政府取締經費短缺、人手不足等問題，將能以增加預算、擴編人員的方法解決問題。

在第一則新聞故事中，解讀量表設計的對立立場是：上述諸行業，都不是影響治安的行業，若業者逾時營業，也是合法抗爭。而政府取締人員是侵犯業者合法權益的人，其取締行爲是違反憲法的。有背景的業者也不會被取締。整個取締行動，可能使治安變得更糟糕。至於取締經費短缺、人手不足等問題，由於政府人事編制僵化，因此不可能解決。

至於第一則新聞故事中，解讀量表所設計的協商立場則是：上述諸行業，只有部份會影響治安。若業者違規營業，也只是不明究裡的應付作法。而取締人員，只是作作樣子，隨便找幾家業者取締罷了。其取締行動在法律地位上不穩。至於取締經費短缺、人手不足等問題，由於政府無暇顧及，或許無法解決。

上面說明的是第一段新聞的解讀情形，以下是第二段新聞的解讀情形。

在第二則新聞故事中，解讀量表所設計的優勢立場是：日本核准其青年社在釣魚台建燈塔，是一種侵犯我國主權的行爲，而我國政府曾就此事向日本表示強烈抗議並積極處理，故日本放棄核准的計劃，是我國政府的功勞。至於聖火傳遞釣魚台的舉動，乃是爲了宣示主權，其間並獲得許多人的有力支持。雖然最後因爲日本覇道的攔阻行爲而無法將聖火遞上釣魚台，但已達宣示主權的意義。而傳遞人員與日本艦隊纏鬥許久，是一種冒險犯難的英雄行爲。

第二則新聞故事中，解讀量表所設計的對立立場是：日本核准其青年社在釣魚台建燈塔，對我國的領土主權本來就不構成侵犯，而我國政府對此事根本不知如何處理，故日本未在原訂日期宣布核准計劃，應不是我國政府的抗議成果，可能是日本政府想另外選一個日期宣布。而聖火傳遞釣魚台的舉動純屬作秀噱頭，只是少數籌備與傳遞人員的行動而已。至於日本派艦艇飛機攔阻傳遞，是一種合法捍衛國土的行為。相形之下，聖火傳遞人員面對日本艦隊的膽怯、不知如何是好的情形，反而變成我們歷史的罪人。整個傳遞任務，根本不具任何意義。

第二則新聞故事中，解讀量表所設計的協商立場則是：日本核准其青年社在釣魚台建燈塔的行為，不一定會影響我國的主權，而我國政府對此事只是虛應抗議一下，因此日本暫時擱置核准的計劃，與我國政府的抗議只稍有關係。我方聖火傳遞釣魚台的舉動，作秀的意味重於宣示主權，並只獲得部份人士的有限支援。而日本派艦艇飛機攔阻的原因，是我方與其未溝通好才發生的，不能全怪日方。面對日本艦艇時，逞一時之勇的聖火船人員嘗試突圍不成，只好擺擺姿態。不過整體而言，此次聖火傳遞雖無法宣示主權，但基本上已能表明我方爭取主權的心意。

總結而言，本書對三種解讀型態的探討，都只涉及邏輯性意義層面——亦即，分析性的解讀思維。

受訪學生解讀神話電視新聞敘事體的三種型態，事實上就是「神話電視新聞敘事體的影響力」與「受訪學生解讀能力」間互動的結果。大致說來，本書研究的理論觀點是：一方面關心媒介文本所可能給閱聽人的影響，卻避免一味視閱聽人對文本毫無批判能力；另一方面則強調閱聽人在解讀媒介文本上的主動形象，但亦不願視媒介文本毫無影響力。

至於三種解讀型態的分佈如何？則是一個值得注意的問題。根據

本書實證的結果顯示：大約二分之一左右的學生是優勢型，二分之一弱的學生為協商型，僅有5%～6%的學生為對立型。此現象顯示：神話電視新聞敍事體引導12-22歲學生解讀的力量，高於學生違背文本之意圖而解讀的力量。也就是說，在本書中，文本意義的決定，絕大部份受文本影響力直接或間接的控制。儘管神話電視新聞敍事體已把歷史經驗簡化為英雄式的傳奇故事，但大部份12-22歲學生會以故事代表全部真實，並合理化排斥故事中所捨棄的觀點。

　　由解讀型態的觀點來說明閱聽人與媒介之間的關係，似乎較能符合現實世界複雜及多變的面貌。亦即，對本書政府打擊犯罪，及政府和民間力爭釣魚台主權的神話英雄故事，閱聽人的詮釋至少能呈現優勢（妥協）、協商（溝通）及對立（抗爭）三種型態——儘管本書的解讀量表在設計上仍有可議之處，但經由受訪學生在解讀量表上的選擇，應該可對解讀型態的面貌有一個粗略的了解。

　　此外，本書發現大多數受訪學生，都能接受（優勢）或有限度的接受（協商）兩支影帶中的神話英雄故事，顯示受訪學生雖具主動解讀的能力，但正如神話敍事理論所說的一樣：「當人必須生存於一文化中時，他就很少會去挑戰優勢的神話系統。」（Bennett & Edelman, 1985; Breen & Corcoran, 1982: 131～132）。神話制定社會互動的基本信念、價值觀和行為的關係，以幫助人們組織不熟悉的情況，減低人對世界的不肯定、不確定感。誠如詹姆斯（James, 1957）所言：「神話事業不為滿足好奇心而建立，而是為了鞏固信心而成立。它不投合內心有『為什麼』的人，而迎合那些心中存有『如何』的人」。由本書的實證結果即知，大多數學生只是共同分享神話電視新聞敍事體製造的社會幻覺，不作太多的抵抗。而一旦這些學生把神話電視新聞敍事體視作一種基本的認知工具時，神話電視新聞敍事體也就成為某種意識形態維繫其社經系統優勢的無聲武器了。

其次，基於本書在解讀型態分佈上的研究發現，顯示在整合接收分析、符號學模式、神話敘事理論後，似乎還能整合下述葛蘭西(Gramsci)文化爭霸的觀念：「統治階級爲鞏固其霸權統治而從事的意識形態抗爭過程，是爲了贏取道德及文化上的共識和領導權，亦即使社會大多數階層接受某一套有利霸權階級的意識形態……，這是在不斷抗爭，妥協，包容或重構的過程下產生『動態性』的平衡。」(張錦華，民七九，頁一七四)。可整合上述概念的理由，是因爲本書發現大多數學生接受或有限度接受的兩支錄影帶故事，均是有利統治霸權的神話英雄故事。因此上述文化爭霸概念，似乎亦能拿來作爲本書之研究發現的解釋。

在探討解讀型態的分佈後，以下就進入本書最主要的研究目的——影響閱聽人解讀神話電視新聞敘事型態的因素的討論。

二、影響閱聽人解讀型態的因素

一般而言，每一組資料總有好幾種解釋方式。本書在研究中曾嘗試幾種變項分析，就是希望儘可能發掘所有合理的說明方式，以對社會現象的解釋及預測有所裨益。

以下就根據本書所發現的資料分析結果，進一步和理論根據作一對照及比較。

1.人口變項對解讀型態的影響

有關性別、年齡是否會影響解讀型態的問題，多位學者如：Newcomb & Hirsch(1984)、Hartley(1984)、Curti(1988)、Kuhn(1984)曾推測有此可能。而林達夫(Lindlof, 1988)則持反面看法。他認爲解讀型態中的成員，是基於共同的解讀興趣及目的而結合在一起，因此解讀型態的運作不必要和性別、年齡這樣客觀的社會範疇有關。摩利(Morley, 1980)、李菲史東(Livingstone, 1990)的實證研究結果都印

證林達夫的理論觀點。

　　本書則發現，在「取締 KTV、MTV、三溫暖等影響治安行業逾時營業」的神話電視新聞敘事體中，性別及年齡對解讀型態都有影響；即使在控制中介變項「電視新聞形象」後，性別及年齡對「取締」新聞的解讀型態仍有影響。在「釣魚台主權糾紛及聖火傳遞釣魚台」的神話電視新聞敘事體中，只有年齡對解讀型態有影響，性別則無。但控制電視新聞形象後，年齡與「釣魚台」新聞解讀型態的關係即消失。

　　由此結果觀之，年齡及性別是否對解讀型態有影響，必須視解讀材料而決定。直言之，本書的發現顯然未能支持林達夫之論點，與摩利及李菲史東的研究結果亦有出入。

　　據此，筆者推測原因可能有三：⑴研究者訪問的年齡對象不同。摩利研究的受訪者年齡分佈於 14-53 歲中，李菲史東的分佈在 16-60 歲當中，本研究則分佈於 12-22 歲的青少年及青年當中。⑵研究的方法不同。摩利以實地實驗法配合「深度訪問」蒐集資料區分解讀型態。李菲史東使用五點量表問卷配合訪問法蒐集資料，並根據「集群分析」(cluster analysis)的統計方式區分解讀型態。本書則採取摩利的實地實驗法，但配合問卷蒐集資料，並依據平均數的方法區分解讀型態。⑶訪問的人數不同。摩利的研究共有 227 位研究對象，李菲史東有 66 位，本研究則有 804 位。

　　上述之：訪問對象年齡層不同（影響年齡變項與解讀型態的相關性），研究方法的差異（影響解讀型態的區分），及訪問人數的差別（影響概判），都可能是導致本研究結果與摩利、李菲史東的發現不相符的原因。

2.政黨傾向對解讀型態的影響

　　摩利(Morley, 1980)在英國的實證研究，曾發現政黨傾向對解讀型態有影響。本書的實證結果也發現，政黨傾向對解讀型態確有影響。

研究發現認同執政黨的 12-22 歲學生，解讀神話電視新聞敘事體時傾向優勢；不認同執政黨的學生，傾向協商；而極端不認同執政黨者，傾向對立。

　　爲什麼愈認同國民黨的受訪學生，在面對神話電視新聞敘事體時愈易傾向優勢的解讀型態？這點可能與本書中的兩段神話電視新聞敘事體有利於統治霸權（＝政府＝國民黨）有關。即，神話敘事理論指出的:「電視新聞神話敘事體變成優勢意識形態的傳播工具」(Bennett & Edelman, 1985; Breen & corcoran, 1982)，在本書中即爲執政黨優勢意識形態的宣揚，故原本在立場上就認同執政黨的學生，會比較容易接受此神話故事；而立場上原本就不認同執政黨的學生，便較容易否定上述有關政府的神話英雄故事。

　　不過值得注意的是，控制電視新聞形象後，政黨傾向對「取締」故事的解讀型態仍有影響，對「釣魚台」故事的解讀型態則無影響。所以政黨傾向是否對解讀型態有影響，仍須視解讀材料而決定。

3. 權威性人格對解讀型態的影響

　　本書中的權威性格量表，較能測得傾向執政黨的權威性格。這點可由五項權威性格特徵與政黨傾向呈正相關（權威性格特徵愈強，愈認同國民黨）的情形而判定。

　　楊國樞（民七七）曾指出，由於中國特殊的傳統文化和社會制度，因此中國人具有較強烈的權威人格，實屬意料中事。本書的實證資料便發現，12-22 歲學生仍較重視權威主義，而這種特質似乎是「文化學習的正常結果」（陳義彥，民六八，頁一八八）。

　　根據本書的統計結果，顯示 12-22 歲學生若愈認同國民黨，則其「法西斯權威主義」、「世俗功利」、「迷信權勢」、「傳統封建」、「宿命性格」這五項權威性格特徵的程度也愈強；而這五種特徵的程度若愈強，則受訪學生的解讀型態愈傾向優勢。足見，上述五種權威性格特

徵較強烈的學生，由於較服從與支持執政黨的作為，所以面臨傾向執
政黨利益的電視新聞故事的解讀時，便較容易接受電視新聞的論點。

　　有關此研究結果的含義，筆者擬再經由中國權威服從體系的論點
作進一步的闡釋。

　　文崇一（民七八，頁一三四）在從價值取向談中國國民性時指出，
中國的權威結構是一種金字塔式的，塔尖是皇帝，塔尖下則可引出三
條邊，每一條邊都有一個實際的主宰者，政治上是中央政府的最高官，
社會上是聖賢，家族上則為族長（見圖 5.2.1）。他指出，中國人的權威
性格就是在這樣的教養和學習環境中養成的。而綜觀目前，雖然絕對
的皇權已去，但國民黨的強勢領導仍掌有相當的絕對權力，層層控制
而下，維持專權的統治（胡佛，民七七，頁一〇六）。故當前權威結構

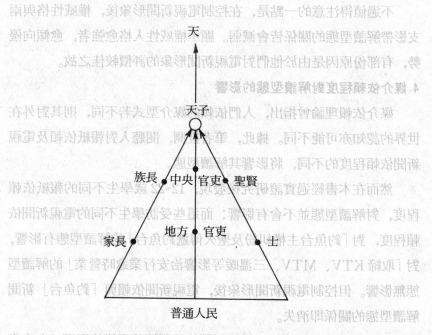

圖 5.2.1　權威服從體系圖
（資料來源，文崇一（民七八），頁一三五。）

中，塔尖實爲國民黨。而對具有「法西斯權威主義」、「世俗功利」、「迷信權勢」、「傳統封建」、「宿命性格」五種權威性格特徵的學生而言，本身服膺與崇拜的對象是在四種由塔尖下引出的權威途徑中：政治途徑上服膺的對象是政府領導人；社會上的服從對象是上司、老師、有名利地位的人；家族上的服從對象是父母、長輩；意識形態上的服從對象是學說、主義、信仰、社會道德規範。而學生服膺對象所在的四種權威途徑，最終將併存於執政黨的控制勢力之下。由此可顯示政治權威與社會成員權威性格體系的一貫特性。而基於政治權力的影響，或許已註定中國社會是一個製造權威性人格的地方。它培養出許多不對既存權威做什麼批判性檢討的閱聽人——全盤接受來自塔尖透過強勢媒體所傳遞的訊息。

不過值得注意的一點是，在控制電視新聞形象後，權威性格與兩支影帶解讀型態的關係皆會減弱。顯示權威性人格愈強者，愈傾向優勢，有部份原因是由於他們對電視新聞形象的評價較佳之故。

4.媒介依賴程度對解讀型態的影響

媒介依賴理論曾指出，人們依賴的媒介型式若不同，則其對外在世界的認知亦可能不同。據此，筆者推測，閱聽人對報紙依賴及電視新聞依賴程度的不同，將影響其解讀型態。

然而在本書經過實證研究後發現，12-22歲學生不同的報紙依賴程度，對解讀型態並不會有影響；而這些受訪學生不同的電視新聞依賴程度，對「釣魚台主權糾紛及聖火傳遞釣魚台」的解讀型態有影響，對「取締KTV、MTV、三溫暖等影響治安行業逾時營業」的解讀型態無影響。但控制電視新聞形象後，電視新聞依賴與「釣魚台」新聞解讀型態的關係即消失。

由此觀之，報紙依賴及電視新聞依賴對解讀型態的影響，在本書中未獲印證。究其原因，若不是理論推衍不對(依賴的媒介型式不同，

則其認知基模（既存知識）及腳本（script）對事件的刻劃、推衍之經驗
有差異，故解讀型態不同），就是測量指標有問題，值得以後研究注意。

5.電視新聞使用活動對解讀型態的影響

本書實證發現，全體受訪學生，不分年齡、性別、政黨傾向，在
工具性使用電視新聞的程度上，均有中間偏高的傾向；儀式性使用電
視新聞的程度，則均為中間偏低。上述結果意謂受訪學生在日常生活
中，工具性使用電視新聞的方式較儀式性使用略為普遍。以「主動」
及「被動」的字眼形容，就是主動的電視新聞消費，多於被動的電視
新聞消費。

而本書的資料也同時顯示，受訪學生在日常情境中不同程度的電
視新聞使用活動（尤指工具性使用），的確多少會影響他們在面臨本書
的解讀材料時所做的解讀反應。

然此處值得注意的是：控制電視新聞的形象後，工具性使用與兩
支影帶解讀型態的關係消失，儀式性使用與第二支影帶的相關程度則
減低。足見，工具性使用電視新聞與解讀型態的關係，其實是由受訪
者對電視新聞形象的評估所導致的。而儀式性使用電視新聞對第二支
影帶解讀型態的影響，則部份是因為電視新聞形象導致的。至於儀式
性使用電視新聞對第二支影帶的解讀型態之所以有部份影響，原因可
能是受訪學生在日常生活中，以儀式性方式使用電視新聞的不同情況，
會對表達與內容面向的聯繫造成改變之故。

6.電視新聞形象對解讀型態的影響

本書中「電視新聞形象」的意義，意指觀眾對電視新聞的記憶、
期望、常識和意見，主要包含對電視新聞的認知及感情層面。本書經
初探性的評義量表作資料蒐集後，顯示電視新聞形象可包括九項認知
面：「新聞導向」、「新聞品質」、「媒體形象」、「主播形象」、「製作風格」、
「新聞公信力」、「寓教功能」、「播出型態」、「時間安排」。資料顯示，

這九項認知形象涵蓋的範圍很複雜，它可涵括閱聽人對新聞主播、電視新聞內容、播出型態、製作，以及對新聞記者處理新聞的過程，電視台在社會上所扮演角色的看法等等。因此本書的研究發現，雖然與國外的研究結果略有差異，但彼此間的結論卻一致，即電視新聞形象的意義實可分爲多種層次的探討。

而有趣的是，本書發現在九項形象特徵中，評價最好的是新聞主播形象，這或許與新聞主播已「明星化」的現象有關。而本書也發現惟一在九項形象特徵中呈負面評估的只有「新聞導向」，可見電視新聞中僅有少數「特權人物」較有機會曝光的現象，已給予一般學生的不良印象。但整體來看，其他八個形象的評價都傾向正面，可顯示一般學生還是站在比較認同的立場上來評估目前的電視新聞。這一點可由70.7%的學生把電視新聞當作最重要的新聞來源而略知一二。

至於筆者探討電視新聞形象如何影響解讀型態的問題，經實證研究後發現，研究結果大致能吻合 Maletzke (1963) 及 Fredin & Kosicki (1989) 的論點。亦即，本書中證實，接收者對電視新聞所持的印象，的確多少對接收者反應電視新聞內容的方式有影響。一般說來，除「時間安排」形象評估不致影響解讀型態外，其他八個形象學生給予的評價若愈佳，其解讀型態就愈傾向優勢，即對新聞神話故事的主張愈傾向支持態度。相反的，學生給予的評價若愈低，則其解讀型態就愈傾向對立，對新聞神話故事的主張愈反對。

三、自變項對電視新聞形象的影響

由於本書的研究模式以「電視新聞形象」爲中介變項，因此除了上述兩項主要研究議題：解讀型態與影響解讀型態之因素的探討外，研究模式中自變項與「電視新聞形象」的關係，筆者亦曾根據實證資料而分析。

實證結果顯示：對中介變項「電視新聞形象」較具影響力的自變項是：性別、年齡、政黨傾向、權威性人格，較不具影響力的自變項為：報紙依賴程度、電視新聞依賴程度。此初探性的研究結果，可作為日後對「電視新聞形象」作專門研究的一項參考資料。

至於電視新聞使用活動與電視新聞形象之間，則還不清楚何者為自變項，但兩者具有相關性。

第三節　研究的價值

本書的最大價值，應是在一個國外亦剛起步不久的領域上，進行本土實證研究的探索。這可分幾個層面來談。首先在理論取向方面，本書採取收訊分析的研究導向。該研究取向約在一九八○年代中期才逐漸出現，是新的閱聽人研究趨勢，而本書首先嘗試將它引至國內，對於想繼續研究收訊分析的人，具有參考價值。

研究模式方面，本書以神話敘事理論、符號學模式配合諸多量化研究理論而建立之。該模式在國內、國外，都算得上是初探性質。例如，變項分析：電視新聞的工具性、儀式性使用，電視新聞形象，解讀型態，均為國內的首度研究。而變項間關係的探討，舉凡自變項、中介變項對解讀型態的影響，以及自變項對電視新聞形象的影響，在國內亦屬新的探究，國外則尚不多見。至於本書以神話電視新聞敘事體為解讀材料，亦是一種最新、最大膽的嘗試。

所以對此剛起步不久的領域而言，本書所進行的研究，應具有理論及經驗累積的意義。對國外傳播學術界而言，本書可提供一本土性實證研究的比較，並提供更多影響解讀型態的成因變項。對國內傳播學術界而言，本書的價值在引進一個新的閱聽人研究領域，並提出以解讀型態研究的新概念。而本書研究的成果，對其他相關的社會科學，

如: 心理、社會學等, 也有參考的價值。

研究方法上, 本書結合敘事結構分析法及實地實驗法, 也是筆者的一種新嘗試。基本上, 敘事分析以往一直僅及於文本分析中; 將它拿來與閱聽人研究配合的, 初見於本書。此外, 本書對解讀型態的測量, 也是一種較新的方法。Morley (1980) 的深度訪問法: (1)資料蒐集的過程很辛苦。研究者必須花一段很長的時間去訪問受訪者, 然後根據錄音下來的受訪者談話內容加以分析、整理, 最後再以很驚人的篇幅去描述這些資料; 以及(2)即使經過辛苦的資料蒐集後, 亦因分析方法的粗糙, 而遭人質疑。Streeter (1984) 便認爲 Morley 所蒐集的資料, 不過是閱聽人對節目某一部份或議題的反應而已, 不是解讀型態。而本書結構性量表的測量方式雖有可議之處, 但似乎是另一種研究方法的嘗試, 且具有量化統計、概判的優點。

量表設計上, 本書設計了信度效度皆達可信標準的「電視新聞形象」及「權威性人格」量表。其中「電視新聞形象」量表, 過去國內並無人嘗試, 係研究者透過兩次預訪, 並查閱相關文獻而得, 對未來類似研究應有所幫助。

此外, 在實際運用層面而言, 本書以解讀型態的觀點, 強調「文本對閱聽人的意義, 應來自文本建構力與觀眾解讀能力間的互動」概念, 對於一般人談論「電視對觀眾究竟有沒有影響」的問題, 或可提供另一種參考。

例如, 長久以來, 總有人懷疑電視新聞太過戲劇性、太過簡化事件, 可能導致人們對眞實世界的認知亦趨於膚淺、幼稚及戲劇性。事實上, 眞的如此嗎? 若依據解讀型態的觀點, 則對上述看法應抱持保留的態度。因解讀型態的論點指出, 電視新聞固然有其影響力, 但我們也不可忽視觀眾有主動解讀的力量。解讀型態指出, 我們應從觀眾可能採取的三種反應方式: 一種是全盤接受, 一是協商式的, 一是對

立式的角度，來探討電視新聞對觀眾的影響。不過發人省思的是，本書發現，的確有相當高比例的觀眾，對戲劇性的電視新聞幾無批判能力地全盤接受。

解讀型態的觀念，對於回答電視暴力內容是否對兒童、青少年有不良影響的問題，可能也有幫助。目前社會許多人大概抱著「不怕一萬，只怕萬一」的心理，而斬釘截鐵論定暴力內容一定對兒童、青少年有負面影響，且進而根據這套理念執行某些策略、規劃、評論。但我們若由國外數不清的這類暴力內容影響閱聽人研究的進行後得知結論是：「尚難確定」後，便可彰顯上述的認定失於武斷。而解讀型態的觀念，或許有助於解答暴力內容是否有不良影響的問題。此推測有待未來的求證。

第四節　研究檢討與未來研究建議

科學研究是累積性的，研究者除解決問題，也要提出檢討與新問題。本節將檢討研究的不足，並建議未來的研究方向。

一、理論方面

1.深入省思解讀型態

Streeter（1984）認爲，所有的傳播現象應該都是在「矛盾」(contradition)中進行的，解讀型態應該只有協商方式。以本書來說，根據解讀量表測得的解讀分數，的確很難找到純然的「優勢」或「對立」型。嚴格說來，本書的解讀型態是「傾向優勢」、「傾向協商」及「傾向對立」。而 Morley（1980）則指出，解讀型態間可能有「灰色地帶」的存在，亦值得深思。

另一解讀型態可能的問題發生在「概判」上，即受訪學生不同的

解讀型態是暫時性，還是永久性的？受訪學生是否面臨神話電視新聞故事時，都有永久性的解讀型態？這點值得注意。

本書研究的解讀型態限制在解讀的邏輯性意義上，未來的研究可探索解讀型態的外延意義。Fry & Fry（1986）即指出，閱聽人解讀媒介文本的外延意義恐怕並不單純。同樣面臨一則新聞故事，有些閱聽人可能將其特別分類(如，這是一則立委涉入政爭的新聞)，或是把它看成某一類型的故事(如，這是一則有關政治方面的報導)。這樣的區分，對邏輯性意義會產生影響，所以外延意義亦值得去探討。

2.嘗試其他觀點的文本剖析

本書以神話敘事理論的角度，觀察電視新聞文本的建構力。未來研究可嘗試由「詩」、「辯證」或「修辭」的方法剖析電視新聞故事的建構力，甚至可進一步考慮由 Fisher（1985）提出的「敘事典範」(narrative paradigm)出發。

未來研究也可以將下列有關新聞結構的特質納入考量：新聞的製作和風格，新聞的重複性，新聞的長度，新聞影像的份量、生動性，新聞鏡頭、音效的處理，以及與新聞內容有關的特性——衝突性、刺激性、情緒性、人類興趣等等納入。

3.推敲其他可能影響解讀型態的因素

本書所有成因變項對解讀型態的共同影響力，最高僅能達 31.5%，顯示仍有極大部份未能被預測，有待在將來的研究中引進其他變項。

筆者建議未來研究，可由下列幾個方向來推敲：(1)人口學變項：擴大年齡層研究，以增加概判性。也可嘗試放入「省籍」及「社經地位」。(2)社會學變項：「科系」因素值得探究。受訪者可能因為專業背景的不同而影響解讀型態。「文化」因素也可嘗試，例如原住民次文化對解讀型態的影響。(3)傳播規則(communication rules)變項：可考慮應用 Lull（1982）提出的觀看電視的「習慣」規則、「群體」規則、

「策略」規則作爲成因變項。(4)心理學變項：解讀者的興趣、需求，對解讀材料中人物的認同、評估、認知及同情(livingstone, 1990)，以及解讀者對該解讀事件的親身經驗程度，都可能是影響解讀型態的因素。未來研究也可配合「資訊處理理論」的觀點發現影響解讀型態的成因，例如：注意力、涉入、推理策略、歸因等等因素。

　　除上述建議的因素外，本書中「報紙依賴」、「電視新聞依賴」、「工具性使用」、「儀式性使用」變項內的因素，亦可挑出一一檢驗。

　　學者孫隆基曾剖析中國人反省與批判官能麻木的諸般原因爲：心靈結構不成熟，很少有自我的覺醒；中國人爲人太過溫柔敦厚；中國人的「身體化」傾向，使他們「有一口飯吃」就心滿意足等等（孫隆基，民七五，頁四〇四～四〇六）。這些因素，或許亦可作爲檢驗影響解讀型態之因素的參考。

二、研究方法上

1. 抽樣方法更嚴謹

　　本書進行的研究，在抽樣上並非完全隨機，因此會影響概判的結果。雖然類似本書研究的執行，在樣本的蒐集上遇到的問題較多，但未來研究若能克服抽樣的問題，甚至擴及社會人士樣本，則實證研究結果將更具意義。

2. 更講究統計方式

　　精密的統計方法，有助於解釋更多的社會現象。由於本書之研究是初探性，因此在資料的分析及解釋上，較重視初級資料及雙變項關係的呈現。後續研究或應以更精密的統計方法，例如因徑分析法，再次確立本書研究模式變項中的因果關係。

3. 研究敘事結構分析的信度

　　本書以普洛普的敘事分析結構，作爲分析解讀材料之敘事結構的

基礎。此過程由筆者一人獨立完成。未來研究應參考量化的內容分析法，建立一套評估敘事結構分析的信度法。

4.探究解讀型態量表的編製

一個有效與穩定的解讀量表，是測得解讀型態的關鍵。本書的解讀量表在信度上的考驗不錯，卻不知效度是否也令人滿意。換言之，量表中的選項是否真能代表三種不同的解讀型態？量表以測驗題方式設計，和量表以五點量尺或開放性問答的方式出現，對解讀型態的測量會不會有影響？未來研究宜加以考慮這些問題。

5.考慮施測時的情境與時間

讀者反應批評主義(reader-response criticism)學者庫勒(Culler, J.)、費雪(Fish, S.)曾強調閱讀是一複雜的符號和社會過程，隨地點和時間而不同(Moores, 1990：91)。未來研究在施測時，可考慮施測時的情境問題──在教室中施測？還是在其他地點施測？團體施測或個別施測？團體施測時氣氛的控制等等問題。此外，施測的時間──距解讀事件發生多久後施測？施測的情境、時間對解讀型態有無影響？這兩個問題亦值得注意。

三、結語

電視新聞在我們的歷史上扮演一個很重要的角色，而且它未來還會繼續塑造我們對世界的認知。因此，電視新聞的影響力，是當代不可忽略的一環現象。誠如本書發現：大多數的受訪學生，把神話的電視新聞敘事體，當作一種真實的歷史經驗；他們共同分享電視新聞製造的社會幻覺，不作太多的抵抗與挑戰。此情況已使電視新聞成為某種意識形態維繫其社經系統優勢的無聲武器。

電視新聞是觀看世界的一個窗口。本書雖然很努力地進行研究，但仍無法避免研究的疏失及不足。希望未來研究能繼續努力。也盼望

未來研究能改進本書在設計上的缺失，繼續在本土以收訊分析進行研究，探討社會重要的傳播現象，不僅止於電視新聞而已。

未來研究能在本書（在理論上的擴充，繼續在本土以收割分析進行研究，探討社會的重要的轉播現象，不僅止步於檢視驗證而已。

參考書目

中文部份

一文崇一(民六二)：〈從價值取向談中國國民性〉。在李亦園、楊國樞
　合編：《中國人的性格》。中央研究院民族學研究所專刊第四號。

一文崇一 (民七八)：《中國人的價值觀》。臺北：東大。

一王雲五 (編) (民六〇)：《雲五社會科學大辭典》。臺北：商務。第
　九冊心理學。

一丘彥明(民七〇)：〈電視與報紙記者形象的研究〉。政大新聞研究所
　碩士論文。

一伊慶春(民七七)：〈中國女性的婚姻與職業〉。在文崇一、蕭新煌(編)：
　《中國人：觀念與行為》。臺北：巨流，頁二二九～二四八。

一李沛良 (民七七)：《社會研究的統計分析》。臺北：巨流。

一李金銓 (民七三年二版)：《大眾傳播理論》。臺北：三民。

一李金銓 (民七六 a)：〈傳播理論與新聞實務之間〉。中國論壇，二八
　〇期，頁四九～五五。

一李金銓(民七六 b)：〈電視文化何處去？處在中國結與臺灣結的夾縫
　中〉。中國論壇，二八九期，頁一四八～一五八。

一汪琪 (民七三)：《文化與傳播》。臺北：三民。

一林盛豐(民六七)：〈刻板印象，人格特質與媒介使用之關聯性－『根』
　影集的效果研究〉。政大新聞研究所碩士論文。

一林深靖(民七九)：〈電視戰爭〉。自立晚報七九年十一月二日，第十
　四版。

一邱炳進(民七七)：〈公共宣傳與形象塑造之研究〉。輔大大眾傳播研

究所碩士論文。

—胡淑裕 (民七六):〈大衆傳播媒介塑造政治人物形象之研究——孫運璿、林洋港、李登輝之個案分析〉。文化大學新聞研究所碩士論文。

—胡愛玲(民七九):〈報紙報導街頭運動新聞之分析〉。政大新聞研究所碩士論文。

—胡佛 (民七七):〈中國人的政治生活〉。在文崇一、蕭新煌 (編):《中國人:觀念與行爲》。臺北:巨流,頁八九～一一二。

—徐佳士 (民七六):《大衆傳播理論》。臺北:正中。

—孫隆基 (民七五):《中國文化的「深層結構」》。臺北:古楓。

—陳世敏 (民七六):《媒介文化》。臺北:久大。

—陳義彥(民六八):《臺灣地區大學生政治社會化之研究》。臺北:德成。

—陳麗香(民六五);〈傳播行爲與映象形成關聯性之研究〉。政大新聞研究所碩士論文。

—崔炯斤 (民七七):〈外國人對中華民國形象之研究——以參加一九八七年臺北國際獅子會年會的外國獅友爲例〉。政大新聞研究所碩士論文。

—黃芊民 (民七八):〈企業經營之環境意識及公共事務處理方式之相關性研究〉。輔大大衆傳播研究所碩士論文。

—黃安邦編譯 (民七七):《社會心理學》。臺北:五南。

—黃新生 (民七六):《媒介批評——理論與方法》。臺北:五南。

—黃囓莉 (民六八):〈權威性與獨斷性人格對中美事件知覺的影響〉。臺大心理研究所碩士論文。

—梁善紘(民六七):〈教育與權威人格之研究〉。臺大社會研究所碩士論文。

—楊志弘與莫季雍 (合譯) (民七七):《傳播模式》。臺北:正中。

─楊國樞（民七七）：《中國人的蛻變》。臺北：桂冠。

─張秀麗（民七六）：〈結構主義與大衆媒介分析──理論與實例之探討〉。文化大學新聞研究所碩士論文。

─張錦華（民七九）：〈文化爭霸理論與電視文化研究〉。在中華民國視覺傳播藝術學會（編）：《第二屆「電影電視錄影學術硏討會」論文集》。

─蒯光武（民七八）：〈受播者評價新聞媒介可信度的研究〉。輔大大衆傳播研究所碩士論文。

─戴秀玲（民七八）：〈國內報紙所塑造的中國大陸形象研究──以中央日報、中國時報、聯合報、自立晚報爲例〉。文化大學新聞研究所碩士論文。

─薛承雄（民七七）：〈媒介支配──解讀臺灣的電視新聞〉。臺大社會研究所碩士論文。

─羅文輝、鍾蔚文（民八〇）：〈電視新聞對靑少年政治知識的影響〉。在中華民國視覺傳傳播藝術學會（編）：《第二屆「電影電視錄影學術硏討會」論文集》。

─羅燦煐（民七一）：〈記者形象及關聯因素之研究〉。政大新聞研究所碩士論文。

─曠湘霞（民七一）：〈記者形象研究：不同群體所持記者形象之內容與差異分析〉。新聞學研究，第三十集，頁七九～一一三。

─曠湘霞（民七二）：〈記者形象研究：新聞系學生所持之電視、廣播及報紙記者形象異同分析〉。新聞學研究，第三十一集，頁六五～九六。

英文部份

—Adoni, Hanna, Akiba A. Cohen and Sherrill Mane (1984) : "Social Reality and Television News: Perceptual Dimension of Social Conflicts in Selectd Life Areas". In: *Journal of Broadcasting,* vol. 28, No. 1, pp. 33-49.

—Adorno, T. W., E. Frenkel-Brunswik, D. J. Levinson, & Sanford R. W. (1950) : *The Authoritarian Personality.* N. Y.: Harper.

—Aristotle (1971) : "Poetics". In: H. Adams(ed.): *Critical Theory since Plato.* N. Y. : Harcourt, Brace, Jovanovich.

—Barthes, Roland (1972) : *Mythologies.* N. Y.: Hill and Wang. pp. 109-159.

—Becker, Lee B. and D. Charles Whitney (1980) : "Effects of Media Dependencies: Audience Assessment of Government". In: *Communication Research,* vol. 7, No. 1, pp. 95-120.

—Bennett, W. Lance & Murray Edelman (1985) : "Toward a New Political Narrative". In: *Journal of Communication,* vol. 35, No. 4, pp. 156-171.

—Berger, Arthur Asa (1982) : *Media Analysis Techniques.* Beverly Hills: Sage Publications.

—Blumler, J. G. (1979) : "The Role of Theory in Uses and Gratifications Studies". In: *Communication Research,* vol. 6: 9-36.

—Biocca, Frank K. (1988) : "Opposing Conceptions of the

Audience: The Active and Passive Hemispheres of Mass Communication Theory". In: James A. Anderson(ed.): *Communication Yearbook* 11. pp. 51-80.

—Boulding, Kenneth (1956) : "Introduction to the Image". In: J. H. Camphell & Hal W. Hepler(eds.): *Dimensions in Communication: Readings.* CA.: Wadsworth Publishing Company, Inc.

—Breen, Myles & Farrel Corcoran (1982) : "Myth in the Television Discourse". In: *Communication Monographs,* vol. 49, No. 2, pp. 127-36.

—Carter, R. (1962) : "Stereotyping as a Process". In: *Public Opinion Quarterly,* vol. 26: 27-91.

—Chapko, Michael K. and Mark H. Lewis (1975) : "Authoritarianism and All In The Family". In: *The Journal of Psychology,* vol. 90, pp.245-248.

—Chatman, S. (1981) : "What Novels can Do that Films can' t (and vice versa)". In: W. J. T. Mitchell(ed.): *On Narrative.* Chicago: University of Chicago Press. pp. 117-136.

—Clarke, P. and E. Fredin (1978) : "Newspapers, Television and Political Reasoning". In: *Public Opinion Quarterly,* vol. 42: 143-160.

—Corcoran, F. (1984) : "Television as Ideological Apparatuses: The Power and the Pleasure". In: *Critical Studies in Mass Communication,* pp. 131-145.

—Curti, L. (1988) : "Genre and Gender". In: *Cultural Studies,* vol. 12, No. 2: 152-167.

—Dahlgren, Peter (1988) : "What's the Meaning of This? Viewers' Plural Sense-making of TV News". In: *Media, Culture and Society,* vol. 10, pp. 285-301.

—Darnton, R (1975) : "Writing News and Telling Stories". In: *Daedalus,* pp. 175-94.

—Dawson, H. G (1961) : "Original and Changed Attitudes, Impressions and Perceptions as Related to the Mass Media Experience of New Foreign Students at the University of Iowa". Ph. D. dissertation, University of Iowa.

—DeFleur, M. L. and S. Ball-Rokeach (1975) : *Theories of Mass Communication.* N. Y.: David Mckay. Beverly Hills: Sage Publications. pp. 133-158.

—Dorr, Aimée (1986) : *Television and Children: A Special Medium for a Special Audience.* Beverly Hills: Sage.

—Eco, Umberto (1972) : "Towards a Semiotics Inquiry into the Television Message". In: *Working Papers in Cultural Studies,* vol. 3.

—Eco, Umberto (1976) : *A Theory of Semiotics.* Indiana University Press.

—Eco, Umberto (1979) : *The Role of the Reader.* Bloomington, In: University of Indiana Press.

—Faber, Ronald J., Stephen D. Reese, and H. Leslie Steeves (1985) : "Spending Time with the News Media: The Relationship between Reliance and Use". In: *Journal of Broadcasting & Electronic Media,* vol. 29, No. 4, pp. 445-450.

—Fish, S. (1980) : *Is there a Text in this Class?*. Cambridge, MA: Havard University Press.

—Fisher, Walter R. (1985) : "The Narrative Paradigm: An Elaboration". In: *Communication Monographs,* vol. 52, December, pp. 347-367.

—Fishman, J. A. (1956): "An Examination of the Process and Function of Stereo Typing". In: *The Journal of Social Psychology,* vol. 43.

—Fiske. J. (1983) : "Popularity and Ideology: A Structuralist Reading of Dr. Who". In: W. D. Rowland and B. Watkins(eds.) *Interpreting Television: Current Research Perspectives.* Beverly Hills, CA: Sage.

—Fiske, J. (1986) : "Television: Polysemy and Popularity". In: *Critical Studies in Mass Communication,* vol. 4: 391-408.

—Fiske, J. & Hartley, J. (1978) : *Reading Television.* London: Methuen.

—Fleming, D. & L. Weber (1982): "Teenage News Knowledge and Media Use". In: *newspaper Research Journal,* vol. 4: 22-27.

—Fredin, Eric S. and Gerald M. Kosicki (1989) : "Cognitions and Attitudes about Community: Compensating for Media Images". In: *Journalism Quarterly.*

—Fry, Donald L. & Virginia H. Fry (1986) : "A Semiotic Model for the Study of Mass Communication". In: Margaret L. McLaughlin(ed.): *Communication Yearbook* 9.

New Brunswick., NJ: Transaction Books, pp. 443-462.

—Gandy, O. H. ,P. W. Matabane, & J. O. Omachonu (1987) : "Media use, Reliance, and Active Participation". In: *Communication Research*, vol. 14, No. 6, pp. 644-663.

—Gerbner, G., L. Gross, N. Signorielli, M. Morgan, and M. Jackson-Beeck (1979) : "The Demonstration of Power: Violence Profile No. 10". In: *Journal of Communication*, vol. 29, No. 3, pp.177-196.

—Glasgow University Media Group (1976) : *Bad News*. London: Routledge & kegan Paul.

—Guilford, J. M. (1959) : *Personality*. N. Y.: McGraw-Hill.

—Gunter, Barrie (1988) : "The Perceptive Audience". In: James A. Anderson(ed.): *Communication Yearbook* 11. International Communication Association. pp. 22-50.

—Gurevitch, M. and M. R. Levy (1986) : "Information and Meaning". In: *The Main Source*. Beverly Hills: Sage Publications. pp. 159-175.

—Hage, Jerald (1972) : *Techniques and Problems of Theory Construction in Sociology*. John Wiley & Sons, Inc.

—Hall, S. (1980) : "Encoding/Decoding". In: S. Hall, D. Hobson, A. Lowe, and P. Willis(eds.): *Culture, Media, Language*. London: Hutchinson.

—Hartley, J. (1984) : "Encouraging Signs: Television and the Power of Dirt, Speech, and Scandalous Categories". In: W. D. Rowland and B. Watkins(eds.): *Interpreting Television: Current Research Perspectives*. Beverly Hills, CA.:

Sage.

—Hawkins, R. P. and S. Pingree (1981) : "Uniform Messages and Habitual Viewing: Unnecessary Assumptions in Social Reality Effects". In: *Human Communication Research,* vol. 7: 291-301.

—Hawkins, Robert P. and Suzanne Pingree (1986) "Activity in the Effects of Television on Children". In: J. Bryant and D. Zillman(eds.): *Perspective of Media Effects.* Hillsdale, NJ: LEA. pp. 233-250.

—James, E. O. (1975) : "The Nature and Function of Myth". In: *Folklore,* Vol. 68, No. 4: 474-82.

—Jensen, K. B. (1986) : *Making Sense of the News.* Aarhus: Aarhus University Press.

—Jensen, klaus Bruhn (1990) : "The Politics of Polysemy: Television News, Everyday Consciousness and Political Action". In: *Media, Culture and Society,* vol. 12, pp. 57-77.

—Jensen, K. B. & K. E. Rosengren (1990) : "Five Traditions in Search of the Audience". In: *European Journal of Communication,* vol. 5, pp. 207-238.

—Journal of Communication (1985) : "Homo Narrans: Story-Telling in Mass Culture and Everyday Life". In: *Journal of Communication,* vol. 35, No. 4: 73.

—Kelman, Herbert C.(ed.) (1965) : *International Behavior: A Social-Psychological Analysis.* N. Y.: Holt Rinehart Winston. P. 72.

—Kippax, S. and J. P. Murray (1977) : "Using Television: Programme Content and Need Gratification". In: *Politics,* vol, 12: 56-69.

—Kippax, S. and J. P. Murray (1980) : "Using the Mass Media: Need Gratification and Perceived Utility". In: *Communication Research,* vol. 7: 335-360.

—Kuhn, A. (1984) : "Womens's Genres". In: Screen, vol. 25, No.1: 18-29.

—Lewis, J. (1985) : "Decoding Television News". In: P. Drummond and R. Paterson(eds.): *Television in Transition.* London: BFI. pp. 205-234.

—Lin, N. (1977) : "Communication Effects: Review and Commentary". In: B. Ruben(ed.): *Communication Yearbook* 1. New Brunswick, NJ: Transaction Books.

—Lévi-Strauss, Claude (1963) : *Structural Anthropology.* N. Y.: Basic Books.

—Levy, M. R. & Windahl, S. (1984) : "Audience Activity and Gratifications: A Conceptual Clarification and Exploration". In: *Communication Research,* vol. 11: 51-78.

—Lindlof, Thomas R. (1988) : "Media Audiences as Interpretive Communities". In: James A. Anderson(ed.): *Communication Yearbook* 11. New Brunswick., NJ: Transaction Books. pp. 81-107.

—Livingstone, Sonia M. (1990) : "Interpreting a Television Narrative: How Different Viewers See a Story". In: *Journal of Communication,* vol. 40, No. 1, pp. 72-85.

—Lucaites, John Louis & Celeste Michelle Condit (1985) : "Re-constructing Narrative Theory: A Functional Perspective". In: *Journal of Communication,* vol. 35, No. 4. pp. 90-108.

—Lull, J. (1982) : "The Social Uses of Television". In: *Human Communication Research,* vol. 6: 197-209.

—MacIntyre, A. (1981) : *After Virtue: A Study in Moral Theory.* Notre Dame: University of Notre Dame Press.

—Maletzke, G. (1963) : *Psychologie der Massenkommunikation.* Hamburg: Verlag Hans Bredow-Insstitut.

—Martin, W. (1986) : *Recent Theories of Narrative.* Ithaca, NY: Cornell University Press.

—Maslow, A. H. (1943) : "The Authoritarian Character Structure". In: *Journal of Social Psychology,* vol. 18: 401-411.

—McDonald, Daniel G. (1983) : "Investigating Assumptions of Media Dependency Research". In: *Communication Research,* vol. 10, No. 4, pp. 509-528.

—McLeod, J. M., J. D. Brown, L. B. Becker, and D. A. Ziemke (1977) : "Decline and Fall at the White House: a Longitudinal Analysis of Communication Effects". In: *Communication Research,* vol. 4: 3-22.

—McLeod, J. M. ,G. M. Kosicki, D. L. Amor ,S. G. Allen and D. M. Philps (1986) : "Images of Mass media News: What Are They and Does It Matter?". Paper Presented to the Association for Education in Journalism and Mass

Communication, Norman, Okla.

—McLeod, J. M ,D. L. Amor, and G. M. Kosicki (1987) : "Images of the Media, Orientations to the World: Where Do Public Images of Mass Media Come From?". Paper Presented to the International Communication Association, Montreal.

—McQuail, Denis (1987) : *Mass Communication Theory*. Beverly Hills, CA: sage.

—Mink, L. O. (1978) : "Narrative Form as a Cognitive Instrument". In: R. H. Canary(ed.): *The Writing of History*. Madison, WI: University of Wisconsin Press. pp. 129-149.

—Moores, Shaun (1990) : "Texts, Readers and Contexts of Reading: Developments in the Study of Media Audience". In: *Media, Culture and Society,* vol. 12, pp. 9-29.

—Morley, David (1980) : *The Nationwide Audience: Structure and Decoding*. London: British Film Institute.

—Newcomb, H. M. & P. M. Hirsch (1984) : "Television as a Cultural Forum: Implications for Research". In: Willard D. Rowland and Bruce Watkins(eds.): *Interpreting Television: Current Research Perspectives*. Beverly Hills, CA: Sage. pp. 58-73.

—Ong, W. J. (1982) : *Orality and Literacy: The Technologizing of the World*. London and New York: Methuen.

—Parkin, F. (1972) : *Class Inequality and Political Order*. London: Paladin.

—Peacock, James L. (1968) : *Rites of Modernization: Symbolic and Social Aspects of Indonesian and Proletarian Drama.* Chicago, Chicago University Press.

—Peirce, C. S. (1931-1934): C. Harshorne and P. Weiss(eds.): *Collected Papers of Charles Sanders Peirce*(vols. 1-6). Cambridge, MA: Havard University Press.

—Perse, Elizabeth M. (1990): "Media Involvement and Local News Effects". In: *Journal of Broadcasting & Electronic Media,* vol. 34, No. 1, pp. 17-36.

—Perse, E. M. and A. M. Rubin (1990) : "Chronic Loneliness and Television Use". In: *Journal of Broadcasting & Electronic Media,* vol. 34, No. 1, pp 37-53.

—Potkay, C. R. and C. E. potkay (1984) : "Perceptions of Female and Male Comic Strip Characters II: Favorability and Identification are Different Dimensions". In: *Sex Roles,* vol. 10 (1/2): 119-128.

—Propp, Vladimir (1968) : *Morphology of the Folktale*(2nd ed.). Austin, University of Texas Press.

—Reese, S. D. & M. M. Miller (1981) : "Political Attitude Holding and Structure: The Effects of Newspaper and Television News". In: *Communication Research,* vol. 8, No.2, pp. 167-188.

—Richardson, K. and J. Corner (1986) : "Reading Reception: Mediation and Transparency in Viewers Accounts of a TV Programme". In: *Media, Culture and Society,* vol. 8, No. 4: 485-508.

—Robinson, Gertrude Joch (1984): "Television News and the Claim to Facticity: Quebec's Referendum Coverage". In: Willard D. Rowland, Jr. & Bruce Watkins(eds.): *Interpreting Television: Current Research Perspective.* Beverly Hills: Sage Publications. pp. 199-221.

—Robinson, John P. and Mark R. Levy (1986): *The Main Source.* Beverly Hills and London: Sage Publications.

—Robinson, M. J. (1974): "The Impact of the Televised Watergate Hearings". In: *J. of Communication,* vol. 24: 17-30.

—Robinson, M. J. (1976): "Public Affairs Television and the Growth of Political Malaise: the Case of 'The Selling of the Pentagon'". In: *American Political Science Review,* vol. 70: 409-432.

—Robinson, M. J. and C. Zukin (1976): "Television and the Wallace Vote". In: *J. of Communication,* vol. 26, No. 2: 79-83.

—Rokeach, M. (1960): *The Open and Closed Mind.* N. Y.: Basic Books.

—Rowland, Robert C. (1987): "Narrative: Mode of Discourse or Paradigm?". In: *Communication Monographs,* vol. 54, pp. 264-275.

—Rowland, Robert C. (1989): "On Limiting the Narrative Paradigm: Three Case Studies". In: *Communication Monographs,* vol 56, pp. 39-54.

—Rubin, Alan M. (1981): "A Multivariate Analysis of '60

Minutes' Viewing Motivations". In: *Journalism Quarterly,* vol. 58, No. 4, pp. 529-534.

—Rubin, A. M. (1983) : "Television Uses and Gratifications: The Interactions of Viewing Patterns and Motivations". In: *Journal of Broadcasting,* vol. 27: 37-51.

—Rubin, Alan M. (1984) : "Ritualized and Instrumental Television Viewing". In: *Journal of Communication,* vol. 34, No. 1, pp. 67-77.

—Rubin, A. M. (1985) : "Uses of Daytime Television Soap Operas by College Students". In: *Journal of Broadcasting & Electronic Media,* vol. 29, No. 3: 241-258.

—Rubin, A. M. and E. M. Perse (1987) : "Audience Activity and Television News Gratifications". In: *Communication Research,* vol. 14, No. 1: 58-84.

—Rubin, Alan M., Elizabeth M. Perse, and Robert A. Powell (1985) : "Loneliness, Prasocial Interaction, and Local Television News Viewing". In: *Human Communication Research,* vol. 12, No. 2, winter, pp. 155-180.

—Sanford, R. Nevitt (1956) : "The Approach of the Authoritarian Personality". In: J. L. Mclary(ed.): *Psychology of Personality.* N. Y.: Grove Press, pp. 255-319.

—Schank, R. and R. Abelson (1977) : *Scripts, Plans, Goals and Understanding: An Inquiry into Human Knowlege Structures.* Hillsdale, NJ: Lawrence Erlbaum.

—Scholes, R. (1981) : "Afterthoughts on Narrative: Language, Narrative and Anti-narrative". In: W. J. T. Mitchell(ed.): *On Narrative.* Chicago: University of Chicago Press.

—Scholes, R. & Kellogg, R. (1966) : *The Nature of Narrative.* London: Oxford University Press.

—Scodel, A. and P. Mussen (1953) : "Social Perception of Authoritarians and Nonauthoritarians". In: *Journal of Abnormal and Social Psychology,* vol. 48: 181-184.

—Severin, Werner J. and James W. Tankard, Jr. (1988) : *Communication Theories.* N. Y.: Longman Inc.

—Silverstone, Roger (1981) : *The Message of Television: Myth and Narrative in Contemporary Culture.* London: Heinemann Educational Books Ltd.

—Silverstone, Roger (1984) : "Narrative Strategies in Television Science——a Case Study". In: *Media, Culture and Society,* vol. 6, pp. 377-410.

—Sperry, S. L. (1981) : "Television News as Narrative". In: R. Adler(ed.): *Understanding Television.* N. Y.: Praeger. pp. 295-312.

—Streeter, Thomas (1984) : "An Alternative Approach to Television Research: Developments in British Cultural Studies at Birmingham". In: Willard D. Rowland, Jr. & Bruce Watkins(eds.): *Interpreting Television: Current Research Perspectives.* Beverly Hills: Sage Publications, pp. 74-97.

—Suchman, E. A. et al., (1958) : *Desegregation: some propositions and Research Suggestions.* N. Y.: Anti-

Defamation League of B'nai B'rith.

—Taylor, C. (1977) : "Interpretation and the Sciences of Man". In: F. R. Dallmayr & T. A. McCarthy(eds.): *Understanding and Social Inquiry.* Notre Dame. In: University of Notre Dame press. pp. 101-131.

—Titus. H. E. and Hollander, E. P. (1957) : "The California F. Scale in Psychological Research: 1950-1955". In: *Psychological Bulletin,* vol. 54: 47-64.

—Todd, E. (1959) : "National-Image Research and International Understanding". In: F. M. Joseph(ed.): *As Others See Us: The United States Through Foreign Eyes.* Princeton: Princeton University Press.

—Todorov, T. (1977) : "The Grammar of Narratives":. In: R. Howard(trans.): *The Poetics of prose.* Ithaca, N. Y.: Cornell University Press.

—Tuchman, Gaye (1978) : *Making News.* N. Y.: The Free Press.

—Wade, S. and W. Schramm (1969) : "The Mass Media as Sources of Public Affairs, Science and Health Knowledge". In: *Public Opinion Quarterly,* vol. 33: 197-209.

—Wenner, L. A. (1985) : "The Nature of News Gratifications". In: K. E. Rosengren, L. A. Wenner and P. Palmgreen(eds.): *Media Gratifications Research: Current Perspectives.* Beverly Hills, CA: Sage.

—White, H. (1980) : "The Value of Narrativity in the Representation of Reality". In: *Critical Inquiry,* vol. 7:

5-27.

—Windahl, S. (1981) : "Uses and Gratifications at the Crossroads". In: G. C. Wilhoit & H. DeBock(eds.): *Mass Communication Review Yearbook* vol. 2. Beverly Hills, CA: Sage. pp.174-185.

—Wright, Will (1975) : *Sixguns and Society.* Berkeley, University of California Press.

—Woodall, W. Gill (1986) : "Information-Processing Theory and Television News". In: P. J. Robinson & R. Levy (eds.): *The Main Source.* Beverly Hills and London: Sage Publications. pp. 133-158.

附錄

附錄一　第一次預訪問卷

親愛的同學：

　　您好！這是一份學術性的調查問卷，目的是爲了探討大衆媒介對台灣地區民衆的影響。希望您能撥冗回答本卷。您的答案，對於台灣學術界和大衆媒介工作者，都會很有幫助。

　　本卷沒有標準答案，請您務必每一個題目，都按照自己的想法填寫，避免與他人討論，以免影響調查結果的眞實性。每一個題目也請您務必填寫，這樣才能使這份問卷眞正具有效用。

　　最後，感謝您的支持與合作。

輔仁大學大衆傳播研究所

梁欣如敬上

第一部份：個人基本資料

1. 性別：(1)男（　　　）(2)女（　　　）

2. 年齡：＿＿＿歲

3. 教育程度：(1)國中（　）(2)高中（　）(3)大學（　）

4. 就讀校名：＿＿＿＿＿＿＿＿＿＿

第二部份：電視新聞的形象

　　㈠這個部份是想知道您對三台晚間七點半的電視新聞，有何看法。

請您至少寫下三項您對它的看法或印象。若您覺得您的答案，不只有三項而已，就請您也將它（們）都寫下來。

1.第一個印象：_____

2.第二個印象：_____

3.第三個印象：_____

4.其他印象：

（二）如果您是三台晚間電視新聞（晚上 7:30）的製作人，您會希望去改進它嗎？您要改進它的哪一部份？爲什麼？

第三部份：對新聞事件的認知

這個部份，是想請問您對最近一些國內新聞的看法。請您儘量寫下自己心中的想法，無須再翻閱任何資料，只要忠實的反映自己的看法即可。

（一）您知道聖火船想傳遞聖火到釣魚台去的這個新聞嗎？

（ ）1.知道　　（ ）2.不知道 _____

★★勾選〈知道〉的人，請繼續作答。勾選〈不知道〉的人，請跳至（二）項中繼續作答。

A.據您所知，爲什麼聖火船要傳遞聖火到釣魚台？

B.您認為聖火船應不應該去傳遞聖火？為什麼？

C.對於聖火船沒有能傳遞聖火到釣魚台，您有什麼感覺？

_____

D.您認為這次我們的政府，在釣魚台事件中，作了什麼處理？您對政府的處理態度與方法，有沒有什麼意見？您是否滿意？

_____

_____

_____

E.您認為高雄市長吳敦義，是不是應該要因為這個事件而辭職？為什麼？

F.您認為我國和日本的釣魚台領土糾紛，應該如何解決比較好？到日本交流協會抗議是不是一個方法？

_____

G.您對日本派艦攔阻聖火船的行動，有什麼感想？

_____

_____

㈡您知道立法院院長梁肅戎和委員謝長廷，因爲「敷衍兩句」而發生的風波嗎？

（　）1.知道　　（　）2.不知道

★★勾選〈知道〉的人，請繼續作答。勾選〈不知道〉的人，請跳至㈢項作答。

A.您認爲謝長廷應不應該追究這個事件？爲什麼？

_____

_____

_____

B.在此風波當中，您對於風波的主角：梁肅戎與謝長廷，各有什麼看法？

_____

_____

_____

㈢您知道目前 KTV，MTV，三溫暖等營業場所，只能營業至凌晨三點的新聞嗎？

（　）1.知道　　（　）2.不知道

★★勾選〈知道〉的人，請繼續作答。勾選〈不知道〉的人，請停止作答。

A.您認爲這項措施好不好？爲什麼？

_____

_____

B.有些業者在抗議這項措施，您對他們抗議的看法如何？

_____

_____

附錄二 第二次預訪問卷

親愛的同學您好:

　　這是一份學術性的調查問卷,目的是為了探討大眾媒介對台灣地區民眾的影響。您的答案,將來對於國內學術界和大眾媒介工作者,都會很有幫助。

　　本卷沒有標準答案,您只要忠實的填寫自己的想法即可,並避免與他人討論而影響調查結果的真實性。每一個題目請您都務必填寫,這樣才能使這份問卷真正具有效用。

　　填好的問卷將供整體分析之用,絕不個別對外發表,請您放心,最後,感謝您的支持與合作。

輔仁大學大眾傳播研究所　梁欣如敬上

第一部份: 基本資料

　　㈠性別: 1.男(　)　2.女(　)

　　㈡年齡: ＿＿＿＿＿＿歲

　　㈢教育程度: 1.國中(　)　2.高中(　)　3.大學(　)

　　㈣年級: ＿＿＿＿＿＿＿＿

第二部份: 電視新聞的形象

　　這個部份,是想知道您對三台晚間電視新聞(晚7:30-8:00),有何看法,請您寫下三項您對它的看法或印象。

1.第一個印象: ＿＿＿＿＿＿＿＿＿＿＿＿＿＿＿＿＿＿＿＿＿

2.第二個印象: ＿＿＿＿＿＿＿＿＿＿＿＿＿＿＿＿＿＿＿＿＿

3.第三個印象: _____

第三部份：解讀量表

> 以下這個部份，是想知道您對最近一些國內新聞的看法，爲了勾起您對這些新聞的回憶，您在作答以前，我會播放一些電視新聞影片請您觀看，您在作答時，若認爲電視新聞的說法是正確的，就請您根據它的說法而作答，要是您不同意電視新聞的說法，就請您根據自己的想法而填寫，或是在每個題目的選項當中，選擇比較接近自己想法的答案。
>
> 爲了能夠讓您的想法充分表達,因此您在每個題目中勾選的答案,由您自己決定是要單選還是複選。
>
> 現在，就請您依照我的指示進行。

(一)敷衍兩句風波

A.您對謝長廷在"敷衍兩句"此一事件中的看法是：

（　）1.支持謝長廷據理力爭，要眞相公諸於世

（　）2.反對謝長廷小題大作，拖延民生法案的審議

（　）3.無意見 _____

（　）4.其他

B.據您所知，謝長廷之所以一定要追求眞相的原因是：

（　）1.爲了作秀，打知名度　　　　（　）4.因爲涉及自己的名譽

（　）2.因爲人民有知道眞相的權利　（　）5.不清楚

（　）3.意氣之爭 _____　（　）6.其他

C.據您所知，當初謝長廷提出錄影帶的動機是什麼？

（　）1.出於善意，提醒民意代表謹言愼行　（　）4.點出立法院

議事的弊端

（　）2.爲了作秀，打知名度　（　）5.不清楚

（　）3.攻擊梁肅戎失言　（　）6.其他

D.您認爲王志雄提議組成專案調查小組的動機何在？

（　）1.爲解決此一爭端　（　）4.爲了國民黨的利益

（　）2.爲了作秀，打知名度　（　）5.不清楚

（　）3.私下幫助謝長廷　（　）6.其他

E.您認爲這場風波是：

（　）1.人與人之間的衝突　（　）4.個人與制度之間的衝突

（　）2.黨與黨之間的衝突　（　）5.不清楚

（　）3.黨與制度之間的衝突　（　）6.其他

　　(二)取締 KTV，MTV，三溫暖逾時營業

A.您認爲政府規定 KTV,MTV,三溫暖只能營業到凌晨三點的作法，是：

（　）1.貫徹掃黑掃黃的決心　（　）4.沒有意義

（　）2.限制民眾的娛樂　（　）5.其他

（　）3.讓該回家的人都回家

B.您認爲政府規定 KTV,MTV,三溫暖只能營業到凌晨三點的規定，是：

（　）1.有法律根據的行爲　（　）4.沒有違反憲法

（　）2.沒有法律根據的行爲　（　）5.其他

（　）3.違反憲法

C.據您所知，取不取締 KTV，MTV，三溫暖逾時營業，從法律的觀點來看，應該由誰決定：

( )1.立法院　　　( )4.法務部

( )2.地方政府　　( )5.省市議會

( )3.行政院　　　( )6.其他

D.您認爲不依照政府的規定，強行逾時營業的業者，是：

( )1.違抗公權力的不守法者　　( )4.自私的斂財者

( )2.合法的抗爭者　　　　　　( )5.其他

( )3.受害者

E.您認爲取締的行動是：

( )1.倒楣者才會遇上，有背景的業者不會被取締　　( )4.隨便找

( )2.大都市取締，偏僻的地方暫不取締　　　　　　( )5.其他

( )3.北，中，南全面進行

F.據您所知，執法人員在 18 日凌晨首次前往取締時，業者的反應是：

( )1.拉下鐵門阻撓　　( )4.和執法人員吵架

( )2.提早打烊　　　　( )5.其他

( )3.舉白布條抗議

G.您認爲 KTV，MTV，三溫暖，理髮廳，酒家，酒吧，茶室，舞廳，特種咖啡廳這些場所是：

( )1.都是影響治安的行業　　　　　　( )4.其他

( )2.有的是影響治安的行業，有的不是

( )3.都不是影響治安的行業

H.您認爲政府執行這項取締工作遭遇的主要難題是：

( )1.業者拉下鐵門阻撓　　( )4.不可能徹底執行

( )2.取締的人手不足　　　( )5.其他

( )3.沒辦法趕走客人

　　㈢釣魚台領土糾紛

A.您認為聖火船到釣魚台傳遞聖火的舉動是：

　　（　）1.顯示我國對釣魚台的主權

　　（　）2.一種具有歷史意義的行為

　　（　）3.不具實質意義的行為

　　（　）4.自找罪受自取其辱

　　（　）5.作秀噱頭

　　（　）6.其他

B.您知道日本主張釣魚台是他們的領土的理由何在？

　　（　）1.不知道

　　（　）2.知道(請寫下該理由)：＿＿＿＿＿＿＿＿＿＿＿＿

C.您知道我國主張釣魚台是我們領土的理由何在？

　　（　）1.不知道

　　（　）2.知道(請寫下該理由)：＿＿＿＿＿＿＿＿＿＿＿＿

D.您對聖火船沒能把聖火傳到釣魚台上去的想法是：

　　（　）1.傳到六海浬內，已達宣示主權的目的

　　（　）2.喚起大家對領土主權的重視

　　（　）3.沒有達到宣示主權的目的，不怪它

　　（　）4.無能，讓我們丟臉

　　（　）5.其他

E.您對日本派艦艇飛機攔阻聖火船的看法是：

　　（　）1.霸道無理的行為　　　　（　）4.無意見

　　（　）2.強權產生公理　　　　　（　）5.其他

　　（　）3.不怪它，是我也會這麼做

F.據您所知，是誰授意聖火隊去釣魚台的?

（　）1.高雄市長吳敦義　　　（　）4.聖火隊員自己發起的

（　）2.中央政府　　　　　（　）5.其他

（　）3.林正杰等保釣人士

G.據您所知，中共對日本人在釣魚台建燈塔的反應是:

（　）1.消極妥協　　　　　（　）4.不知道

（　）2.不予理會　　　　　（　）5.其他

（　）3.要求日方拆除

H.您認為，解決釣魚台主權糾紛的方式是:

（　）1.由政府透過外交方式處理

（　）2.由政府透過武力處理

（　）3.等國力壯大以後再說

（　）4.無所謂解不解決，沒有人會理我們

（　）5.其他

I.據您所知，政府對日本人在釣魚台建燈塔的處理態度是:

（　）1.向日本政府多次抗議　　（　）4.其他

（　）2.不肯面對問題

（　）3.消極的面對

J.據您所知，聖火隊傳遞聖火到釣魚台的動機什麼?

（　）1.對政府感到不滿醞釀而成

（　）2.基於一種愛國的使命感

（　）3.替區運造勢

（　）4.希望自己成為民族英雄

（　）5.作秀

（　）6.其他

K.您對聖火船在海上遭遇日本艦艇的看法是:

（　）1.與日本艦艇纏鬥許久　（　）4.其他

（　）2.驚慌不知所措

（　）3.畏首畏尾，行動太溫和

L.據您所知，這次聖火船的行動：

（　）1.獲得全省各地漁民的響應

（　）2.少數人在熱衷而已

（　）3.得到大家的關心，顯示全國一致團結的心願

（　）4.凸顯許多問題

（　）5.其他

M.您認為，釣魚台主權的問題，是：

（　）1.我國，日本和中共三者間的問題

（　）2.我國，日本，中共和美國四者間的問題

（　）3.我國，日本和聯合國的問題

（　）4.我國和日本的問題

（　）5.日本和中共的問題

（　）6.其他

N.您對聖火船在傳遞聖火前的準備工作，有何看法?

（　）1.準備周全，得到許多有力的幫助

（　）2.沒有得到有力的支持

（　）3.得到政府的支持與某些政府單位的協助

（　）4.沒有得到政府的支持

（　）5.草率

（　）6.其他

第四部份：行為量表

　　下面有29題陳述，請仔細閱讀後，根據您對各題陳述的同意或不

同意程度，逐一在後面的空格上，勾選出一個您認為最合適的答案：

	非常同意	同意	有點同意	有點不同意	不同意	非常不同意
1.父母與師長比我年長，因此在很多方面都比我強。	( )	( )	( )	( )	( )	( )
2.生病時應該要去看醫生，並且毫無疑問的相信醫生的診斷。	( )	( )	( )	( )	( )	( )
3.遵循規則去做事，比自己去闖要好得多。	( )	( )	( )	( )	( )	( )
4.不尊敬長輩的人應該被處罰。	( )	( )	( )	( )	( )	( )
5.人可以分為兩類，一為強者，一為弱者。	( )	( )	( )	( )	( )	( )
6.一個人如果不相信一些偉大的學說、主義和信仰，他就白活了一輩子。	( )	( )	( )	( )	( )	( )

....

7.很多人會談論他們的不幸，是為了博取別人的同情。	( )	( )	( )	( )	( )	( )
8.如果不經歷挫折與痛苦，沒有人能學到真正重要的東西。	( )	( )	( )	( )	( )	( )
9.擔任公司中經理職務的人，應該會比他的屬下傑出。	( )	( )	( )	( )	( )	( )
10.為人屬下應該恭謹的遵行上司的指示。	( )	( )	( )	( )	( )	( )
11.婚前發生性關係的女性，不會得到別人的敬重。	( )	( )	( )	( )	( )	( )

....

12.對破壞社會規範的人，我們應該加以嚴( )( )( )( )( )( )

格處罰。

13.一個教養差, 沒有良好生活習慣的人,　( )( )( )( )( )( )
　是無法和高雅、品行端正的人相處融洽
　的。

14.要避免人生的錯誤, 最好的方法就是聽( )( )( )( )( )( )
　從長者的話。

15.人與人之間交往愈親密, 彼此就愈無法( )( )( )( )( )( )
　敬重, 甚至相互輕視。

16.年輕人所需要的是嚴格的紀律, 以及為( )( )( )( )( )( )
　國家工作與奮鬥堅強的決心。

17.和身份地位比自己低的人交往, 也許有( )( )( )( )( )( )
　一天會受他連累。

⋯⋯⋯⋯⋯⋯⋯⋯⋯⋯⋯⋯⋯⋯⋯⋯⋯

18.不論做什麼, 我們的領導者, 都應該明( )( )( )( )( )( )
　確的告訴我們什麼該做, 如何去做。

19.我們應該多用傳統的信念來引導社會。( )( )( )( )( )( )

20.凡是傷害我們名譽的人, 都應該受到懲( )( )( )( )( )( )
　罰。

21.所謂 "言多必失" 話還是少說為妙。　( )( )( )( )( )( )

22.宇宙間有股冥冥之力在支配著我們, 我( )( )( )( )( )( )
　們應該服從它的安排。

23.生活中許多事情, 背後多多少少隱藏著( )( )( )( )( )( )
　別人的陰謀。

⋯⋯⋯⋯⋯⋯⋯⋯⋯⋯⋯⋯⋯⋯⋯⋯⋯

24.閱讀一些沒有實用價值的書籍, 是一種( )( )( )( )( )( )
　浪費。

25.一個有地位的人，就是一個成功的人。( )( )( )( )( )

26.兒童不論做什麼，都應該按照大人教導的方法去做。( )( )( )( )( )

27.祭祖、婚嫁、喪事都應該按照固定的形式與禮節進行，不任意更改。( )( )( )( )( )

28.凡是理智，修養好的人，絕對不會想作出傷害親朋好友的事。( )( )( )( )( )

29.工商業界人士對社會的貢獻，比藝術家和哲學家的貢獻重要。( )( )( )( )( )

第五部份：電視新聞形象量表

　　下面這個部份，是想知道您對三台晚間電視新聞(晚7:30-8:00)的看法或印象，每組陳述有五個空格，代表程度的差別，請您根據自己的意見，在適當的空格上打〔∨〕。

　　例如：　好_：_：_：_：_壞，這是問您：您認為三台晚間電視新聞是好？是壞？

　　五個空格，分別代表：很好：好：很難說：壞：很壞。

　　如果您認為三台晚間電視新聞很好，您就在第一格打"∨"，如：

　　　好∨：_：_：_：_壞

　　如果您認為三台晚間電視新聞有點壞，您就在第四格打"∨"，如：

　　　好_：_：_：∨：_壞

1.您對三台晚間電視新聞主播的印象是：(請注意，每一題只能打一個"∨")

　　(1)面貌好看_：_：_：_：_面貌難看

　　(2)穩重端莊_：_：_：_：_輕佻浮躁

　　(3)權威專業_：_：_：_：_技能平庸

(4)神采奕奕＿：＿：＿：＿：＿無精打采

(5)親切和藹＿：＿：＿：＿：＿冷傲嚴肅

(6)聰明伶俐＿：＿：＿：＿：＿愚蠢遲鈍

(7)風格獨特＿：＿：＿：＿：＿呆板無特色

(8)儀態台風好＿：＿：＿：＿：＿儀態台風壞

(9)口齒清晰流利＿：＿：＿：＿：＿口齒不清

(10)打扮光鮮亮麗＿：＿：＿：＿：＿打扮缺乏美感

2.您對三台晚間電視新聞播出的印象是：(請注意,每一題只能打一個
"∨")

(11)時段好＿：＿：＿：＿：＿時段壞

(12)創新有變化＿：＿：＿：＿：＿一成不變

(13)時間長短合宜＿：＿：＿：＿：＿時間長短不合宜

(14)快速＿：＿：＿：＿：＿緩慢

(15)影像聲音配合佳＿：＿：＿：＿：＿影像聲音配合差

3.您對三台電視新聞媒體的看法是：(請注意，每一題只能打一個
"∨")

(16)開放民主＿：＿：＿：＿：＿官僚保守

(17)自由競爭＿：＿：＿：＿：＿特權壟斷

(18)進步現代＿：＿：＿：＿：＿退步落伍

(19)人民的代言者＿：＿：＿：＿：＿官方的政治工具

(20)不計成本服務觀眾＿：＿：＿：＿：＿收視率為先利潤掛帥

4.您覺得三台晚間電視新聞的內容是：(請注意，每一題只能打一個
"∨")

(21)新鮮＿：＿：＿：＿：＿陳舊重複

(22)高級精緻＿：＿：＿：＿：＿低級庸俗

(23)客觀公正＿：＿：＿：＿：＿主觀偏頗

(24)深入剖析 ＿：＿：＿：＿：＿幼稚浮面

(25)公平實在 ＿：＿：＿：＿：＿渲染炒作

(26)呈現眞相反映事實 ＿：＿：＿：＿：＿斷章取義妄加臆測

(27)追求眞相 ＿：＿：＿：＿：＿避重就輕

(28)發人省思 ＿：＿：＿：＿：＿僵化思考

(29)完整詳細 ＿：＿：＿：＿：＿草率簡略

(30)多變化 ＿：＿：＿：＿：＿雷同度高

(31)論調多元言論開放 ＿：＿：＿：＿：＿論調一致的一言堂

(32)活潑生活化 ＿：＿：＿：＿：＿沉悶政治化

(33)文化取向 ＿：＿：＿：＿：＿政治經濟取向

(34)本地觀點 ＿：＿：＿：＿：＿美國觀點

(35)揭發弊病 ＿：＿：＿：＿：＿粉飾虛偽

(36)鄉村取向 ＿：＿：＿：＿：＿大都市取向

(37)問題取向 ＿：＿：＿：＿：＿人物取向

(38)小人物取向 ＿：＿：＿：＿：＿大人物取向

(39)一般人取向 ＿：＿：＿：＿：＿專家取向

(40)正確明白 ＿：＿：＿：＿：＿含蓄曖昧

(41)正面影響 ＿：＿：＿：＿：＿負面影響

(42)淨化保守 ＿：＿：＿：＿：＿煽情暴力

(43)民間說法 ＿：＿：＿：＿：＿官方說法

(44)豐富廣泛 ＿：＿：＿：＿：＿貧乏狹隘

(45)知識性 ＿：＿：＿：＿：＿娛樂性

(46)平鋪直述 ＿：＿：＿：＿：＿神祕懸疑

(47)趣味輕鬆 ＿：＿：＿：＿：＿嚴肅乏味

(48)各類新聞比例平均 ＿：＿：＿：＿：＿各類新聞比例不均

(49)重要熱門 ＿：＿：＿：＿：＿瑣碎冷門

附錄三 正測問卷

親愛的同學您好:

這是一份學術性的調查問卷,目的是爲了探討大眾媒介對台灣地區民眾的影響。您的答案,將來對於國內學術界和大眾媒介工作者,都會很有幫助。

本卷沒有標準答案,您只要忠實的填寫自己的想法即可,並避免與他人討論而影響調查結果的真實性。每一個題目請您都務必填寫,這樣才能使這份問卷真正具有效用。

填好的問卷將供整體分析之用,絕不個別對外發表,請您放心,最後,感謝您的支持與合作。

輔仁大學大眾傳播研究所　梁欣如敬上

第一部份: 基本資料

㈠性別: 1.男(　)　2.女(　)

㈡年齡: 1.(　)12-15歲　2.(　)16-18歲　(　)3.19-22歲
　　　　(　)4. 23歲以上

㈢就讀:

　校名＿＿＿＿＿＿＿＿＿＿＿＿＿＿＿＿＿＿＿＿＿＿＿

㈣年級: ＿＿＿＿＿＿＿＿＿＿＿＿＿＿＿＿＿＿＿＿＿＿

㈤如果明天選舉,而且只能依政黨投票,請問您投票的情形是(沒有投票權的同學也請作答):

(　)1.絕對是國民黨

(　)2.大概是國民黨

（　）3.無黨無派，不投

（　）4.大概不是國民黨

（　）5.絕對不是國民黨

第二部份：使用量表

下面這個部份想請問您使用媒介的一般情況，請您依照實際的情況而作答。

★★★硬性新聞：指有關黨政，國會，議會，財經，軍事，法律，交通／建設，環保／醫療衛生，消費者報導，學術／教育，文化的新聞。

（一）消息來源：

您大部份經由什麼管道獲取有關硬性新聞的報導？下面有一些可能的來源，請您選出 5 個最重要的，並且在＿＿＿中用 1,2,3,4,5 標明順序，1 表示最重要，2 表示次重要，以下類推。

★★★新聞來源★★★★★★★★★★★★★★★★★★★★★★★★

報紙＿＿＿＿＿	電視新聞＿＿＿＿＿	廣播＿＿＿＿＿
雜誌＿＿＿＿＿	電影＿＿＿＿＿	書籍＿＿＿＿＿
家人＿＿＿＿＿	朋友＿＿＿＿＿	親戚＿＿＿＿＿
師長＿＿＿＿＿	同學＿＿＿＿＿	其他＿＿＿＿＿

（二）專心程度：請勾選一個您認爲合適的答案

A.一般而言，您在閱讀報紙的硬性新聞時：

（　）1.每次都很專心　（　）3.偶而很專心　（　）5.從不專心

（　）2.經常很專心　　（　）4.很少專心

B.一般而言，您在收看電視新聞時：

（　）1.每次都很專心　　（　）3.偶而很專心　　（　）5.從不專心

（　）2.經常很專心　　（　）4.很少專心

㈢使用頻率：請在下面各題中，勾選一個您認為最合適的答案。

A.最近三個月來的星期一到星期五，您大概每天看多久的電視(只包括台視，中視，華視的節目)？

（　）1.一個小時以下(包括不看)　　（　）4.三個多小時

（　）2.一個多小時　　　　　　　　（　）5.四個多小時

（　）3.二個多小時　　　　　　　　（　）6.五個小時以上

B.最近三個月來的星期六到星期日，您大概每天看多久的電視(只包括台視，中視，華視的節目)？

（　）1.一個小時以下(包括不看)　　（　）4.三個多小時

（　）2.一個多小時　　　　　　　　（　）5.四個多小時

（　）3.二個多小時　　　　　　　　（　）6.五個小時以上

C.您最近三個月以來，平均每個星期使用新聞媒介的情形大概如何？

請針對下列每一種媒介，在空格中"∨"選一個合適的答案。

一星期中

每天看	經常看五六天	偶而看三四天	只看一兩天	不看

1.報紙的硬性新聞 …………………… （　）（　）（　）（　）（　）

2.晨間電視新聞(例如: 台視 "早安您好")　( )( )( )( )( )

3.午間電視新聞　( )( )( )( )( )

4.晚間 7:30 的電視新聞　( )( )( )( )( )

5.夜間電視新聞(例如: "中視夜線新聞")　( )( )( )( )( )

D.最近三個月來, 您每天大概花多少時間閱讀報紙的硬性新聞? (請
　注意: 只有報紙的硬性新聞)

( )1.十分鐘以下(包括不看)　　( )5.一個小時時至一個半
　　　　　　　　　　　　　　　　　　小時

( )2.十幾二十分鐘　　　　　　( )6.一個半小時至二個小時

( )3.三、四十分鐘　　　　　　( )7.二個小時以上

( )4.五、六十分鐘

　　(四)使用情形: 請在下面各題中圈選一個合適的答案

	很不同意	不太同意	有點同意	相當同意

A.我收看電視新聞的理由是:

1.因為它很刺激……………………………… 1　2　3　4

2.因為它令人震撼……………………………… 1　2　3　4

3.因為它有娛樂性……………………………… 1　2　3　4

4.只因為我樂於收看…………………………… 1　2　3　4

5.因爲我沒有其他更好的事可做…………………… 1　2　3　4

6.因爲我無聊時，它能打發時間…………………… 1　2　3　4

7.只因電視機剛好開著……………………………… 1　2　3　4

8.因爲它讓我覺得有事可做………………………… 1　2　3　4

9.只因我沒有可說話的對象或無人陪伴………… 1　2　3　4

10.因爲我可藉機學到一些自己可能會面臨的事… 1　2　3　4

11.因爲它幫助我了解自己和別人………………… 1　2　3　4

12.因爲我可以學到一些做事的方法……………… 1　2　3　4

13.因爲這樣我才可以和別人一起談論新聞……… 1　2　3　4

B.我對電視新聞的感覺是：

	很不同意	不太同意	有點同意	相當同意

1.我寧可只收看它，而不收看三台其他的電視節

　目……………………………………………………… 1　2　3　4

2.我不能好幾天不收看…………………………… 1　2　3　4

3.如果沒有電視新聞，我會感到生活中好像失去

　了什麼……………………………………………… 1　2　3　4

4.假如電視新聞有一天遭到全面停播，我大概會

　很懷念以前有電視新聞的日子………………… 1　2　3　4

5.觀看電視新聞是我一天當中比較重要的事情之

　一…………………………………………………… 1　2　3　4

6.把電視新聞從頭看到尾，對我來說很重要…… 1　2　3　4

7.爲了不要錯過電視新聞，因此我經常會對一下

　時間，看看是否已到播出的時間……………… 1　2　3　4

8.我經常會特別挪出一些時間來收看電視新聞… 1　2　3　4

9.看完電視新聞後，我經常會去思考一下剛才的
所見所聞…………………………………… 1　2　3　4

10.我經常會和別人談論最近我在電視新聞上見到
的事情……………………………………… 1　2　3　4

11.我經常會在看電視新聞時，也一邊和別人談論
新聞的內容………………………………… 1　2　3　4

12.我經常會在看電視新聞時，也一邊思考新聞的
內容………………………………………… 1　2　3　4

13.電視新聞呈現的事物，在眞實生活中確實發生
過…………………………………………… 1　2　3　4

14.我相信在電視新聞中呈現的事物，就是它本來
的樣子………………………………… 1　2　3　4

15.電視新聞讓我看到別人如何生活……………… 1　2　3　4

16.電視新聞呈現的人生是很眞實的……………… 1　2　3　4

17.電視新聞讓我見到其他地方發生的事情，就彷
彿我置身在那裡一樣…………………… 1　2　3　4

第三部份：解讀量表

　　以下這個部份在作答之前，會先播放一段電視新聞影片請您觀看。當您看完以後，請您根據看完影片後的感想，在下面各題中勾選一個您同意或與您看法最接近的項目。

　　★★請您特別注意：

　　　　1.此部份的題目，並非想考您，是不是記得影片中的任何內容，或您是不是記得影片中曾說過哪些話。

　　　　2.此部份的題目，要請您根據看完影片後的感想，針對下面

各個問題發表意見，所以沒有標準答案。您只要根據看完影片後的感想，在下面各題中勾選一個與您立場最接近的項目就可以了。

　　3.請務必每題都要作答，並且每題都只能單選

現在，就請您依照我的指示進行。

（一）取締 KTV，MTV，三溫暖等影響治安行業逾時營業

1.政府規定 KTV、MTV、三溫暖只能營業到凌晨三點的作法：

（　）1.是為了貫徹政府掃黑掃黃，整頓治安的決心

（　）2.是決策者依個人好惡決定的，不具實質意義

（　）3.只是政府整頓治安三分鐘熱度的表現

2.從法律的觀點，取不取締 KTV，MTV，三溫暖逾時營業：

（　）1.應該由地方政府決定，中央政府無權干涉

（　）2.大法官釋憲後，才知道誰有權決定

（　）3.應該由行政院(經濟部)全權決定

3.取締人員執行取締任務是：

（　）1.協助整頓治安的英雄

（　）2.做做樣子，對上級交差了事。

（　）3.侵犯業者的合法權益

4.不依照政府的規定，拉下鐵門照樣作生意的業者是：

（　）1.有意違抗公權力的不守法者

（　）2.法令規定不明，業者不明究裡應付的作法

（　）3.合法抗爭，保障業者本身權益的作法

5.各縣市政府對於經費短缺，取締人手不足等問題：

（　）1.將可增加預算，擴編人員解決問題

（　）2.政府無暇顧及，可能無法解決問題

（　）3.政府人事編制僵化，不可能解決

6.取締的行動是：

（　）1.隨便找

（　）2.北，中，南全省全面進行

（　）3.有背景的業者不會被取締

7.取締工作：

（　）1.可能使治安變得更糟糕

（　）2.不見得對整頓治安有幫助

（　）3.的確能改善治安問題

8.政府處罰逾時營業的 KTV，MTV，三溫暖業者是：

（　）1.完全合法的取締行為

（　）2.法律地位不穩的取締行為

（　）3.違反憲法，沒有法律根據的取締行為

9. KTV，MTV，三溫暖，理髮廳，酒家，酒吧，茶室，舞廳，特種咖啡廳這些場所是：

（　）1.都是影響治安的行業

（　）2.有的是影響治安的行業，有的不是

（　）3.都不是影響治安的行業

（二）釣魚台主權糾紛與聖火傳遞釣魚台

10.日本將核准日本青年社在釣魚台建燈塔：

（　）1.會侵犯我國對釣魚台的主權

（　）2.不一定會影響我國對釣魚台的主權

（　）3.國際間不承認我國對釣魚台的主權，因此對我國的領土主權

原本就不構成侵犯

11.對於日本將核准在釣魚台建燈塔一事，我駐日代表處：

（　）1.和日本沒有邦交，不知如何處理

（　）2.曾積極處理，並向日本表示強烈抗議

（　）3.敷衍一下，虛應抗議了事

12.日本政府沒有在原訂的日期宣布核准在釣魚台建燈塔一事：

（　）1.表示已經放棄核准的計劃

（　）2.暫時擱置核准的計劃，未作決定

（　）3.另外選擇一個日期宣布核准的計劃

13.日本政府沒有在原訂的日期宣布核准建燈塔一事：

（　）1.不是我國政府抗議的成果

（　）2.是我國政府強烈抗議的成果

（　）3.與我國政府的抗議可能有點關係

14.傳遞聖火到釣魚台的舉動是：

（　）1.爲了宣示釣魚台爲我國領土主權

（　）2.純屬作秀噱頭，爲個人及區運打知名度

（　）3.作秀的意味重於宣示主權的目的

15.聖火傳遞釣魚台的行動：

（　）1.獲得全省各地漁民，以及朝野人士的有力支持

（　）2.只得到部份漁民，以及少數朝野人士的有限支援

（　）3.只是少數籌備與傳遞人員的行動而已

16.聖火船在海上遭遇日本艦艇的情形是：

（　）1.與日本艦艇纏鬥許久

（　）2.不敢和日本艦艇發生衝突，不知如何是好

（　）3.嘗試突圍不成，擺擺姿態而已

17.聖火船人員在此次行動中：

（　）1.逞一時之勇，想出出鋒頭

（　）2.冒險犯難，表現可嘉

（　）3.表現膽怯，歷史的罪人

18.日本派艦艇飛機攔阻聖火船，是：

（　）1.以大欺小，霸道無理的軍國主義行爲

（　）2.我方沒有和日本溝通好才發生的，不能全怪日方

（　）3.合法捍衛國土，不能怪日方

19.此次聖火傳到釣魚台的行動是：

（　）1.任務失敗，但傳到六海浬內，在某種程度上已達宣示主權的
意義

（　）2.任務失敗，不但不能宣示主權，還讓我們丟臉，不具有任何
意義

（　）3.任務失敗，完全沒有宣示主權的意義，但能表明我方爭取主
權的心意

第四部份：行爲量表

　　下面有28題陳述，請仔細閱讀後，根據您對各題陳述的同意或不
同意程度，逐一在後面的空格上，圈選出一個您認爲最合適的答案

	非常同意	同意	有點同意	有點不同意	不同意	非常不同意

1.父母與師長比我年長，因此在很多方面
都比我強…………………………………6　5　4　3　2　1

2.生病時去看醫生應該毫無疑問的相信醫
生的診斷…………………………………6　5　4　3　2　1

3.遵循規則去做事，比自己去闖要好得多　6　5　4　3　2　1

4.不尊敬長輩的人應該被處罰…………　6　5　4　3　2　1

5.在這個年頭想要顧全自己幸福的人，就

　必須相當自私………………………　6　5　4　3　2　1

6.一個人如果不相信一些偉大的學說、主

　義和信仰，他就白活了一輩子………　6　5　4　3　2　1

7.如果不經歷挫折與痛苦，沒有人能學到

　眞正重要的東西……………………　6　5　4　3　2　1

8.擔任公司中經理職務的人，應該會比他

　的屬下傑出…………………………　6　5　4　3　2　1

9.我覺得有人會在背後說我的壞話………　6　5　4　3　2　1

10.爲人屬下應該恭謹的遵行上司的指示…　6　5　4　3　2　1

11.婚前發生性關係的女性，不會得到別人

　的敬重………………………………　6　5　4　3　2　1

12.對破壞社會規範的人，我們應該加以嚴

　格處罰………………………………　6　5　4　3　2　1

13.一個教養差，沒有良好生活習慣的人，

　是無法和高雅、品行端正的人相處融洽

　的……………………………………　6　5　4　3　2　1

14.要避免人生的錯誤，最好的方法就是聽

　從長者的話…………………………　6　5　4　3　2　1

15.人與人之間交往愈親密，彼此就愈無法

　敬重，甚至相互輕視………………　6　5　4　3　2　1

16.年輕人所需要的是嚴格的紀律，以及爲

　國家工作與奮鬥堅強的決心…………　6　5　4　3　2　1

17.不論做什麼，我們的領導者，都應該明

　　確的告訴我們什麼該做和如何去做⋯⋯　6　5　4　3　2　1

18.我們應該多利用傳統的信念來引導社會

　　　　　　　　　　　　　　　　　　　　6　5　4　3　2　1

19.凡是傷害我們名譽的人，都應該受到懲

　　罰⋯⋯⋯⋯⋯⋯⋯⋯⋯⋯⋯⋯⋯⋯⋯　6　5　4　3　2　1

20.所謂〝言多必失〞，話還是少說為妙 ⋯　6　5　4　3　2　1

21.大部份人的失敗，應該由社會制度來負

　　責⋯⋯⋯⋯⋯⋯⋯⋯⋯⋯⋯⋯⋯⋯⋯　6　5　4　3　2　1

22.閱讀一些沒有實用價值的書籍，是一種

　　浪費⋯⋯⋯⋯⋯⋯⋯⋯⋯⋯⋯⋯⋯⋯　6　5　4　3　2　1

23.一個有地位的人，就是一個成功的人⋯　6　5　4　3　2　1

24.兒童不論做什麼，都應該按照大人教導

　　的方法去做⋯⋯⋯⋯⋯⋯⋯⋯⋯⋯⋯　6　5　4　3　2　1

25.祭祖，婚嫁，喪事都應該按照固定的形

　　式與禮節進行，不任意更改⋯⋯⋯⋯　6　5　4　3　2　1

26.凡是理智，修養好的人，絕對不會想作

　　出傷害親朋好友的事⋯⋯⋯⋯⋯⋯⋯　6　5　4　3　2　1

27.工商業界人士對社會的貢獻，比藝術家

　　和哲學家的貢獻重要⋯⋯⋯⋯⋯⋯⋯　6　5　4　3　2　1

28.假如我們能設法除去那些不道德、為非

　　作歹的人，那麼我們大部份的社會問題

　　就可以解決⋯⋯⋯⋯⋯⋯⋯⋯⋯⋯⋯　6　5　4　3　2　1

第五部份：電視新聞形象量表

　　下面這個部份，是想知道您對晚間電視新聞(晚 7:30-8:00)的看

法或印象。每組陳述有五個空格，代表程度的差別，請您根據自己的
意見，在適當的空格上圈選。

例如：好＿：＿：＿：＿：＿壞，這是問您：您認爲晚間電視新聞是
好？是壞？

五個空格，分別代表：很好：好：很難說：壞：很壞

　　如果您認爲晚間電視新聞很好，您就在第五格圈選，如：

　　　好＿5＿：＿4＿：＿3＿：＿2＿：＿1＿壞

　　如果您認爲晚間電視新聞有點壞，您就在第二格圈選，如：

　　　好＿5＿：＿4＿：＿3＿：＿2＿：＿1＿壞

1.您對晚間電視新聞(晚 7:30-8:00)主播的印象是：(請注意，每一題
　只能圈一個)

　(1)穩重端莊＿5＿：＿4＿：＿3＿：＿2＿：＿1＿輕佻浮躁

　(2)權威專業＿5＿：＿4＿：＿3＿：＿2＿：＿1＿技能平庸

　(3)神采奕奕＿5＿：＿4＿：＿3＿：＿2＿：＿1＿無精打采

　(4)親切和藹＿5＿：＿4＿：＿3＿：＿2＿：＿1＿冷傲嚴肅

　(5)聰明伶俐＿5＿：＿4＿：＿3＿：＿2＿：＿1＿愚蠢遲鈍

　(6)風格獨特＿5＿：＿4＿：＿3＿：＿2＿：＿1＿呆板無特色

　(7)儀態台風好＿5＿：＿4＿：＿3＿：＿2＿：＿1＿儀態台風壞

2.您對電視新聞媒體的看法是：(請注意，每一題只能圈一個)

　(8)開放民主＿5＿：＿4＿：＿3＿：＿2＿：＿1＿官僚保守

　(9)自由競爭＿5＿：＿4＿：＿3＿：＿2＿：＿1＿特權壟斷

　(10)進步現代＿5＿：＿4＿：＿3＿：＿2＿：＿1＿退步落伍

　(11)人民的代＿5＿：＿4＿：＿3＿：＿2＿：＿1＿官方的政
　　言者　　　　　　　　　　　　　　　　治工具

　(12)不計成本＿5＿：＿4＿：＿3＿：＿2＿：＿1＿收視率爲先
　　服務觀衆　　　　　　　　　　　　　　利潤掛帥

3. 您對晚間電視新聞(晚 7:30-8:00)播出的印象是：(請注意，每一題只能圈一個)

(13)創新有 __5__ : __4__ : __3__ : __2__ : __1__ 單調一
    變化   成不變

(14)製作水 __5__ : __4__ : __3__ : __2__ : __1__ 製作水
    準高   準低

(15)時段好 __5__ : __4__ : __3__ : __2__ : __1__ 時段壞

(16)時間長短 __5__ : __4__ : __3__ : __2__ : __1__ 時間長短
    合宜   不合宜

(17)影像聲音 __5__ : __4__ : __3__ : __2__ : __1__ 影像聲音
    配合佳   配合差

(18)節奏緊湊 __5__ : __4__ : __3__ : __2__ : __1__ 節奏鬆散

(19)播報清晰 __5__ : __4__ : __3__ : __2__ : __1__ 播報不清
    流利   晰流利

(20)播出理性 __5__ : __4__ : __3__ : __2__ : __1__ 播出情緒
    化   化

(21)播報謹慎 __5__ : __4__ : __3__ : __2__ : __1__ 播報草率

4. 您覺得晚間電視新聞(晚 7:30-8:00)的內容是：(請注意，每一題只能圈一個)

(22)新鮮 __5__ : __4__ : __3__ : __2__ : __1__ 重複雷同

(23)高級精緻 __5__ : __4__ : __3__ : __2__ : __1__ 低級庸俗

(24)保障隱私 __5__ : __4__ : __3__ : __2__ : __1__ 侵犯隱私

(25)客觀公正 __5__ : __4__ : __3__ : __2__ : __1__ 主觀偏頗

(26)報導正確 __5__ : __4__ : __3__ : __2__ : __1__ 報導錯誤

(27)公平實在 __5__ : __4__ : __3__ : __2__ : __1__ 渲染炒作譁眾取寵

(28)深入剖析 __5__ : __4__ : __3__ : __2__ : __1__ 幼稚浮面

(29)反映事實 __5__ : __4__ : __3__ : __2__ : __1__ 妄加臆測

(30)追求眞相 __5__ : __4__ : __3__ : __2__ : __1__ 避重就輕

(31)發人省思 __5__ : __4__ : __3__ : __2__ : __1__ 僵化思考

(32)完整詳細 __5__ : __4__ : __3__ : __2__ : __1__ 簡略斷章
取義

(33)論調多元 __5__ : __4__ : __3__ : __2__ : __1__ 論調一致
言論開放　　　　　　　　　　　　　　的一言堂

(34)文化取向 __5__ : __4__ : __3__ : __2__ : __1__ 政治經濟
取向

(35)本地觀點 __5__ : __4__ : __3__ : __2__ : __1__ 美國觀點

(36)揭發弊病 __5__ : __4__ : __3__ : __2__ : __1__ 粉飾虛僞

(37)鄉村取向 __5__ : __4__ : __3__ : __2__ : __1__ 大都市取向

(38)問題取向 __5__ : __4__ : __3__ : __2__ : __1__ 人物取向

(39)小人物 __5__ : __4__ : __3__ : __2__ : __1__ 大人物
取向　　　　　　　　　　　　　　　　取向

(40)一般人取向 __5__ : __4__ : __3__ : __2__ : __1__ 專家取向

(41)條理清楚 __5__ : __4__ : __3__ : __2__ : __1__ 混亂曖昧

(42)活潑有趣 __5__ : __4__ : __3__ : __2__ : __1__ 沉悶乏味

(43)淨化保守 __5__ : __4__ : __3__ : __2__ : __1__ 煽情暴力

(44)民間說法 __5__ : __4__ : __3__ : __2__ : __1__ 官方說法

(45)豐富廣泛 __5__ : __4__ : __3__ : __2__ : __1__ 貧乏狹隘

(46)知識性 __5__ : __4__ : __3__ : __2__ : __1__ 娛樂性

(47)對觀眾有 __5__ : __4__ : __3__ : __2__ : __1__ 對觀眾有
正面影響　　　　　　　　　　　　　　負面影響

⑷各類新聞＿5＿：＿4＿：＿3＿：＿2＿：＿1＿各類新聞
　　比例平均　　　　　　　　　　　　　　　　　　比例不均

附錄四　電視新聞內容的陳述

㈠取締KTV、MTV、三溫暖等影響治安行業逾時營業

民 79 年 11 月 18 日，華視晚間新聞，吳小莉主播

影　　　　像	聲　　　　　　　　　　　音
吳小莉的主播鏡頭	由各單位組成的聯合稽查小組，今天凌晨在全省各地展開ＫＴＶ、ＭＴＶ、三溫暖逾時營業的取締工作，並且當場告發違規不聽勸告的業者，由於罰款的金額小，再加上部份的商家甚至拉下鐵門營業，讓執勤的人員吃閉門羹，使得取締的效果打了折扣。不過稽查小組表示，今天將繼續的出勤。
執勤人員荷槍穿防彈衣守在三溫暖外，記者拍照，警察在ＫＴＶ內取締	今天凌晨展開ＫＴＶ、ＭＴＶ、三溫暖逾時營業取締工作，在北、中、南各地警力和稽查人員聯合稽查之下，台北市共突擊檢查近兩百家ＫＴＶ、ＭＴＶ和三溫暖，
陳列台北市ＫＴＶ、ＭＴＶ、三溫暖的總數、稽查數、違規數及告發數的圖表	查獲四十家ＫＴＶ以及ＭＴＶ的業者逾時營業。後來經過勤導以及改善，
三溫暖的浴池，執勤人員在三溫暖內查看	三溫暖方面，可能顧客害怕赤身裸體被查獲，所以多半按時打烊，
執勤人員告發業者、寫罰單 高雄市ＫＴＶ、ＭＴＶ、三溫暖的總數、稽查數、違規數、告發數的圖表 執勤人員告發業者、寫罰單 ＫＴＶ的霓虹燈與告發場面	只有一家ＫＴＶ不聽勸告，執勤人員立刻以違警罰法第 59 條告發。高雄市方面共檢查了七家業者，告發了三家，每一張罰單應該繳納新台幣四百五十元。這個罰款金額只要ＫＴＶ一個包廂就可以賺回來，難怪部份業者極願以身試法。
記者採訪建設局長夏漢容	「假如說是累犯的話啊，就是說我們一再勸告他他不贊成的話，那麼我們考慮說以電業法要停止他用電，把他電剪掉喔，讓他不要營業。」
記者採訪台北市ＫＴＶ聯誼會會長劉英	「就算說你有三次、三次以後要斷水斷電，在基本上這又是一個法理的爭議，他根本無權去斷切斷這個電源。」

KTV拉下鐵門，執法人員在鐵門上敲門，旁有許多記者在照相	的確，今天的臨檢活動，就有許多業者，拉下鐵門照樣作生意，索性讓取締人員吃閉門羹，執法人員也束手無策。
記者與劉英交談	業者表示，今天周末假期的取締行動，已經使得業界損失了兩成半到三成的營收，
顧客在KTV的包廂中唱歌	但是大部份的合法業者願意配合政府的作法，就是希望藉此要求經濟部，放寬合法業者在週末假期的營業限制。
明信片	業者更散發了20萬張指名要寄給經濟部長蕭萬長的明信片，要民眾填寫是否贊成週末營業時間能夠延長。
記者與夏漢容交談，某位男子與警察亦在一旁談話。	台北市建設局則表示，在政策沒有更改之前，今天晚上的十二點鐘仍將出勤取締，主要的目標是台北的中山、大安、松山三區。

民 79 年 11 月 26 日，華視晚間新聞，李艷秋主播

影　　　　　像	聲　　　　　　　　　音
李艷秋的主播鏡頭	在KTV、MTV、三溫暖限制營業時間之後，經濟部今天又宣布，將取締逾時營業的範圍，擴大到酒廊、茶室、舞廳以及理髮廳，營業的時間，仍然以凌晨三點為限。
執法人員在卡拉OK中查看 警察荷槍穿防彈衣在三溫暖外之街道上 執法人員站在KTV的鐵門外，旁有許多記者在照相 KTV的霓虹招牌、三溫暖浴池 警車在KTV外之街道上行駛	為了貫徹政府掃黑掃黃整治安的決心，經濟部今天邀集省市政府、建設廳等決定，將取締影響治安行業逾時營業的範圍，從KTV及三溫暖擴大到其他經濟部主管行業，
經濟部主管影響治安行業之圖表	包括酒家、酒吧、舞廳、茶室、特種咖啡廳及理髮廳，
伴唱錄影帶中之畫面 顧客在KTV包廂中唱歌 KTV之霓虹招牌	除了嚴格規定營業時間不能超過凌晨三點以外，取締項目還包括消防設施是否合乎規定，樓層建築有無變更設計等相關法令規定。

執法人員取締 ＫＴＶ中的幾位執法人士	
經濟部商業司長吳慶堂接 受記者訪問	「執行三個月以後，我們要評估他的執行的績效， 那麼來辦理這個獎懲、辦理獎懲啊，決不、決不馬 虎。」
警察荷槍穿防彈衣站在三 溫暖外之街道上 幾個人在ＫＴＶ中 ＫＴＶ的霓虹燈	另外經濟部指出，政府執行公權力的決心不容懷疑， 對於部份業者心存僥倖採取觀望態度，政府決心依 法辦理、嚴格取締。
吳慶堂受訪問 ＫＴＶ拉下鐵門	「他拉下鐵門來，我們進不去，好，我們馬上向這 個司法機關申請搜索票，照樣可以執行，那麼，這 正是他告訴我們他呢違抗有意違抗權力，我們要特 別貫徹。」
警察荷槍穿防彈衣站在三 溫暖外之街上，三溫暖招 牌、三溫暖外面街道上的 記者、路人，執法人員在Ｋ ＴＶ取締現場，顧客在卡 拉ＯＫ中唱歌。	經濟部強調，將要求各縣市政府在一個禮拜內拿出 具體執行成效，對於人力不足以及經費短缺等問題， 可由地方政府在治安協調會中提出，必要時可以以 公開招考的方式徵求人力。

㈡釣魚台主權糾紛與聖火傳遞釣魚台

民 79 年 10 月 11 日，中視晚間新聞，陳若華主播

影　　　　像	聲　　　　　　　　　　音
陳若華的播報鏡頭	由於日本即將核准一個團體在釣魚台設置燈塔，因 此外交部已經訓令我國的駐日代表處積極進行處 理，然而部份的立委則認為，我國的外交部以及國 防部，應該採取更強硬的態度。
幾艘漁船在碼頭行駛	多所爭議的釣魚台主權問題，又將面臨新的考驗。 因為日前傳出，日本核准一個團體將在當地設置燈 塔。
外交部發言人黃新壁在記 者會上發言	「他是日本的一個民間團體，那麼在以前那麼就在 那裡設立起來。由於日本政府一直沒有准許他沒有 核准他，那麼他現在再度向日本政府提出這個申請， 要日本政府核准他，那麼日本政府目前並沒有核准 他。」
立委林正杰接受訪問	外交部雖然已經訓令我駐日代表處積極處理，但是

| 部份立委認為這種作法太過溫和。「這個我們外交部應該立刻發表一個抗議，絕對不容許日本在我國的領土上面去建燈塔，這個不准他批准。」 |

民 79 年 10 月 12 日，中視晚間新聞，陳若華主播

影　　　　像	聲　　　　　　　　　　　　音
陳若華的主播鏡頭	釣魚台的主權問題，今天在立法院中也再度引起委員們的強烈質詢。行政院長郝柏村表示，將採取有效的措施維護我國的主權。而外交部今天也表示，我國已向日本表示抗議，而日本政府到目前為止也沒有宣布准許民間在釣魚台興建燈塔的消息。
立法院開會之鏡頭	日本海上保安廳批准了日本右翼政治團體日本青年社，以石垣島之島的名義在釣魚台列嶼上興建燈塔，首先引起立委的嚴重關切。
立委劉盛良在立法院發言	「本席建議，政府應立即派遣海空軍，趕赴釣魚台，用大砲，將日本人所興建的燈塔，把它轟掉。」
行政院長郝柏村在立法院發言	「釣魚台，是我們中華民國的領土。我們對於凡是侵犯我們領土主權的，我們都不能夠容忍。政府將採取必要的措施，維護我們的領土主權。」
有關釣魚台列嶼的黑白紀錄片	釣魚台列嶼，這個位於台灣東北部東海上的無人群島，在近二十年來一直是懸盪在中日以及中共三者間的問題。日本固然是一直堅持釣魚台的主權屬於日本，而中共則一直保持消極妥協的姿勢，對於釣魚台的主權並沒有積極爭取的態度。至於在我國方面，除了一直透過駐日亞東協會非正式的管道，向日方提出書面抗議外，1970 年代就在海內外的校園裡，掀起了大規模的保釣運動，但是日本對我方的抗議則一直不予理會。這次日本方面又以進一步的行動，准許日本青年社在釣魚台建造燈塔，至於我國政府是否有就這個事件向日本反映過我方的立場呢？
錢復在圓山飯店大廳中接受訪問	「我們上個月就在台北的東京，不斷的向日本表示我們這份竭誠強烈的抗議，所以我們的立場日本政府十分了解，所以原訂是 9 月 30 日宣布，可是到昨天晚上一直沒有。」

民 79 年 10 月 17 日，中視晚間新聞，姜玲主播

影　　　　像	聲　　　　　　　　　音
姜玲主播的鏡頭	今年區運會籌備會主任委員高雄市長吳敦義今天表示，爲了顯示釣魚台是我國的領土，區運會聖火的傳遞行程，這兩天將會傳遞到釣魚台。
釣魚台的黑白紀錄片	正當這幾天國人爲釣魚台的主權問題表示極度關心之際，
吳敦義召開記者會	今年區運會籌備會主任委員吳敦義，今天下午在一項記者會上，正式宣布區運會聖火的傳遞行程，將包括屬於我國領土的釣魚台。至於什麼時間能夠抵達，除了配合區運聖火的行程之外，
釣魚台的黑白紀錄片	因爲釣魚台是歸屬於宜蘭縣的轄區，因此還得看宜蘭縣政府的安排才能確定抵達的時間。
記者會現場	吳敦義市長並且指出，依照往例，聖火傳遞的地點，凡是屬於我國的領土都是考慮傳遞的範圍，特別是在最近對釣魚台問題在起爭議的時候，爲了顯示我國是擁有釣魚台的主權，因此他以區運會籌備會主任委員的立場，做出了這項決定。今天在記者會中，還對區運會的籌備情形以及各項的特色提出報告，並且對今年區運會的贊助廠商也作了介紹跟說明。

民 79 年 10 月 18 日，中視晚間新聞，姜玲主播

影　　　　像	聲　　　　　　　　　音
姜玲主播的鏡頭	七十九年區運會的聖火，今天從花蓮傳遞到南方澳以及羅東。區運籌備會今天也表示，將在後天 20 號用漁船把區運的聖火傳遞到釣魚台。
聖火傳遞的車隊與人員，沿途有人放炮，並有學生樂隊演奏。	今年區運會的聖火，今天上午由花蓮出發，經過蘇花公路向北傳遞，在和平鄉花蓮宜蘭縣界將聖火傳遞給宜蘭縣。聖火隊在經由南澳、南方澳以及東澳三地鄉鎮到達了蘇澳。沿途各地民眾和學校的學生都熱烈的歡迎今年區運會的聖火，展現了全民參與體育的熱情。至於高雄市長吳敦義昨天宣布今年區運會的聖火將傳遞到我國的領土釣魚台這件事，區運會籌備處今天已經準備妥當，準備用漁船將區運會的聖火傳遞到釣魚台，以實際的行動表明釣魚台是我國的領土。

籌備處總幹事陳學良接受訪問	「在參謀作業上啊，我們是都在準備中。比如說，我們準備了兩位馬拉松的這個國手，那另外呢準備了這個游泳的選手，那麼我們就到籌備主任，或者是我們大會會長市長作決定以後，那麼我們就這個可以成行。」
聖火傳遞的車隊與人員	蘇澳地區的鎮民代表今天在傳遞聖火的時候也指出，正在積極籌劃將區運會的聖火傳到釣魚台，因爲漁船的速度比較慢，因此初步的構想，是以海釣船傳遞聖火，但是目前還沒有定案。無論區運會的聖火何時傳到釣魚台，基本上全國各界都非常的關心這件事，這證明了我們國內大家一致團結的心願。

民 79 年 10 月 19 日，中視晚間新聞，姜玲主播

影　　　像	聲　　　　　　音
姜玲播報的鏡頭	由七十九年台灣區運會會長吳敦義發起的聖火到釣魚台的行動，已經成爲全民關注的焦點。市長吳敦義今天再度的重申，維護我國領土主權的決心是不會改變的。
區運之記者會現場	吳敦義市長在今天例行的記者會中，以區運會會長的身份，接受記者的訪問時，對聖火到釣魚台的行動，做了立場嚴正的說明。
吳敦義在記者會上發言	「台灣區運的聖火到達我們的領土，當然是合乎我們主權行使的行爲，所以外交部、內政部都一再的重申啊，在我國領土內，當然不必去跟其他的外國辦什麼簽證等等的手續，這是既不可能啊，也不容許的事。所以我想中央對於我們區運的聖火傳遞至釣魚台，截至目前爲止，他只是希望我們謹慎從事。」
記者會現場	吳市長同時以堅定的口吻表示，這項維護國土的舉動，已經獲得全省各地漁民的熱烈響應，紛紛表示要出錢、出力、出團，完成這項極富意義的任務。對於外界指責這次行動過於草率，吳市長也當場予以駁斥。目前籌備會已將到釣魚台二十人聖火隊的名單送交警政署申請出海，其中六人是高雄市籍，其餘十四人則是宜蘭地區的人士。雖然籌備會已經沙盤演練了多項辦法，要將聖火送上釣魚臺，但在

客觀情勢無法掌握的情形之下，採用哪一種方式，還得看當時的情況而定。至於聖火隊何時出發，由於宜蘭外海風浪過大，目前還沒有確定行程。但籌備會表示，這項聖火登到釣魚台的活動，勢必在大會二十六號開幕典禮前完成。

民 79 年 10 月 20 日，中視晚間新聞，沈春華主播

影　　　像	聲　　　　　　　　　　　音
沈春華主播的鏡頭	另外全國矚目的區運聖火到釣魚台的行動，今天已經明朗化。警政署今天上午核准了傳遞聖火的出海申請，區運會的聖火隊也在下午五點鐘從高雄搭乘專車前往蘇澳，預定今天晚上十二點鐘左右出海。
聖火隊員在區運會體育場上排成一縱列，手持展開之國旗與會旗 記者在一旁照相	區運會籌備委員會在今天中午收到了警政署傳來的核准聖火傳遞出海的航權，這個消息無疑是讓人相當興奮的。雖然今天下午在高雄的區運會場還有一項預演，不過籌備委員會隨即召集了聖火傳遞隊的成員準備北上。這次傳遞隊除了宜蘭縣方面的代表之外，區運會籌備會是以高雄市秘書長林中森為首，另外還有主任委員黃孝淡以及幾位游泳跟長跑的選手。在出發之前的一刻，船隊代表們的心情，顯得莊嚴而自信。
聖火隊游泳選手許峰銘接受訪問	「如果浪大的話，可能進度會比較慢一點。但是應該是我有把握會把那麼有中華民國國旗的聖火傳到釣魚台。」
聖火隊長跑選手李開志接受訪問	「這個感覺就好像是這個阿姆斯壯要登陸月球的那一刻，這個雖然是一小步，但是對於我們中華民國是一大步，具有歷史的意義，所以這個使命感，還有榮耀感，還有這個責任感，我想我們一定要想辦法去克服完成他。」
工作人員拿著數隻聖火火炬緩慢步出會場正門，並將火炬放入箱子中；聖火傳遞隊員也由正門走出，坐進專車。	船隊代表今天四點鐘在中正體育場集合之後，五點零八分，攜帶了聖火的火炬，搭乘專車出發，預定今天晚上十一點多鐘可以抵達宜蘭縣的蘇澳港，再會合宜蘭縣的代表之後，隨即搭乘宜蘭縣國大代表楊吉雄所有的上賓一號漁船出海。這次區運會聖火傳遞釣魚台的行動，一方面沸騰了國人保護國土的情緒，另一方面也讓即將開始的區運會提前成為國人矚目的焦點。然而基於種種的未知因素，聖火能

影　　　　　像	聲　　　　　音
	不能順利的到達釣魚台，還難以預料，會不會出現任何的變數，請您繼續的注意中視新聞的報導。

民 79 年 10 月 21 日，中視晚間新聞，沈春華主播

影　　　　　像	聲　　　　　音
沈春華主播的鏡頭	護送七十九年區運聖火到釣魚台的行動，今天下午在釣魚台海域遭到日本十二艘船艦艇的攔阻，而日方的飛機也在嚴密的監視，使得聖火登陸釣魚台的這個行動呢，受到了阻撓，只行進到距離釣魚台的六海浬處。而由於情況無法突破，根據最新的消息，載運聖火的上賓一號，已經在返航蘇澳港的途中。
釣魚台附近海面，記者在直昇機上作報導	區運會聖火計劃登陸釣魚台列島，以宣誓主權的這個作法，今天下午在釣魚台附近的海面，遭到了日本警方強力的驅逐，而我方始終沒有辦法靠近釣魚台列嶼。
聖火船與記者船在海面上航行	凌晨三點多由蘇澳出發的聖火船上賓一號以及記者船，在經過了將近十個小時的航行後，抵達了釣魚台附近六海浬的海面，他們遙望著曾在二十多年前遺棄保釣運動的領土。
日本飛機、艦艇、與我方聖火船在海面上	然而迎接他們的是，戒備森嚴的日本海岸防衛隊的海空武力，地空海面的地面偵察機以及直昇機，不斷的巡邏，海面上日本的艦艇在東經 123 度、北緯 25 度的這個地方，分別守著兩道防線，第一線的六艘大型艦艇，緊跟著護送聖火的快艇上賓一號，並逐漸的縮小範圍。
二艘日本艦艇接近聖火船	日本艦艇曾靠上前來，艦上人員，喊話警告，這艘上面有國旗、區運會旗和聖火的上賓一號，不斷進入所謂的日本海域，我方船隻在重重包圍下，一度有意以反方向加速的方式脫困，但是三艘大型艦艇緊追不捨。
日方艦艇之船舷逼迫上賓一號	日方更以左右包圍，用船舷來迫使上賓一號遠離，現場情況險象環生，稍後，上賓一號逐漸的被逼往外圍。
記者船被日本艦艇隔離	另一端隨行採訪的記者船，則被日本艦艇隔離，並牢牢的盯著；船上人員，坐困愁城，看到採訪的直昇機，船員招著手。

日本艦艇盯牢聖火船	而在第二道防線，日本的海上防衛隊一艘大型艦艇和三艘快艇在近海不斷的搜尋，整個海域的周邊還有大型船艦在警戒。由於我方無法登陸，繞行釣魚台一周的要求又遭到拒絕，在顧慮天色已晚的情況下，主辦區運的高雄市長吳敦義五點鐘決定，船隻返航，估計在明天早上四點多鐘會回到南方澳漁港。
記者在直昇機上	以上是中視記者鄭經緯、陳百嘉在釣魚台海面上的報導。

民 79 年 10 月 21 日，中視晚間新聞，沈春華主播

影　　　像	聲　　　　　　　　　　　　　音
沈春華主播的鏡頭	而針對日本海軍阻撓我國聖火隊接近釣魚台的事件，行政院長郝柏村今天傍晚發表了四點嚴正的聲明，除了強調釣魚台是我國主權的立場不變之外，並且對日方阻撓的行爲感到不滿。
新聞局長邵玉銘發言	「釣魚台是我們中華民國的領土，我們這個立場，沒有任何改變。第二點，對於我們國民，正當而合法的活動，我們政府表示支持與肯定。第三，我們政府認爲，中日雙方對於釣魚台主權的爭執，我們認爲，應該最好是，以外交的手段，來加以解決，而不要變成一個武力之爭。第四點，院長對於日方這次阻撓的行動，表示不滿，他還表示，希望這個爭端，能夠透過外交的方式來加以解決，來確保我國對釣魚台的主權。」

民 79 年 10 月 21 日，中視晚間新聞，沈春華主播

影　　　像	聲　　　　　　　　　　　　　音
沈春華主播的鏡頭	而在另一方面，高雄市長吳敦義在傍晚的時候在宜蘭縣政府接受中視記者電話訪問的時候表示，聖火未能夠登到釣魚台而表示遺憾，但是我國漁船已經抵達釣魚台六海浬，這表示此項宣示主權的目的已經達成。
中視記者打電話給吳敦義的畫面 聖火船在釣魚台附近遭日本艦艇攔阻	這次台灣區運會的聖火到釣魚台傳遞的高雄市長吳敦義，今天傍晚以長途電話接受中視記者的訪問時表示，在整個傳遞活動開始之前，他曉得歷程一定非常的艱辛，而要達到目的必須付出相當大的代價。

	他對聖火沒有能登到釣魚台，感到非常的抱歉，但是他認爲，我們的船抵達釣魚台六海浬以內，已經在某程度上，達到了我們宣誓主權的意義。
中視記者打電話給吳敦義的畫面	「從這個聖火運送的過程，讓我們可以了解到，我們對領土主權，是一定要非常珍惜，非常之愛護，喚起大家對我們國土尊嚴、領土主權的重視，我覺得在這一點上，我們是做到了。那麼更重要的，我們也讓大家體會到，在國際現實的政治環境、外交環境中，國力的富強和壯大，是非常重要的。」

附錄五　附錄表格

表一：預訪問卷中權威性人格量表之項目分析結果

題　號	r 值	題　號	r 值	題　號	r 值
（1）	0.40**	（2）	0.45**	（3）	0.48**
（4）	0.49**	（5）	0.05	（6）	0.49**
（7）	0.01	（8）	0.30**	（9）	0.26**
（10）	0.57**	（11）	0.28**	（12）	0.46**
（13）	0.47**	（14）	0.60**	（15）	0.23*
（16）	0.51**	（17）	0.07	（18）	0.50**
（19）	0.56**	（20）	0.26*	（21）	0.21*
（22）	0.13	（23）	-0.07	（24）	0.39**
（25）	0.40**	（26）	0.55**	（27）	0.45**
（28）	0.47**	（29）	0.49**		

P<.01*　P<.001**

表二：正測問卷中權威性人格量表之項目分析結果

題　號	r 值	題　號	r 值	題　號	r 值
（1）	0.46**	（2）	0.32**	（3）	0.55**
（4）	0.49**	（5）	0.15**	（6）	0.39**
（7）	0.27**	（8）	0.42**	（9）	0.13**
（10）	0.47**	（11）	0.38**	（12）	0.48**
（13）	0.43**	（14）	0.62**	（15）	0.27**
（16）	0.48**	（17）	0.50**	（18）	0.49**
（19）	0.37**	（20）	0.40**	（21）	0.24**
（22）	0.41**	（23）	0.40**	（24）	0.57**
（25）	0.51**	（26）	0.45**	（27）	0.40**
（28）	0.51**				

P<.01*　P<.001**

表三：權威性人格量表之因素分析、信度陳列表

因素	因　　素　　內　　容	負荷量	解　釋 變異量 (51.9%)	α值 0.82
因 素 一	10.為人屬下應該恭謹的遵行上司的指示 …………	0.58	18.7%	0.72
	12.對破壞社會規範的人，我們應該加以嚴格處罰	0.55		
	14.要避免人生的錯誤，最好的方法就是聽從長者的話	0.48		
	16.年輕人所需要的是嚴格的紀律，以及為國家工作與奮鬥堅強的決心 ………………	0.72		
	17.不論做什麼，我們的領導者，都應該明確的告訴我們什麼應該做和如何去做 ………	0.65		
	28.假如我們能設法除去那些不道德，為非作歹的人，那麼我們大部份的社會問題就可以解決 …	0.37		
因 素 二	22.閱讀一些沒有實用價值的書籍，是一種浪費 …	0.37	7.4%	0.65
	23.一個有地位的人，就是一個成功的人 …………	0.62		
	24.兒童不論做什麼，都應該按照大人教導的方法去做 ………………	0.59		
	25.祭祖、婚嫁、喪事都應該按照固定的形式與禮節進行，不任意更改	0.50		
	26.凡是理智、修養好的人，絕對不會想作出傷害親朋好友的事	0.43		
	27.工商業界人士對社會的貢獻，比藝術家和哲學家的貢獻重要	0.66		
因 素 三	1.父母與師長比我年長，因此在很多方面都比我強	0.68	5.3%	0.65
	2.生病時去看醫生應該毫無疑問的相信醫生的診斷	0.73		
	3.遵循規則去做事，比自己去闖要好得多………	0.50		
	4.不尊敬長輩的人應該被處罰………………	0.53		
因 素 四	6.一個人如果不相信一些偉大的學說、主義和信仰，他就白活了一輩子	0.37	5.0%	0.39
	11.婚前發生性關係的女性，不會得到別人的敬重	0.69		
	13.一個教養差，沒有良好生活習慣的人，是無法和高雅，品行端正的人相處融洽的 ………	0.62		
因 素 五	18.我們應該多用傳統的信念來引導社會 ………	0.51	4.1%	0.43
	20.所謂〝言多必失〞，話還是少說為妙 ………	0.59		
	21.大部份的人失敗，應該由社會制度來負責 ……	0.65		
因	5.在這個年頭想要顧全自己幸福的人，就必須相當自私……………	0.50		

素六	9.我覺得有人會在背後說我的壞話………………	0.57	4.1%	0.36
	15.人與人之間交往愈親密，彼此就愈無法敬重，甚 至相互輕視 …………………………………	0.69		
因素七	19.凡是傷害我們名譽的人，都應該受到懲罰……	0.70	3.8%	—
因素八	7.如果不經歷挫折與痛苦，沒有人能學到真正重要 的東西………………………………………	0.60	3.6%	0.24
	8.擔任公司中經理職務的人，應該會比他的屬下傑 出……………………………………………	0.58		

P.S因素內容中的題號，表示問卷上的題號。

表四：收視動機之因素分析、信度陳列表

因素	因　　素　　內　　容　　　　　負荷量	解　釋 變異量 (53.2%)	α值 0.65
尋求刺激娛樂	1.因為它很刺激……………………………… 0.82 2.因為它令人震撼……………………………… 0.74 3.因為它有娛樂性……………………………… 0.61	11.0%	0.60
打發時間	5.因為我沒有其他更好的事可做………………… 0.75 6.因為我無聊時，它能打發時間………………… 0.80 7.只因電視機剛好開著…………………………… 0.64 8.因為它讓我覺得有事可做……………………… 0.71 9.只因我沒有可說話的對象或無人陪伴………… 0.69	22.6%	0.78
尋求資訊	10.因為我可藉機學到一些自己可能會面臨的事 … 0.75 11.因為它幫助我了解自己和別人 ……………… 0.81 12.因為我可以學到一些做事的方法 …………… 0.83 13.因為這樣我才可以和別人一起談論新聞 …… 0.46	19.6%	0.71

P.S因素內容中的題號，表示問卷上的題號

表五：預訪問卷中電視新聞形象量表之項目分析結果

題　號	r　值	題　號	r　值	題　號	r　值
（ 1）	0.17	（ 2）	0.25**	（ 3）	0.49**
（ 4）	0.31**	（ 5）	0.47**	（ 6）	0.42**
（ 7）	0.52**	（ 8）	0.52**	（ 9）	0.36**
(10)	0.16	(11)	0.37**	(12)	0.51**
(13)	0.36**	(14)	0.20	(15)	0.70**
(16)	0.69**	(17)	0.57**	(18)	0.69**
(19)	0.67**	(20)	0.68**	(21)	0.66**
(22)	0.64**	(23)	0.66**	(24)	0.67**
(25)	0.69**	(26)	0.48**	(27)	0.63**
(28)	0.74**	(29)	0.58**	(30)	0.65**
(31)	0.67**	(32)	0.65**	(33)	0.67**
(34)	0.33**	(35)	0.44**	(36)	0.54**
(37)	0.41**	(38)	0.40**	(39)	0.42**
(40)	0.62**	(41)	0.58**	(42)	0.24*
(43)	0.56**	(44)	0.73**	(45)	0.48**
(46)	0.12	(47)	0.61**	(48)	0.51**
(49)	0.17				

P<.01*　P<.001**

表六：正測問卷中電視新聞形象量表之項目分析結果

題　號	r　值	題　號	r　值	題　號	r　值
（ 1）	0.44**	（ 2）	0.42**	（ 3）	0.34**
（ 4）	0.50**	（ 5）	0.50**	（ 6）	0.49**
（ 7）	0.50**	（ 8）	0.63**	（ 9）	0.64**
(10)	0.66**	(11)	0.67**	(12)	0.61**
(13)	0.55**	(14)	0.64**	(15)	0.20**
(16)	0.32**	(17)	0.55**	(18)	0.44**
(19)	0.50**	(20)	0.62**	(21)	0.57**
(22)	0.58**	(23)	0.58**	(24)	0.47**
(25)	0.71**	(26)	0.62**	(27)	0.71**

(28)	0.65**	(29)	0.67**	(30)	0.72**
(31)	0.64**	(32)	0.69**	(33)	0.67**
(34)	0.62**	(35)	0.54**	(36)	0.53**
(37)	0.47**	(38)	0.57**	(39)	0.50**
(40)	0.52**	(41)	0.72**	(42)	0.57*
(43)	0.43**	(44)	0.64**	(45)	0.70**
(46)	0.54**	(47)	0.60**	(48)	0.59**

P＜.01*　P＜.001**

表七：電視新聞形象量表之因素分析、信度陳列表

因素	因　　素　　內　　容	負荷量	解　釋 變異量 (58.2%)	α值 0.95
因 素 一	㉟文化取向——政治經濟取向	0.56		
	㉟本地觀點——美國觀點	0.43		
	㊲鄉村取向——大都市取向	0.76		
	㊳問題取向——人物取向	0.56		
	㊴小人物取向——大人物取向	0.78	32.7%	0.86
	㊵一般人取向——專家取向	0.77		
	㊹民間說法——官方說法	0.60		
	㊽各類新聞比例平均——各類新聞比例不均	0.56		
因 素 二	㉘深入剖析——幼稚浮面	0.62		
	㉙反映事實——妄加臆測	0.59		
	㉚追求真相——避重就輕	0.58		
	㉛發人省思——僵化思考	0.65	6.5%	0.88
	㉜完整詳細——簡略斷章取義	0.50		
	㉝論調多元言論開放——論調一致的一言堂	0.47		
	㊱揭發弊病——粉飾虛偽	0.64		
	㊶條理清楚——混亂曖昧	0.39		
因 素 三	⑻開放民主——官僚保守	0.80		
	⑼自由競爭——特權壟斷	0.76		
	⑽進步現代——退步落伍	0.68	3.7%	0.88
	⑾人民的代言者——官方的政治工具	0.72		
	⑿不計成本服務觀衆——收視率為先利潤掛帥	0.59		
因	⑴穩重端莊——輕佻浮躁	0.67		
	⑵權威專業——技能平庸	0.57		

素	(3)神采奕奕———無精打采	0.70		
	(4)親切和藹———冷傲嚴肅	0.61	3.2%	0.81
	(5)聰明伶俐———愚蠢遲鈍	0.62		
	(6)風格獨特———呆板無特色	0.62		
四	(7)儀態台風好———儀態台風壞	0.67		
因	(13)創新有變化———單調一成不變	0.63		
	(14)製作水準高———製作水準低	0.56		
素	(22)新鮮———重複雷同	0.46	2.7%	0.77
	(23)高級精緻———低級庸俗	0.47		
五	(42)活潑有趣———沉悶乏味	0.57		
因	(24)保障隱私———侵犯隱私	0.62		
素	(25)客觀公正———主觀偏頗	0.50		
	(26)報導正確———報導錯誤	0.63	2.6%	0.79
六	(27)公平實在———渲染炒作譁眾取寵	0.55		
因	(43)淨化保守———煽情暴力	0.58		
	(45)豐富廣泛———貧乏狹隘	0.50		
素	(46)知識性———娛樂性	0.67	2.3%	0.72
七	(47)對觀眾有正面影響———對觀眾有負面影響	0.52		
因	(17)影像聲音配合佳———影像聲音配合差	0.61		
	(18)節奏緊湊———節奏鬆散	0.60		
素	(19)播報清晰流利———播報不清晰流利	0.65	2.3%	0.76
	(20)播出理性化———播出情緒化	0.47		
八	(21)播報謹慎———播報草率	0.44		
因	(15)時段好———時段壞	0.76		
素	(16)時間長短合宜———時間長短不合宜	0.75	2.1%	0.53
九				

P.S因素內容中的題號，表示問卷上的題號。

表八： 預訪問卷中解讀量表之項目分析結果

題 號	r 值	題 號	r 值	題 號	r 值
（1）	0.05	（2）	0.21*	（3）	0.13
（4）	0.28*	（5）	0.09	（6）	0.46**
（7）	0.52**	（8）	0.33**	（9）	0.41**
（10）	0.46**	（11）	0.19	（12）	0.40**
（13）	0.28**	（14）	0.50**	（15）	-0.03
（16）	0.08	（17）	0.37**	（18）	0.58**

(19)	0.14	(20)	0.03	(21)	0.50**
(22)	0.45**	(23)	0.44**	(24)	0.49**
(25)	0.47**	(26)	0.04	(27)	0.33**

P<.01* P<.001**

表九：正測問卷中解讀量表之項目分析結果

題　號	r　值	題　號	r　值	題　號	r　值
（1）	0.59**	（2）	0.35**	（3）	0.55**
（4）	0.48**	（5）	0.57**	（6）	0.58**
（7）	0.45**	（8）	0.49**	（9）	0.29**
（10）	0.47**	（11）	0.47**	（12）	0.13**
（13）	0.29**	（14）	0.61**	（15）	0.56**
（16）	0.39**	（17）	0.49**	（18）	0.32**
（19）	0.59**				

P<.01* P<.001**

表十：電視新聞量表中量尺的平均數及標準差

量　　　　　　　尺	平均數	標準差	排序
⑴穩重端莊——輕佻浮躁	4.28	0.76	1
⑵權威專業——技能平庸	3.46	0.85	
⑶神采奕奕——無精打采	4.03	0.82	3
⑷親切和藹——冷傲嚴肅	3.81	0.93	
⑸聰明伶俐——愚蠢遲鈍	3.78	0.88	
⑹風格獨特——呆板無特色	3.51	1.01	
⑺儀態台風好——儀態台風壞	4.18	0.83	2
⑻開放民主——官僚保守	3.28	1.16	
⑼自由競爭——特權壟斷	3.38	1.18	
⑽進步現代——退步落伍	3.66	1.02	
⑾人民的代言者——官方的政治工具	3.13	1.12	
⑿不計成本服務觀眾——收視率為先利潤掛帥	2.88	1.24	
⒀創新有變化——單調一成不變	3.01	1.05	
⒁製作水準高——製作水準低	3.26	0.90	
⒂時段好——時段壞	3.70	0.97	
⒃時間長短合宜——時間長短不合宜	3.86	0.98	

(17)影像聲音配合佳——影像聲音配合差	3.61	0.88	
(18)節奏緊湊——節奏鬆散	3.33	0.94	
(19)播報清晰流利——播報不清晰流利	3.91	0.90	
(20)播出理性化——播出情緒化	3.45	0.96	
(21)播報謹慎——播報草率	3.60	0.94	
(22)新鮮——重複雷同	2.73	1.16	
(23)高級精緻——低級庸俗	3.24	0.79	
(24)保障隱私——侵犯隱私	2.97	0.93	
(25)客觀公正——主觀偏頗	3.07	0.98	
(26)報導正確——報導錯誤	3.18	0.83	
(27)公平實在——渲染炒作譁衆取寵	3.11	0.94	
(28)深入剖析——幼稚浮面	3.39	0.90	
(29)反映事實——妄加臆測	3.37	0.96	
(30)追求眞相——避重就輕	3.31	1.05	
(31)發人省思——僵化思考	3.44	0.98	
(32)完整詳細——簡略斷章取義	3.13	0.99	
(33)論調多元言論開放——論調一致的一言堂	3.28	1.06	
(34)文化取向——政治經濟取向	2.77	1.12	
(35)本地觀點——美國觀點	3.12	1.08	
(36)揭發弊病——粉飾虛僞	3.23	1.00	
(37)鄉村取向——大都市取向	2.35	1.08	47
(38)問題取向——人物取向	2.96	1.16	
(39)小人物取向——大人物取向	2.35	1.07	47
(40)一般人取向——專家取向	2.53	1.15	46
(41)條理清楚——混亂曖昧	3.39	0.91	
(42)活潑有趣——沉悶乏味	2.97	0.92	
(43)淨化保守——煽情暴力	3.33	0.93	
(44)民間說法——官方說法	2.58	1.02	45
(45)豐富廣泛——貧乏狹隘	3.38	0.96	
(46)知識性——娛樂性	3.67	0.89	
(47)對觀衆有正面影響——對觀衆有負面影響	3.40	0.90	
(48)各類新聞比例平均——各類新聞比例不均	2.74	1.10	

表十一: 消息來源的重要程度

媒介 重要性	報　　紙 硬性新聞	電視新聞
最重要	176(22.1%)	563(70.7%)

重要	450(56.5%)	154(19.3%)
有點重要	96(12.1%)	39(4.9%)
有點不重要	30(3.8%)	16(2.0%)
不重要	24(3.0%)	14(1.8%)
完全不重要	20(2.5%)	10(1.3%)

表十二：政黨傾向對以電視新聞為消息來源的重要性評估

政黨傾向 重要性	絕對非 國民黨	大概非 國民黨	中 立	大概是 國民黨	絕對是 國民黨
最重要	25(65.8%)	75(57.7%)	77(65.3%)	324(76.2%)	58(73.4%)
重要	6(15.8%)	39(30.0%)	20(16.9%)	73(17.2%)	15(19.0%)
有點重要	4(10.5%)	11(8.5%)	5(4.2%)	15(3.5%)	3(3.8%)
有點不重要	1(2.6%)	2(1.5%)	9(7.6%)	4(0.9%)	—
不重要	1(2.6%)	2(1.5%)	3(2.5%)	6(1.4%)	2(2.5%)
完全不重要	1(2.6%)	1(0.8%)	4(3.4%)	3(0.7%)	1(1.3%)

$$\chi^2=52.60 \quad D.F.=20 \quad P<.001^{***}$$

表十三：年齡對以報紙為消息來源的重要性評估

年齡 重要性	12-15 歲	16-18 歲	19-22 歲
最重要	41(16.4%)	66(22.8%)	69(26.8%)
重要	145(58.0%)	161(55.7%)	144(56.0%)
有點重要	31(12.4%)	33(11.4%)	32(12.5%)
有點不重要	6(2.4%)	16(5.5%)	8(3.1%)
不重要	13(5.2%)	9(3.1%)	2(0.8%)
完全不重要	14(5.6%)	4(1.4%)	2(0.8%)

$$\chi^2=32.85 \quad D.F.=10 \quad P<.001^{***}$$

表十四: 受訪者一星期接觸報紙及電視新聞的頻率

頻率 媒介	每天看	經常看 五六天	偶而看 三四天	只 看 一兩天	不 看
報紙硬性新聞	117(14.7%)	102(12.8%)	280(35.1%)	244(30.6%)	54(6.8%)
晨間電視新聞	31(3.9%)	25(3.2%)	53(6.7%)	139(17.6%)	544(68.7%)
午間電視新聞	6(0.8%)	13(1.6%)	72(9.1%)	225(28.4%)	475(60.1%)
晚間電視新聞	167(20.8%)	191(23.8%)	224(27.9%)	145(18.0%)	75(9.3%)
夜間電視新聞	32(4.0%)	54(6.8%)	169(21.2%)	242(30.4%)	299(37.6%)

$\chi^2=52.60$　D.F.$=20$　P<.001***

表十五: 受訪者每天閱讀報紙的頻率

頻率 媒介	十分鐘以下 (包括不看)	十幾二十 分鐘	三、四十 分鐘	五、六十 分鐘	一個小時 至 一個半小時	一個半小時 至 二個小時	二個小時 以上
報紙硬性新聞	229 (28.5%)	346 (43.1%)	163 (20.3%)	36 (4.5%)	16 (2.1%)	9 (1.1%)	4 (0.5%)

表十六: 男女一星期接觸報紙頻率的差異

報紙 性別	每天看	經常看 五六天	偶而看 三四天	只 看 一兩天	不 看
男	69(17.6%)	67(17.1%)	124(31.7%)	107(27.4%)	24(6.1%)
女	48(11.8%)	35(8.6%)	156(38.4%)	137(33.7%)	30(7.4%)

$\chi^2=21.55$　D.F.$=4$　P<.001***

表十七：自變項與電視新聞（含晨間、午間、晚間、
　　　　夜間）接觸頻率的皮爾森相關係數

變項名＼變項名	性　別	年　齡	政　黨傾　向
電視新聞收視頻率	-0.11**	-0.10	-0.002

*P＜0.01　**P＜0.001

表十八：受訪者接觸報紙及電視新聞的專心程度

媒介＼重要性	報　紙硬性新聞	電視新聞
每次都很專心	52(6.5%)	163(20.3%)
經常很專心	209(26.1%)	385(47.9%)
偶而很專心	445(55.6%)	232(28.9%)
很少專心	87(10.9%)	23(2.9%)
從不專心	8(1.0%)	1(0.1%)

表十九：自變項與閱讀報紙硬性新聞專心程度的皮爾森相關

變項名＼變項名	性別	年齡	政黨傾向
報紙專心程度	-0.07	-0.10*	-0.002

*P＜0.01　**P＜0.001

表二十：政黨傾向對電視新聞專心程度的差異

政黨傾向＼專心程度	絕對非國民黨	大概非國民黨	中立	大概是國民黨	絕對是國民黨
每次都很專心	13(31.7%)	29(22.0%)	18(15.1%)	76(17.8%)	26(32.5%)

經常很專心	12(29.3%)	62(47.0%)	62(52.1%)	217(50.9%)	29(36.3%)
偶而很專心	12(29.3%)	36(27.3%)	34(28.6%)	123(28.9%)	25(31.3%)
很少專心	4(9.8%)	5(3.8%)	4(3.4%)	10(2.3%)	—
從不專心	—	—	1(0.8%)	—	—

$\chi^2=33.94$　D.F.$=16$　P$<.01$**

表二十一：男女在尋求刺激、娛樂及尋求資訊上的差異

收視動機 性別	尋　　求 刺激娛樂	尋　　求 資　　訊
男(M)	2.29	2.97
女(M)	2.17	3.10
T值	2.71	-3.26
T　Prob.	0.007**	0.001**

*P<0.05　**P<0.01　***P<0.001

表二十二：自變項與工具性、儀式性使用量表中測量類目
的皮爾森相關係數

變項名 變項名	性　　別	年　　齡	政黨傾向
尋求刺激娛樂	-0.09*	-0.09*	0.07
打發時間	-0.03	-0.004	-0.02
尋求資訊	0.11**	-0.14**	0.11**
親近性	-0.01	0.10*	0.005
收視意圖	-0.03	-0.10*	0.04
涉入程度	0.08	0.05	0.02
眞實程度	0.11**	-0.18**	0.19**
使用電視頻率	0.02	-0.23**	0.07

選擇程度	-0.03	0.11**	-0.05

*P<0.01　　**P<0.001

附錄六　指導語

〈訪員站在講台上〉

各位同學大家好，非常謝謝各位同學參與這個研究。因爲時間有限，所以我想我們現在就開始進行。現在我就發下問卷，一人拿一份。請各位同學拿到後先不要填寫問卷的內容，只要檢查一下拿到的問卷是否剛好有七張。

〈訪員發下問卷〉

如果問卷沒有問題，我就向大家介紹一下本問卷的研究目的，以及填寫問卷時該注意的事項。請各位同學跟我一起看問卷的最上方文字。這是一份學術性的調查問卷，目的是爲了探討大衆媒介對臺灣地區民衆的影響。您的答案，將來對於國內學術界和大衆媒介工作者，都會很有幫助。本卷沒有標準答案，您只要忠實的填寫自己的想法即可，並避免與他人討論而影響調查結果的眞實性。每一個題目請您都務必填寫，這樣才能使這份問卷眞正具有效用。填好的問卷將供整體分析之用，絕不個別對外發表，請您放心。

如果沒有問題的話，請各位同學開始填寫問卷的第一部份與第二部份就好。請各位同學注意，第一部份的第五題是單選。還有第二部份中，各位同學會經常看到硬性新聞這四個字，這四個字意思的解釋，待會同學會在問卷上看見，請同學注意一下。

〈學生填寫問卷〉

請問各位同學是不是都做好了？如果大家都做好，就請各位同學

跟我一起看第三部份解讀量表的敍述部份。以下這個部份在作答之前，會先播放一段電視新聞影片請您觀看。當您看完以後，請您根據看完影片後的感想，在下面各題中勾選一個您同意或與您看法最接近的項目。請您特別注意：1.此部份的題目，並非想考您，是不是記得影片中的任何內容，或您是不是記得影片中曾說過哪些話。2.此部份的題目，要請您根據看完影片後的感想，針對下面各個問題發表意見，所以沒有標準答案。您只要根據看完影片後的感想，在下面各題中勾選一個與您立場最接近的項目就可以了。3.請務必每題都要作答，並且每題都只能單選。

　　如果沒有問題，那麼現在我就播放第一段影片：取締KTV，MTV，三溫暖等影響治安行業逾時營業，請同學專心觀看，觀看時不要討論。

　　　　　　　〈訪員放錄影帶。第一段錄影帶播畢，即關機。〉

　　現在請各位同學填寫問卷第三部份解讀量表的取締KTV，MTV，三溫暖等影響治安行業逾時營業這一部份的題目。

　　　　　　　　　　　〈學生填問卷〉

　　請問各位同學是不是都做好了？如果大家都做好了，現在我就播放第二段影片：釣魚台主權糾紛與聖火傳遞釣魚台，請各位同學專心觀看，觀看時不要討論。

　　　　　　　〈訪員放錄影帶。第二段錄影帶播畢，即關機。〉

　　現在就請各位同學填問卷。在此再一次提醒各位同學，此部份的題目並非想考您的記憶，您只要根據看完影片後的感想，勾選一個與

您立場最近的項目即可。現在就請各位同學開始作答，並接下去將問卷全部填寫完畢。

附錄七　故事功能與解讀量表測驗題對照表

表一「取締KTV，MTV，三溫暖等影響治安行業逾時營業」

故事功能	解讀量表測驗題
匱乏	政府規定KTV，MTV，三溫暖只能營業到凌晨三點的作法： 優勢：是爲了貫徹政府掃黑掃黃，整頓治安的決心。 協商：只是政府整頓治安三分鐘熱度的表現。 對立：是決策者依個人好惡決定的，不具實質意義。
派遣者	從法律觀點，取不取締KTV，MTV，三溫暖逾時營業： 優勢：應該由行政院（經濟部）全權決定。 協商：大法官釋憲後，才知道誰有權決定。 對立：應該由地方政府決定，中央政府無權干涉
英雄	取締人員執行取締任務是： 優勢：協助整頓治安的英雄。 協商：做做樣子，對上級交差了事。 對立：侵犯業者的合法權益。
壞人	不依照政府的規定，拉下鐵門照樣作生意的業者，是： 優勢：有意違抗公權力的不守法者。 協商：法令規定不明，業者不明究裡應付的作法。 對立：合法抗爭，保障業者本身權益的作法。
接受魔法 幫　　助	各縣市政府對於經費短缺，取締人手不足等問題： 優勢：將可增加預算，擴編人員解決問題。 協商：政府無暇顧及，可能無法解決問題。 對立：政府人事編制僵化，不可能解決。
空間的轉移	取締的行動是： 優勢：北、中、南全省全面進行。 協商：隨便找。 對立：有背景的業者不會被取締。
淨化	取締工作： 優勢：的確能改善治安問題。 協商：不見得對整頓治安有幫助。 對立：可能使治安變得更糟糕。
處罰	政府處罰逾時營業的KTV，MTV，三溫暖業者是： 優勢：完全合法的取締行爲。 協商：法律地位不穩的取締行爲。 對立：違反憲法，沒有法律根據的取締行爲。
壞人	KTV，MTV，三溫暖，理髮廳，酒家，酒吧，茶室，舞廳，特

種咖啡廳這些場所是：
優勢：都是影響治安的行業。
協商：有的是影響治安的行業，有的不是。
對立：都不是影響治安的行業。

表二 「釣魚台主權糾紛與聖火傳遞釣魚台」

故事功能	解讀量表測驗題
惡行	日本將核准日本青年社在釣魚台建燈塔： 優勢：會侵犯我國對釣魚台的主權。 協商：不一定會影響我國對釣魚台的主權。 對立：國際間不承認我國對釣魚台的主權，因此對我國的領土主權原本就不構成侵犯。
戰鬥	對於日本將核准在釣魚台建燈塔一事，我駐日代表處： 優勢：曾積極處理，並向日本表示強烈抗議。 協商：敷衍一下，虛應抗議了事。 對立：和日本沒有邦交，不知如何處理。
淨化	日本政府沒有在原訂的日期宣佈核准在釣魚台建燈塔一事： 優勢：表示已經放棄核准的計劃。 協商：暫時擱置核准的計劃，未作決定。 對立：另外選擇一個日期宣布核准的計劃。
勝利	日本政府沒有在原訂的日期宣布核准建燈塔一事： 優勢：是我國政府強烈抗議的成果。 協商：與我國政府的抗議可能有點關係。 對立：不是我國政府抗議的成果。
匱乏	傳遞聖火到釣魚台的舉動是： 優勢：為了宣示釣魚台為我國領土主權。 協商：作秀的意味重於宣示主權的目的。 對立：純屬作秀噱頭，為個人及區運打知名度。
魔法的助力	聖火傳遞釣魚台的行動： 優勢：獲得全省各地漁民，以及朝野人士的有力支持。 協商：只得到部份漁民，以及少數朝野人士的有限支援。 對立：只是少數籌備與傳遞人員的行動而已。
戰鬥	聖火船在海上遭遇日本艦艇的情形是： 優勢：與日本艦艇纏鬥許久。 協商：嘗試突圍不成，擺擺姿態而已。 對立：不敢和日本艦艇發生衝突，不知如何是好。

英雄	聖火船人員在此次行動中： 優勢：冒險犯難，表現可嘉。 協商：逞一時之勇，想出出鋒頭。 對立：表現膽怯，歷史的罪人。
壞人	日本派艦艇飛機攔阻聖火船，是： 優勢：以大欺小，霸道無理的軍國主義行爲。 協商：我方沒有和日本溝通好才發生的，不能全怪日方。 對立：合法捍衛國土，不能怪日方。
淨化	此次聖火傳到釣魚台的行動是： 優勢：任務失敗，但傳到六海浬內，在某種程度上已達宣示主權 的意義。 協商：任務失敗，完全沒有宣示主權的意義，但能表明我方爭取 主權的心意。 對立：任務失敗，不但不能宣示主權，還讓我們丟臉，不具有任 何意義。

三民大專用書書目——新聞

書名	著者	服務機關
基礎新聞學	彭家發 著	政治大學
新聞論	彭家發 著	政治大學
傳播研究方法總論	楊孝濚 著	東吳大學
傳播研究調查法	蘇蘅 著	輔仁大學
傳播原理	方蘭生 著	文化大學
行銷傳播學	羅文坤 著	政治大學
國際傳播	李瞻 著	政治大學
國際傳播與科技	彭芸 著	政治大學
廣播與電視	何貽謀 著	輔仁大學
廣播原理與製作	于洪海 著	中廣
電影原理與製作	梅長齡 著	前文化大學
新聞學與大眾傳播學	鄭貞銘 著	文化大學
新聞採訪與編輯	鄭貞銘 著	文化大學
新聞編輯學	徐旭 著	新生報
採訪寫作	歐陽醇 著	臺灣師大
評論寫作	程之行 著	紐約日報
新聞英文寫作	朱耀龍 著	前文化大學
小型報刊實務	彭家發 著	政治大學
媒介實務	趙俊邁 著	東吳大學
中國新聞傳播史	賴光臨 著	政治大學
中國新聞史	曾虛白 主編	國策顧問
世界新聞史	李瞻 著	政治大學
新聞學	李瞻 著	政治大學
新聞採訪學	李瞻 著	政治大學
新聞道德	李瞻 著	政治大學
電視制度	李瞻 著	政治大學
電視新聞	張勤 著	中視文化公司
電視與觀眾	曠湘霞 著	政治大學
大眾傳播理論	李金銓 著	明尼西達大學
大眾傳播新論	李茂政 著	政治大學
大眾傳播理論與實證	翁秀琪 著	政治大學